Poètes d'Afrique et des Antilles

DU MÊME AUTEUR

Fanon, David Diop : deux figures historiques de l'Afrique, Jonction, Paris, 1982.

Les Sanglots de l'espoir, roman, L'Harmattan, Paris, 1987.

Koumbi Saleh ou les pâturages du ciel, N.E.A., Dakar, 1995.

Les Remparts de la mémoire, Présence africaine, Paris, 1999.

Hamidou Dia

POÈTES D'AFRIQUE ET DES ANTILLES

D'EXPRESSION FRANÇAISE

De la naissance à nos jours

Anthologie

La Table Ronde
7, rue Corneille, Paris 6e

ISBN 2-7103-2531-4.

*Pour Lilyan Kesteloot, dont l'*Anthologie *m'a permis, en 1968, de découvrir et d'aimer la littérature négro-africaine, pour lui exprimer mon affectueuse et sympathique reconnaissance.*

À Fernando Lambert, le magnifique, mon maître québécois.

À mon ami, le professeur Amadou Ly, ce bouquet de niébé à déguster sans modération.

À tous les poètes de tous les continents.

À mon épouse Maïmouna Sy et aux enfants : Aïssata, Aminata-Ciré et Mame-Mariam Dia.

Écrire, c'est se faire l'écho de ce qui ne peut cesser de parler.
Maurice Blanchot, *L'Espace littéraire.*

Je n'ai haï que l'oppression ;
ce n'est pas haïr que d'aimer son peuple.
Léopold Sédar Senghor, *Éthiopiques.*

Un poète est un monde enfermé dans un homme.
Victor Hugo, *La Légende des siècles.*

Au commencement était le verbe…
… Jamais homme ne l'a cru plus fortement que le poète.
Aimé Césaire, cité par Lilyan Kesteloot.

Introduction
LES ARMES MIRACULEUSES

La poésie, d'une certaine manière, est une quête. De quelque manière. Une quête au travers « de cette bataille solitaire contre — avec — les mots » qu'on nomme acte d'écriture. Cette quête qui caractérise au plus haut point la poésie négro-africaine contemporaine d'expression française — « de nos jours la seule grande poésie révolutionnaire » — Sartre l'a nommée orphique, parce que, dit-il : « Cette inlassable descente du Nègre en soi-même me fait songer à Orphée allant réclamer Eurydice à Pluton. »

C'est qu'en réalité, la poésie négro-africaine d'expression française est avant tout l'histoire d'une douloureuse prise de conscience ; prise de conscience d'appartenir à la « race qui a été insultée dans toutes les langues » ; race dont les Noirs ont fini par avoir honte, peu ou prou. Des siècles d'humiliation, de négation culturelle, d'exploitation économique sont passés par là, laissant des blessures profondes et indélébiles. D'où le titre de la présente anthologie. Pourquoi poésie négro-africaine et pas africaine ? Et pas nègre ? Pourquoi exclure l'Afrique du Nord par exemple ?

Il y a quelques années, des critiques se sont avisés de rejeter le vocable négro-africain, jugé par eux vieilli et historiquement daté, au profit du vocable « littératures nationales » qui leur semble plus adapté à l'Afrique indépendante depuis plusieurs décennies déjà. Je considère que le vocable « négro-africain » garde plus que jamais sa pertinence. En effet, ce vocable-concept, qui subsume la communauté de souffrance, de destin et de révolte des peuples noirs et de leur Diaspora, la géographie y est historique, la géographie y est multipliée par l'histoire, ce vocable-concept, disais-je, est l'expression de l'immense cri nègre, cette « ardente clameur nègre à travers des siècles d'incendie ». Aimé Césaire, par exemple, ne prend pas en charge les Nègres d'Asie et ne nie pas la diversité ; au contraire, il affirme que l'histoire des Antilles, coupée de leurs racines africaines, serait incompréhensible et il voit « l'Afrique une et multiple comme un poing tendu hors du ceste ».

Le singulier de ce concept se justifie par l'unité thématique de cette poésie, unité qui repose sur les éléments d'homogénéisation suivants :

— même statut de colonisés français ;
— même « école étrangère » française ;
— même langue d'écriture, le français ;
— même volonté de parler au nom des peuples africains ;
— même dénonciation de la traite négrière et des méfaits du colonialisme ;
— même revendication de la liberté et de la dignité de l'homme noir ;
— et depuis les indépendances, même dénonciation de leur caractère tronqué et la grande déception qui s'ensuivit.

D'ailleurs, les poètes ici réunis se réclament avant tout comme des Nègres ou des Africains sans nier le promontoire à partir duquel ils écrivent — on écrit forcément à partir d'un promontoire — comme l'explique Tchicaya U'Tam'si : « Je proviens d'une ethnie, j'ai une nationalité, je suis africain, j'écris [...] toutes les composantes de ma personnalité se retrouvent dans mon écriture. » Césaire, avant, s'écriait avec superbe : « Je ne suis d'aucune nationalité prévue par les chancelleries », refusant qu'on enfermât le poète dans son être-là, dans son être-au-monde, même pour les meilleures raisons du monde. Ainsi, j'ai donc choisi le titre de poésie négro-africaine par refus de l'enfermer dans un ghetto littéraire étriqué à travers les barrières duquel on la lirait. Je revendique pour ces poètes le statut de femmes et d'hommes pris dans les vicissitudes historiques qu'ils n'ont pas voulues ni cherchées, qui cherchent à élucider, à travers elles, leur humaine condition.

Littérature négro-africaine donc. Somme toute, la dilution dans l'Afrique et sa Diaspora, qui élargit la respiration, est préférable à la réduction à la contingence du Malien ou du Congolais, avec un risque d'apnée prolongée. Pourvu que la sensibilité et le talent suivent, que dans l'affirmation d'un « nous » solidaire subsiste l'authenticité d'un « je », dans son essentielle fulgurance. Césaire déjà refusait d'être réduit « à ce rien ellipsoïdal », la Martinique, pour se réclamer de tous les Nègres opprimés, de tous « les damnés de la terre ».

Poésie négro-africaine donc. Ainsi seulement sera sauvegardée l'unité historique et thématique de cette poésie. Les poètes négro-africains, au-delà de leur nécessaire diversité de style, se réclament du monde noir, de l'Afrique et de sa Diaspora compris comme une nation une et multiple, avec sa communauté de destin et de souffrances, dont il fallait affirmer la parole et la présence dans le monde :

Un continent s'émeut, une race s'éveille
Un murmure d'esprit fait frissonner les feuilles
Tout un rythme nouveau va térébrer le monde
Une teinte inédite peuplera l'arc-en-ciel
Une tête dressée va provoquer la foudre
L'Afrique va parler.

Qui parle ? Senghor ? Mudimbé ? Bernard Dadié ? Non ! c'est le Guadeloupéen Paul Niger…

La poésie négro-africaine est une poésie militante, solidaire d'un combat plus large pour la liberté des peuples les plus humiliés de la terre, qui cherche à instaurer un nouvel humanisme débarrassé de ses scories et de ses oripeaux, conformément au vœu célèbre du poète :

[…] *ce que je veux*
c'est pour la faim universelle
pour la soif universelle

la sommer libre enfin
de produire de son intimité close
la succulence des fruits…

Pour parvenir à cette noble fin, qu'est-il besoin de parler de Nègre à tout bout de champ avec ce que ce terme peut connoter de raciste ? La question ne peut être légitime que si l'on oublie que le Nègre a été humilié, exploité, réduit en esclavage parce qu'il était nègre ; c'est en tant que nègres que des êtres humains ont été ségrégés, lynchés de Martinsville aux États-Unis jusqu'à Dimbokro en Côte d'Ivoire. S'ils ont pris la relève des Indiens dans les plantations américaines, n'est-ce pas parce que nègres, ils étaient dépourvus de culture et d'âme ? Ils n'ont pas eu un Las Casas pour les défendre.

Dans son *Orphée noir*, Sartre a bien vu le problème quand il écrit : « Le Nègre ne peut nier qu'il soit nègre ni réclamer pour lui cette abstraite humanité incolore : il est noir. Ainsi est-il acculé à l'authenticité : insulté, asservi, il ramasse le mot " nègre " qu'on lui a jeté comme une pierre, il se revendique comme noir, en face du Blanc, dans la fierté. »

Plus tard, quand naîtra le mouvement de l'« African Personnality », promu par les Africains anglophones, le mot sera de nouveau contesté. Wole Soyinka aura ce mot féroce : « Le tigre ne proclame pas sa tigritude ; il saute sur sa proie et la mange. » Certes. Mais a-t-on jamais reproché au tigre sa tigritude ? Ou, comme le dit Senghor, « peut-on reprocher au zèbre de porter ses zébrures » ?

Je pense avoir justifié le titre de cette anthologie. Reste la langue. Pourquoi d'expression française ? La poésie africaine n'a pas attendu le français pour exister : il existe même de nombreux poèmes en langues africaines qui méritent d'être recueillis et sauvegardés. Du reste, la poésie africaine manquera toujours d'authenticité tant qu'elle sera d'expression étrangère.

Cependant, comme le dit le philosophe allemand Hegel : « Nul ne peut sauter par-dessus son ombre. » La réalité est qu'aucun poète n'est ici traduit ; qu'ils écrivent tous en langue française ; que cette dernière est certes la langue du colonisateur. Son usage par des Africains est d'ordre historique. Le français est aujourd'hui en Afrique la langue de médiation. Quand le Sénégalais discute avec le Camerounais, il recourt au français. Si le français fut la langue du colonisateur, il a aujourd'hui une vocation de langue africaine : Francis Bebey disait, non sans humour, que le français est sa seconde langue maternelle. Je connais bien des Africains, surtout au sein des générations actuelles, qui parlent français bien avant de parler une langue africaine, quand ils ne sont pas directement francophones unilingues.

Je ne fais pas l'apologie systématique de la langue française ; je dis simplement qu'elle n'appartient plus exclusivement à la seule France et milite pour son usage déculpabilisé et fécond.

⁂

Toutes ces raisons expliquent que nous n'avons pas retenu l'Afrique du Nord dans notre *Anthologie*. Cette partie de l'Afrique mérite qu'on lui consacre un travail à part. Quant à l'Afrique noire anglophone, l'intégrer ici eût considérablement allongé cette anthologie, surtout qu'elle est d'une grande richesse ; elle a donné à l'Afrique son premier Nobel de littérature en la personne de Wole Soyinka, en 1986. Par ailleurs elle est d'une tonalité assez différente de la littérature noire francophone, malgré de nombreux points communs. Si j'avais introduit les anglophones, il y aurait eu une rupture de ton que je n'ai pas souhaitée. Peut-être ai-je eu tort. En tout état de cause, la poésie négro-africaine d'expression anglophone mérite une grande anthologie pour elle seule.

J'ai dû, pour une meilleure commodité de lecture, procéder à des découpages, tout en sachant ce qu'ils ont d'artificiel tellement les chevauchements, les entrelacements sont nombreux ; tel poète mis dans telle catégorie aurait pu tout aussi bien se retrouver dans une autre catégorie. J'en suis parfaitement conscient.

⁂

La poésie négro-africaine d'expression française est née à Paris dans les années 30 par la conjonction de plusieurs facteurs [1] :

1. « La trahison des ethnologues. » Alors que le Nègre était nié dans sa dignité et dans sa culture et que les murs de France étaient recouverts des « rires Banania », voilà que des ethnologues affirment dans leurs travaux que non seulement les Nègres avaient une civilisation, mais que cette civilisation était belle et raffinée. Parmi eux, Maurice Delafosse, Georges Hardy, Leo Frobenius. Celui qui aura le plus d'influence au sein de la communauté noire de Paris est l'Allemand Leo Frobenius. Ce dernier écrit par exemple : « Civilisés jusqu'à la moelle des os, l'idée du Nègre barbare est une invention de l'Europe. » C'était, à l'époque, proprement inouï. Senghor écrirait plus tard que le livre de Frobenius, *Histoire de la civilisation de l'Afrique*, allait être le livre de chevet de la plupart des étudiants noirs de Paris. Plus tard, André Gide, dans *Carnets de voyage au Congo*, dénoncera avec vigueur les excès de la colonisation, ses abus et ses vexations. Il note : « Si l'inintelligence caractérisait les Nègres, alors il y aurait fort peu d'Européens. »

2. « Le vent venu d'Amérique », selon l'expression de Lilyan Kesteloot. Depuis le début du XXe siècle, souffle aux États-Unis un vent de renaissance nègre. Dès 1903, le Noir américain William B.-E. Dubois publiait son livre-manifeste : *Âmes noires* dans lequel il écrivait : « Je suis nègre, et je me glorifie de ce nom ; je suis fier du sang noir qui coule dans mes veines. » Dubois lance le Mouvement du Niagara, précurseur du Panafricanisme dont il fut le premier secrétaire du premier Congrès panafricain organisé à Londres par le Dr Henry William. Ainsi dès le début du siècle dernier, le mouvement panafricain militait pour l'indépendance de l'Afrique. Un autre Noir américain,

1. Sur l'histoire et les antécédents de la littérature africaine, je recommande vivement la lecture de l'excellent ouvrage de Lilyan Kesteloot : *Histoire de la littérature négro-africaine*, Éditions Karthala-Auf, Paris, 2001. C'est à ce livre que j'emprunte l'essentiel des éléments ici exposés.

Marcus A. Garvey, fondait à la même époque le mouvement du Come back to Africa.

Ce mouvement reposait sur une idée simple : si l'Amérique blanche, raciste et ségrégationniste ne voulait plus de Nègres, ces derniers n'avaient qu'à retourner à la terre de leurs ancêtres.

En 1918, sous l'influence de Dubois, de jeunes Noirs américains fondent le premier mouvement littéraire noir, la Négro-Renaissance, avec à sa tête, Langston Hugues, Claude Mckay, Countee Cullen, Sterling Brown, Jean Toomer, qui réaffirme les droits des Nègres, leur culture, leurs souffrances et surtout leur passé africain. Ils écrivent dans leur manifeste ceci : « Nous, créateurs de la nouvelle génération nègre, nous voulons exprimer notre personnalité noire sans honte ni crainte. Si cela plaît aux Blancs, nous en sommes fort heureux. Si cela ne leur plaît pas, peu importe. Nous savons que nous sommes beaux. Et laids aussi. Le tam-tam pleure et le tam-tam rit. Si cela plaît aux gens de couleur, nous en sommes fort heureux. Si cela ne leur plaît pas, peu importe. C'est pour demain que nous construisons nos temples, des temples solides comme nous savons en édifier, et nous nous tenons dressés au sommet de la montagne, libres en nous-mêmes[1]. »

3. René Maran et le scandale de « Batouala ». Administrateur antillais des colonies en Oubangui-Chari, l'actuelle République centrafricaine, René Maran écrivit en 1921 un roman intitulé : *Batouala, véritable roman nègre* dans lequel il décrivait l'objective condition des Noirs. Ce roman est précédé par une violente préface. Il y écrivait par exemple : « C'est à redresser tout ce que l'administration coloniale désigne sous l'euphémisme d'“ errements ” que je vous convie. La lutte sera serrée. Vous allez affronter des négriers. Il vous sera plus dur de lutter contre eux que contre des moulins[2]. » Le livre de René Maran obtint le prix Goncourt en 1921 et déclencha en France un immense scandale dont l'auteur ne se relèvera pas : pour

1. Cité par Lilyan Kesteloot.
2. Lilyan Kesteloot, *op. cit.*

avoir osé dénoncer le système colonial, sa carrière sera brisée. Pour beaucoup de critiques littéraires africains, dont votre serviteur, *Batouala* constitue l'acte de naissance de la littérature négro-africaine d'expression française.

4. Le mouvement indigéniste haïtien. D'abord Haïti est la première république noire, indépendante depuis 1804, avec des chefs glorieux qui ont pour nom Toussaint Louverture, Dessalines, Boukmann, etc. C'est à la lutte glorieuse et victorieuse d'Haïti que pensera plus tard Aimé Césaire quand il écrira : « Haïti où la Négritude se mit debout pour la première fois et dit qu'elle croyait en son humanité[1]. » Ensuite c'est Haïti qui, la première aux Antilles, rompra avec la littérature de la décalcomanie qui consistait pour les Antillais à imiter les parnassiens, les symbolistes ou les romantiques français et qui mettaient leur point d'honneur à ce qu'on puisse les lire « sans deviner la couleur de leur peau ». Dès l'occupation américaine en 1915, des Haïtiens, par un mouvement naturel de résistance, se mirent à s'intéresser à leurs propres traditions, à leur folklore, reconnus désormais comme leur culture authentique. Ils créèrent des revues, produisirent des articles, recueillirent leurs contes et légendes, écrivirent des poèmes en une véritable frénésie de retour aux sources africaines longtemps méprisées. Ce fut une véritable renaissance culturelle dominée par la grande figure du Dr Jean-Price Mars, futur fondateur, avec Alioune Diop, de la Société africaine de culture, et sous l'impulsion de jeunes et talentueux poètes et écrivains comme Brierre, Laleau, surtout Roumain, Dorsinville, etc. Il faut noter que beaucoup de ces écrivains vont se réfugier au Sénégal quand Duvalier va arriver au pouvoir. On pourrait citer Brierre, Dorsinville, Zabel, les époux Lemoine, etc.

***

Toutes ces influences vont trouver à Paris leur lieu de convergence et de cristallisation. Paris où se rencontrèrent et discutèrent

1. Aimé Césaire, *Cahier d'un retour au pays natal*, p. 25.

des étudiants noirs venus de partout : de l'Afrique, des petites et grandes Antilles, de l'Amérique, de l'océan Indien, Paris où ces étudiants découvrirent leur Négritude (le mot est de Césaire et apparaît pour la première fois dans son *Cahier d'un retour au pays natal*) et décidèrent de revendiquer leur statut de Nègres, d'abord autour des revues comme *Légitime Défense*, *L'Étudiant noir*, *La Revue du monde noir*, *Présence africaine*, etc. C'est ainsi que naquit le mouvement littéraire dit de la Négritude dont les principaux chefs de file furent le Martiniquais Aimé Césaire, le Guyanais Léon Gontran Damas et le Sénégalais Léopold Sédar Senghor. Il faut ici mentionner le rôle particulier de trois revues : *Légitime Défense*, *L'Étudiant noir* et *Présence africaine*.

Publiée en juin 1932 par trois jeunes étudiants antillais qui ont pour noms Étienne Léro, René Ménil et Jules Monnerot, la revue *Légitime Défense*, marquée par le communisme et le surréalisme, sera un violent pamphlet contre la littérature de la décalcomanie, pour le marxisme et le surréalisme considérés comme des armes de libération. Censurée, cette revue ne connaîtra qu'un seul numéro, celui de juin 1932. *L'Étudiant noir* reprendra le relais dès 1934 où les Senghor, Césaire trouveront à s'exprimer. Quant à la revue *Présence africaine*, fondée par Alioune Diop en 1947, avec l'appui d'intellectuels français prestigieux tels que Sartre, Camus, Gide, Mounier, Monod, Leiris, Balandier, etc., elle sera un cadre incomparable où les Noirs publieront études, fictions, poèmes qui tournent tous autour de la revalorisation des civilisations nègres. Devenue maison d'édition en 1949, elle publiera l'essentiel des essais, romans, poèmes des Négro-Africains. Cette revue fut un véritable creuset.

La poésie de la Négritude (ce mouvement fut d'abord essentiellement poétique) a résonné dans le ciel parisien comme un cri. Et ce n'est pas par hasard, car au début était le Verbe et au début de la littérature négro-africain fut le verbe. Et ce verbe de protestation et d'affirmation fut flamboyant, étincelant de toutes ces hontes bues, de toutes ces humiliations subies, de toutes ces révoltes matées, de toutes ces espérances déçues. Et ce verbe fut incandescent, « crevant les tympans de ceux qui ne veulent pas l'entendre », superbe de fierté et d'orgueil dans sa proclamation incessante d'une dignité recouvrée, d'un passé assumé, d'un espoir qui fulmine, d'« une postulation irritée de la fraternité », d'un humanisme neuf abreuvé à de nouvelles sources « comme une végétation de clarté », en face de l'Europe ébaubie. Et la langue de ce verbe éruptif, fulgurant, était belle, radieuse, tantôt douce « comme la féminité de la lune » tantôt incendiaire « comme la masculinité du Soleil ». Comme un ouragan, ce verbe renversa sur son passage tous les préjugés établis, tous les racismes ordinaires, renversant les fausses valeurs, bousculant les idoles et les icônes, démystifiant « la mission civilisatrice de l'Europe », prescrivant et proscrivant, affirmant et rejetant avec toute la véhémence d'une révolte profonde et torrentielle.

Et Sartre ne s'y est point trompé qui écrivit dans son désormais célèbre *Orphée noir* : « Qu'est-ce donc que vous espériez, quand vous ôtiez le bâillon qui fermait ces bouches noires ? Qu'elles allaient entonner vos louanges ? Ces têtes que nos pères avaient courbées jusqu'à la terre par la force, pensiez-vous, quand elles se relèveraient, lire l'adoration dans leurs yeux ? Voici des hommes noirs debout qui nous regardent et je vous souhaite de ressentir comme moi le saisissement d'être vus. Car le Blanc a joui trois mille ans du privilège de voir sans qu'on le voie ; il était regard pur, la lumière de ses yeux tirait toute chose de l'ombre natale, la blancheur de sa peau c'était un regard encore, de la lumière condensée. L'homme blanc, blanc parce qu'il était homme, blanc comme le jour, blanc comme la vérité, blanc comme la vertu, éclairait la création comme une torche, dévoilait l'essence secrète et blanche des êtres. Aujourd'hui ces hommes noirs nous regardent et notre regard rentre dans nos yeux ; des torches noires, à leur tour, éclairent le monde et nos têtes blanches ne sont plus que de petits lampions balancés par les vents. »

En effet cette poésie, née dans la douleur et la souffrance, était prophétique, messianique, rédemptrice aussi. Elle était héraut et porte-voix : « Ma bouche sera la bouche des malheurs qui n'ont point de bouche, ma voix, la liberté de celles qui s'affaissent au cachot du désespoir. » Cette voix, qui refusait la pure contemplation, invitait aussi à l'unité dans l'action, « car la vie n'est pas un spectacle, car une mer de douleurs n'est pas un proscenium, car un homme qui crie n'est pas un ours qui danse… ».

***

Cette grande ignition fut également féconde. Damas publie *Pigments* en 1937 ; Césaire publie *Cahier d'un retour au pays natal* pour la première fois en 1939, Senghor publie *Chants d'ombre*, *Hosties noires* à la fin de la guerre, après sa captivité en Allemagne, son *Anthologie de la nouvelle poésie nègre et malgache* avec la fameuse préface de Sartre *Orphée noir* en 1948. La revue *Présence africaine* puis la maison d'édition devinrent une véritable ruche, un laboratoire de la Négritude pour tous ces jeunes étudiants qui avaient le feu sacré qui se rencontraient dans les cafés du quartier Latin, échangeaient, discutaient, Antillais, Africains, Noirs américains confondus. Ils s'organisèrent, fraternisèrent, organisèrent deux fameux congrès des écrivains et artistes du monde noir, d'abord à la Sorbonne en 1956, puis à Rome, où ils furent même reçus par le pape, en 1959. Autour des mêmes thèmes : la traite négrière, la colonisation, l'aliénation, le déracinement, la liberté, l'Église complice, la civilisation occidentale, l'affirmation des valeurs nègres de civilisation, le colonialisme, le retour aux sources africaines, la barbarie, les travaux forcés, la fraternité entre les peuples, l'édification d'un nouvel humanisme, d'une « civilisation de l'Universel ». L'Afrique, la Diaspora, la solidarité des peuples souffrants furent au cœur de cette thématique que résume ainsi le Haïtien Jacques Roumain :

Afrique, j'ai gardé ta mémoire Afrique
Tu es en moi comme l'écharde dans la blessure
Comme un fétiche tutélaire au centre du village.
Fais de moi la pierre de ta fronde
De ma bouche les lèvres de ta plaie
De mes genoux les colonnes brisées de ton abaissement.

Et plus loin il poursuit :

Comme la contradiction des traits
Se résout en l'harmonie du visage
Nous proclamons l'unité de la souffrance
Et de la révolte
De tous les peuples sur toute la surface de la terre,
Et nous brassons le mortier des temps fraternels
Dans la poussière des idoles.

***

À partir de 1956 vint la deuxième génération des poètes de la Négritude, après l'irruption du roman au début des années 50. Reconnaître l'Afrique, la race, les cultures noires et les prendre comme armes de combat contre l'aliénation, pour la révolution ou les indépendances africaines, tels vont être les principaux thèmes de ces jeunes poètes. Certes on parlait encore du Nègre mais avec moins de pathos que les pères fondateurs ; c'est que le temps de l'action est venu. Comme l'écrit David Diop au moment où il s'apprêtait à rejoindre la Guinée, que la France voulait étouffer pour avoir osé dire non à la France en septembre 1958, avec de nombreux intellectuels, dans une lettre adressée à son beau-frère Alioune Diop :

« *Mon Alioune,*

« *... Je pars pour la Guinée au début de la semaine prochaine en compagnie de Abdou Moumouni, de Joseph Ki-Zerbo et quatre autres professeurs africains. Comme je l'ai écrit, il est des cas où celui qui se prétend intellectuel ne doit plus se contenter de vœux pieux et de déclarations d'intention mais donner à ses écrits un prolongement concret. Seule, une question de famille m'a fait hésiter quelque temps ; mais après mûre réflexion, ce problème ne m'a pas paru être un obstacle à mon départ*[1]. »

---

1. David Diop, *Coups de pilon.*

Ce propos de l'ancien élève de Senghor et d'Étiemble résume assez bien l'état d'esprit de cette nouvelle génération. Ces poètes, intellectuels africains de l'exil ou de la Diaspora pour la plupart, se sont plus impliqués dans les contradictions de leur époque, en une période d'extrême confusion idéologique (marxisme, surréalisme, panafricanisme, nationalisme, etc.). Quoique ayant grandi dans la mouvance de la Négritude, ils ont pris quelque peu des distances. Ils se proposent de participer par la plume et par l'action, de réaliser le mot d'ordre d'un des leurs, l'Antillais Frantz Fanon, ancien élève d'Aimé Césaire : « Briser définitivement les reins de l'impérialisme que l'hésitation dans le meurtre n'a jamais caractérisé. » Leur poésie sera celle de l'engagement sans fard, de l'internationalisme, de la générosité révolutionnaire et de la soif absolue d'indépendance. Pour eux, les aînés ont contribué, par la Négritude, à faire reconnaître les civilisations noires, aussi faut-il aller plus loin car, c'est encore Fanon qui parle, le fait « qu'il ait existé une brillante civilisation aztèque ou amazone ne change en rien la condition du paysan mexicain ou béninois actuellement ». Il ne peut être de nation et de culture que dans des sociétés libérées, indépendantes et administrées sur la base des intérêts populaires.

La poésie, pour cette génération, doit participer à l'information des consciences, à la mobilisation des énergies pour l'émancipation réelle des peuples opprimés. Encore Fanon : « Se battre pour la culture nationale, c'est d'abord se battre pour la libération de la nation, matrice matérielle à partir de laquelle la culture devient possible. Il n'y a pas un combat culturel qui se développerait latéralement au combat populaire [1]. »

Du coup, ces poètes, de par leur production, nous invitent à une véritable réflexion sur la fonction du poète et de la poésie. Il s'agit pour le poète d'être à côté de son peuple. David Diop (mort à l'âge de trente-trois ans), figure de proue de cette génération, a théorisé ce rôle nouveau assigné aux poètes négro-africains. D'abord pour lui la poésie « est la fusion harmonieuse

1. Toutes les citations de Frantz Fanon, sauf indication contraire, renvoient à son livre *Les Damnés de la terre*, Maspero, Paris, 1961.

du sensible et de l'intelligible, la faculté de réaliser par le son et le sens, par l'image et le rythme, l'union intime du poète avec le monde qui l'entoure[1] ». Plus loin, il précise la mission du poète : « Que le poète puise dans le meilleur de lui-même ce qui reflète les valeurs essentielles de son pays, et sa poésie sera nationale [rappelons ici que pour ces poètes, c'est toute l'Afrique qui est considérée comme une nation]. Mieux, elle sera un message pour tous, un message fraternel qui traversera les frontières, l'important étant au départ ce que Césaire appelle le droit à l'initiative, c'est-à-dire la liberté de choix et d'action. » Il met en garde le poète négro-africain contre deux dangers que sont l'assimilation et l'africanisme facile ou l'originalité à tout prix qui consiste « sous prétexte de fidélité à la Négritude [...] à se laisser aller à " gonfler " ses poèmes de termes empruntés à la langue maternelle [...] croyant faire revivre " les grands mythes africains " à coups de tam-tams abusifs et de mystères tropicaux [...] ».

***

La lutte des peuples africains est solidaire de la lutte de tous peuples sous domination : de la révolte de Dimbokro aux cages à tigre de Poulo Condor, du lynché d'Atlanta aux fusillés de Madagascar, du Vietnamien couché dans la rizière au forçat du Congo, il y a une permanence anti-oppression, un même refus de se soumettre et une même volonté de combattre. Aussi le poète ne doit pas se payer de mots ou se laisser distraire dans sa lutte contre la nuit :

Et mon sang d'années d'exil
Le sang qu'ils crurent tarir dans le cercueil des mots
Retrouve la ferveur qui transperce les brumes.

1. Toutes les citations de David Diop sont extraites de sa contribution au débat autour de la poésie nationale reproduite dans *Coups de pilon*.

Le poète négro-africain doit cesser de se lamenter, de pleurer ses morts et les révoltes écrasées en de vaines jérémiades pour s'ouvrir à l'action car

Voici qu'éclate plus haut que ma douleur
Plus pur que le matin où s'éveilla le fauve
Le cri de cent peuples écrasant les tanières.

Quand tous les peuples seront libres, alors l'humanité sera réconciliée avec elle-même et ce sera l'aube d'une ère nouvelle :

Écoutez camarades des siècles d'incendie
L'ardente clameur nègre d'Afrique aux Amériques
C'est le signe de l'aurore
Le signe fraternel qui viendra nourrir le rêve des hommes.

Les poètes de la deuxième génération n'ont pas renié tout à fait la Négritude, ils en ont tiré les conclusions des prémisses qu'ils n'ont pas posées, en allant jusqu'au bout de ce qui était en germe dans la poésie de leurs aînés, sans oublier de chanter l'amour, la femme, la terre nourricière de leurs ancêtres communs. Cela explique peut-être la grande postérité de David Diop, le poète d'un seul recueil, et la fascination que Fanon a exercée surtout chez les Noirs américains. Grandes aussi sont les influences d'un Tchicaya, d'un Depestre, etc. Beaucoup de poètes de cette génération ont connu le maquis, la prison, la mort. Ils ont payé de leur vie leur engagement.

On aurait pu craindre qu'avec de telles dispositions le style ne s'en ressentît. Au contraire ces poètes engagés étaient d'abord des poètes. Certes, leur poésie est moins savante dans sa forme que celle des aînés, mais elle gagne en dépouillement. Les vers sont énergiques, le verbe explosif souvent, l'inspiration limpide, la structure moins torturée, le rythme ferme, tantôt ample, tantôt syncopé. Le bonheur d'écrire demeure intact.

***

Les poètes des indépendances. 1960, l'année des indépendances africaines, va connaître une légère accalmie sur le plan de la production poétique et aussi romanesque. Le temps de voir de quoi ces indépendances, pour la plupart octroyées, ont accouché. Et ce sera la déception, le dépit, la désillusion douloureuse. Tout se passe comme si les indépendances avaient ôté leurs moyens à nos poètes. Le fait que beaucoup de ceux qui écrivaient se soient retrouvés au pouvoir n'explique pas tout.

Au fond, les indépendances n'ont pas tenu toutes les promesses et tous les rêves. On s'est aperçu que le Nègre qui a pris la place du Blanc n'a pas fait mieux ; pis, il a laissé s'installer la corruption, la gabegie ; il est sans projet. L'Afrique noire, dira René Dumont dès les indépendances, est mal partie. Voici que renaissent, comme une malédiction, toutes les plaies honnies : les guerres, les famines, les premiers coups d'États militaires (au Togo dès 1963), que s'installent les dictatures imbéciles, les premières euphories passées. Voici que des Nègres en oppriment d'autres, en emprisonnent, en tuent. C'est que les indépendances africaines sont truquées ; pour tirer les leçons du Vietnam et du Maghreb, on décolonise à tout va. On distribue les indépendances même à ceux qui ne les demandent point — Côte d'Ivoire, Gabon, Congo ; on se souvient des larmes de Fulbert Youlou, en présence de Malraux, quand il a fallu descendre le drapeau français pour hisser les nouvelles couleurs du Congo indépendant.

Les rares hommes d'État intègres et patriotes sont victimes de cabales, de coups d'État, d'assassinat, souvent avec l'assentiment de l'ancienne puissance coloniale quand ce n'est pas elle qui prend les initiatives. Les complots se succèdent en Guinée, Lumumba est assassiné au Congo par les Belges, Moumié du Cameroun par les services secrets français, Modibo Keita du Mali, N'Krumah du Ghana sont destitués.

Pendant ce temps la paupérisation s'accentue, la paysannerie « est aux abois », les populations se demandent quand vont finir les indépendances, ces indépendances qui, comme le note joliment Ahmadou Kourouma, « se sont abattues sur l'Afrique comme une nuée de sauterelles », tandis que l'Afrique du Sud, où

Nelson Mandela est emprisonné, ploie sous le régime inhumain de l'apartheid.

Partout les émeutes sont réprimées dans le sang, partout s'installent les partis uniques. Bref, c'est une nouvelle forme — la pire — de colonisation qui s'installe, forme que Sartre le premier a nommée « le néocolonialisme ». Certains essaient de continuer la lutte dans les dures conditions de la clandestinité et sont pourchassés sans répit par les nouveaux maîtres.

D'abord assommés par de telles calamités, les intellectuels se taisent, s'exilent ou ont peur. C'est presque une décennie après que de nouveaux ou d'anciens poètes commencent à faire entendre leur voix. Pour dénoncer, exhaler leur amertume, dire leur désillusion, fustiger certains dictateurs. Écoutons Mamadou Traoré Diop :

Ce soir, en pays bamélikê
Sous le ciel blafard de nos soleils
Truqués
La marche des pelotons serviles.

Tchicaya reprend la plume :

Avec deux orgelets
Deux dans chaque œil
Torture-moi les yeux !
Avec six gammes mineures
Six pour chaque main
Torturez-moi mes bras
Qui l'enlacèrent folle !
Le cerveau en dahlia
Que j'eus de l'avoir vue
Nue dans les langues bleues
De ce matin désaxé
Qui tond le soleil même…

Ou encore :

Un prêtre et deux séculiers de la géhenne
Le peuple à dés pipés joue et ne s'encaille
Pas de destin fait de bribes et de rêves
Décousus.

D'autres, au péril souvent de leur vie, révoquent les indépendances, en appellent à la mobilisation, à la révolte, chantent les révolutions à venir. Nokan s'écrie :

Mon pays vient
D'accoucher d'une certaine indépendance.
Est-ce le crépuscule des colons et leurs collaborateurs ?
Est-ce une aube nouvelle ?
N'y a-t-il pas des nuages
Dans le ciel clair de la liberté ?
Mon pays vient
D'accoucher d'une certaine indépendance,
Et déjà son ventre porte une révolution.

Le pire, sans doute, est que d'anciens membres du mouvement de la Négritude ou de la deuxième génération feront partie des nouveaux maîtres.

Il faut dire que cette période voit éclore une poésie révolutionnaire clandestine qu'on lit sous le manteau, tandis que des poètes confirmés préfèrent se taire ou quand ils écrivent continuent de parler de leur Afrique rêvée ou d'amour, faisant dans le lyrisme ou dans l'individualisme. C'est l'émergence d'une poésie du sujet singulier qui ne s'inscrit plus dans une démarche collective.

Le style s'en ressent : il est moins élaboré, plus saccadé, moins poétique malgré quelques rares réussites et une certaine authenticité.

***

Il y a, depuis le milieu des années 70, un regain de poésie. Il faut dire que l'engouement pour la poésie a connu une certaine pause, pendant que le roman reprenait de la vigueur avec l'apparition de romanciers talentueux comme Sony Labou Tan'si, Monénembo, Sassine, Boris Diop, etc. Il me semble qu'une des raisons de ce recul de poésie tient principalement au fait que les maisons d'édition, pour des raisons commerciales, publient de moins en moins la poésie. Parmi celles qui publiaient de la poésie, certaines ont disparu, comme Pierre Seghers. Seules des maisons d'édition comme Présence africaine, Silex, L'Harmattan ou les N.E.A., continuent de publier de manière épisodique des recueils de poèmes. Pourtant, les gens continuent d'écrire de la poésie. Je peux témoigner de l'existence de nombreux manuscrits qui dorment dans les tiroirs, faute d'éditeur.

Il existe une autre raison également importante, c'est la désaffection de beaucoup de lecteurs pour la poésie, du fait de la baisse sensible de la qualité de l'écriture. On publie un peu n'importe quoi au seul motif que c'est écrit par des Africains. Les politiques de promotion nationale (chaque pays veut avoir sa littérature) y sont également pour quelque chose. Or la poésie n'est pas de la simple versification, je la tiens pour un genre majeur, peut-être le plus difficile et le plus exigeant de tous.

Or donc, l'euphorie des indépendances passée, la critique de la Négritude retombée (critique théorique qui n'empêche pas paradoxalement une inflation d'épigones de Senghor ou de Césaire), les poètes contemporains cherchent de nouvelles voies, s'interrogent sur le langage, la difficulté d'écrire (problèmes qui n'ont pas préoccupé les aînés), ils essaient de reconstruire des lieux par eux habitables, laissent parler leur subjectivité tourmentée. Ils veulent renouveler le langage poétique lui-même. Si des thèmes de la Négritude continuent encore d'être présents, le thème dominant devient celui de la quête de soi, le retour à la terre mère, à la Mère. L'élucidation de l'humaine condition. Les poètes disent leurs désenchantements, écrasés ou médusés par l'ampleur du désastre.

Beaucoup de poètes choisissent le ton intimiste, lyrique et même mystique. Ils essaient, avec des moyens parfois précaires, de reconstruire les grands mythes fondateurs ou identitaires pour lutter contre une postmodernité de plus en plus envahissante.

Poésie de l'errance et de la déréliction. Quête de soi. Quête de sens. Solitude. Angoisse. Retour « au torrent séminal ». Il faut se reconstruire pour construire le monde. Pour ce faire, note Lilyan Kesteloot, les poètes invoquent « qui son ancêtre indien, qui le temps des Royaumes, qui son enfance au foyer ardent, qui ses dieux ethniques, ou les génies, ou les danses, ou les initiations. Retour aux sources vécu comme retour chez soi, sur soi [...] ». On sent la souffrance indicible de ces poètes à la recherche des mots pour dire leurs maux ; ils sont dans une tourmente, dans un monde hostile qu'ils voudraient néanmoins maîtriser ne fût-ce que pour calmer leur sédition intérieure. Poésie du mal vivre et du mal être. La subjectivité de ces poètes a quelque chose à voir avec la névrose, une névrose compulsive et obsessionnelle. Babacar Sall nous murmure :

La poussière de cet astre en mes yeux
Ciment le fleuve paisible de mon abreuvoir
C'est toujours à l'embouchure
Que l'eau parle à l'eau.

Et plus loin il promet ou se promet :

Je finirai bien par te revenir
Pour que cette page qui sommeille en moi
Se remplisse de ramilles encensées
Et j'arracherai au silence
L'insolence de son mutisme
Et je conjuguerai au présent
Tous les temps heureux du rêve
Pour que chacune de nos idées
Soit un univers à bâtir.

Un autre poète, Amadou Lamine Sall, se bagarre avec les mots pour chanter l'Amour et la Femme qui constamment se dérobent sous sa plume. Il se livre à une lutte désespérée pour qu'advienne le verbe « au seuil de l'être qui tressaille » :

Je t'ai cherchée partout et nulle part
Entre la fleur et la tige
Entre le jour et la nuit
Parmi les rires du sommeil
Parmi les caresses de l'absence
Partout et nulle part
Ici on parle de toi comme d'une chatte de gouttière
Ombre furtive des aubes grises
Mais tes huiles persistent à parfumer
Mon corps qui périt de solitude
Où es-tu fille de nuit
Déjà le poème s'essouffle et les mots s'esquivent
La plume danse des arabesques saoule de son vin noir
Les voyelles sont distraites
Et les consonnes rétives errent en procession
Sur le vide de la plage qui bâille.

Nous pourrions multiplier des exemples que le lecteur trouvera sans peine tout au long de la dernière partie de cette anthologie.

Si certains poètes cherchent donc désespérément à « écrire le chaos », d'autres continuent, ce sont parfois les mêmes, la veine de l'engagement dénonçant sans relâche la barbarie, la guerre, les violences politiques et économiques. Ils dénoncent « la haine des banquiers », les mercenaires ; ils invitent à une nouvelle prise de conscience : celle du sous-développement.

Ils s'emparent des grandes figures historiques qui ont marqué le continent, apportent leur soutien aux luttes de libération des colonies africaines du Portugal et à cette occasion, reviennent aux thèmes du « Nègre clochard », de l'esclavage, du racisme, de la colonisation et surtout du néocolonialisme. Ils chantent les nouveaux martyrs : N'Krumah, Lumumba mais aussi Mandela et Amilcar Cabral. Ils s'encombrent moins de style au profit de la pureté et de la violence du cri. Paul Dakeyo est le poète le plus significatif de cette nouvelle poésie de l'engagement :

Et toi ma terre amalgamée
À la misère
Je porte ton refus
Hissé virilement à hauteur
D'homme
Face à la nuit qui t'enveloppe
Dans son linceul de nuages
Avec l'éclat du jour fier
Avec tes pas qui vibrent
Dans mon âme incertaine
Comme un chant d'hirondelles
Au crépuscule sur les oriflammes
De l'horizon
Découvert
Libre.

Ou encore, le même Dakeyo et toujours dans la même veine :

J'écris pour l'aurore prochaine
Un poème de fleurs et de soleils
J'écris pour ma terre en ruine
Dont les montagnes fières
Éclairent le matin
Sorti de la nuit de l'abîme
J'écris pour l'homme
Dont le cri brise l'horizon
De mon hémisphère cellulaire.

Maxime N'Débéka veut « conjurer le destin », il en appelle à la résistance :

Engorge-toi cannibale
De mes multiples viandes
Dans tous les cheptels du globe
Le nourrisson au seuil de la vie
L'adolescent à califourchon
Sur le cheval de l'avenir

L'adulte sur l'escalier du soir
Engorge-toi cannibale
Afin que « matineux » tu dures.

La vie est-ce une torche
Qui éclaire ou qui incendie…

Et René Philombe de prédire :

Tombe des morts !
Tant de ténèbres pour tant de cœurs
Alors qu'il brille tant de soleils
Pour tous les cœurs
Et tant d'insomnies pour tant de ventres
Alors qu'en paix
Peuvent dormir tous les ventres
En paix
En paix.

Hier
Pas plus tard qu'hier
Un seul bataillon de cœurs battant en chœur
Et rugissant à perdre haleine
Un seul credo de solidarité
Contre mille ogres banquetant sur
Mille négrocides.

Même les titres des recueils sont significatifs des intentions de ces poètes engagés : *Chant d'accusation, Barbelés du matin, Soweto, soleils fusillés, On ne raisonne pas le venin, Soleil neuf, Les Signes du silence*, etc.

***

Cette dernière période — et cela mérite d'être signalé — voit l'irruption des femmes dans la littérature. Pendant longtemps, il n'y a eu qu'une seule femme pour écrire et ce, depuis les années

50, c'était la Sénégalaise Annette Mbaye D'Erneveille. Aujourd'hui, des femmes écrivent et s'emparent de tous les genres : romans, contes, nouvelles, poèmes. Au plan poétique des voix s'imposent tout de suite : Véronique Tadjo, Tanella Boni, Wéréwéré Liking, Kiné Kirama Fall, etc.

Comme je l'écrivais à propos de Véronique Tadjo, la poésie « féminine », plus pudique, plus intimiste, a visiblement une fonction purificatrice. Les femmes écrivent contre la solitude, l'angoisse, pour l'amour, la mémoire, l'identité.

C'est une poésie d'angoisse souvent, de solitude parfois mâtinée de désespoir ; elle révèle, chemin faisant, sur le ton de la confidence, la détresse, le besoin de pureté et d'absolu, l'envie d'aller à l'assaut d'autres horizons. Contre la tentation du silence, elle veut maintenir ferme, l'incandescence de la parole poétique pour guérir la terre, rédimer ses racines, afin que mûrissent les fruits appendus à l'arbre des espérances nouvelles, au mitan d'une volonté fiévreuse, ouvrière de printemps désirés. Le tout murmuré, susurré, à peine quelques cris dans une écriture liquide, limpide, fortement chargée d'émotion par son caractère allusif.

En plus de la quête initiatique, si sensible chez Véronique Tadjo, il y a, dans cette poésie, un souci du quotidien, un sens des réalités et un besoin viscéral d'assomption de la subjectivité féminine longtemps brimée par des sociétés généralement patriarcales. Les poétesses revendiquent leur droit à l'existence et à l'amour, s'interrogent sur la condition féminine, redécouvrent leur corps mais aussi leur place dans la lutte commune dans l'édification de sociétés nouvelles, libres et fraternelles ; récusant par avance toute volonté de « ghettoïsation » abusive, elles assument leur rôle dans la dénonciation du sort fait au continent, s'émeuvent des guerres et génocides, crient leur révolte contre tous les maux qui habitent depuis longtemps et sans désemparer leur terre, leur territoire, leur pays, en gardiennes vigilantes des temples d'hier mais aussi ceux de demain à l'édification desquels il faut contribuer ici et maintenant.

Écoutons Véronique Tadjo :

Tu es
Le grain du sable
Dans la machine
À faire le temps
Tu es
Tam-tam puissant
Balayant la savane
Et nous n'aurons point besoin
De foudre
Pour tisser
Des soleils.

Oui, point n'est « besoin de foudre pour tisser des soleils ». Écoutons-la de nouveau :

Il faut que tu reviennes
De cette longue chevauchée
De cet exil sans fin
Au plus profond de toi
Viens boire à chaque bouche
La clameur de ton peuple
Tu as trop d'espoirs
À féconder
Trop de chaînes à éclater.

Et enfin :

Il n'y a qu'une seule histoire d'amour que
Nous habillons et déshabillons avec nos mots
Et nos espoirs, une seule vraie saison de cœur
Où l'univers peut éclore, un seul moment de
Grâce pour renaître et reconstruire le monde
Envers et contre tout.

Tanella Boni est dans la même veine quand elle écrit, comme désabusée mais de manière fort lucide, s'interrogeant sur la parole et le sens :

Ici il n'y a pas de parole heureuse
Il y a des rires et des larmes qui marient
Leurs rythmes ensemble
À la tombée du matin
Il y a la bêtise humaine qui n'est plus un mot
C'est l'air qui tue sans en avoir l'air jamais
L'homme et la femme
À coups de bombe insecticide
Il y a la
Foutaise
Ce cri de victoire
Sur les forces occultes du silence.

Si elle parle de la bêtise humaine à propos du génocide rwandais, elle n'oublie pas aussi qu'elle est une femme, elle célèbre le corps de la femme :

Car une peau de femme
Est un conte inattendu
Que les savants du monde entier
Ne sauront jamais déchiffrer.

Mais la femme n'est pas seulement un corps au mystère insondable, et qui à ce titre mérite respect, elle est également intelligence et sensibilité, promesse d'espoir, un fil d'Ariane :

Pendant ce temps ton pays ton beau pays est
Un vacarme un fleuve une tempête ton
Pays ton beau pays un tam-tam une fête
Une marche immense à reculons

Sur le coup de midi tu entames ton périple
Sans fin tu descendras comme un ovni
Sur cette terre qui te tient pour un objet
De musée sans nom alors tu descendras
Sur cette terre comme un messager des

Galaxies-avenir *comme un cerf-volant*
Au milieu du *labyrinthe.*

Ainsi, la poésie féminine se révèle être très prometteuse et aidera, n'en doutons point, au renouvellement du genre : les poèmes de femmes que vous lirez dans cette anthologie en constituent d'heureuses prémices.

***

C'est le temps de conclure. Des débats multiples et passionnés ont lieu dans les milieux universitaires, culturels et politiques négro-africains quant à l'aptitude de la langue française à traduire les espérances, les aspirations, les défis du développement pour des peuples dont le français n'est pas la langue maternelle. En effet, la question s'est posée dès avant les indépendances pour atteindre aujourd'hui une virulence inaccoutumée surtout depuis la naissance de la francophonie institutionnelle. Le combat pour la nécessaire revalorisation des langues nationales négro-africaines s'est accompagné d'une violente dénonciation des ambiguïtés — voire de l'impérialisme — de la francophonie considérée soit comme une menace, soit comme un mal nécessaire, quand elle n'est pas un vestige insupportable de l'impérialisme colonial. J'ai déjà dit plus haut ce qu'il fallait penser du statut du français en Afrique. J'y reviens pour dire que l'usage du français par les Négro-Africains est une donnée historique, culturelle, sociale sur laquelle il n'est ni juste ni possible de revenir. Que le problème ne peut pas être posé en termes de choix volontariste, car le créateur ne choisit pas sa langue, il est choisi par une langue. Or il ne saurait y avoir de poésie, de chant véritable sans méditation véritable sur le langage, sur la tradition, notamment celle de la prosodie et de la métrique françaises quand on écrit en français.

Ne pas en tenir compte, comme cela est arrivé, déclenchant l'ire de Lilyan Kesteloot, en dépit du fait qu'il conduit à une littérature de slogans (la Guinée de Sékou Touré nous en a donné un triste exemple), c'est récuser l'historicité fondamentale de la langue et oublier que le nouveau advient toujours dans la maturation de l'ancien, et que traditions savantes et traditions populaires doivent également mériter l'attention du poète, et qu'elles sont des points de départ à l'effort d'originalité et d'inventivité poétiques pour peu qu'on les rumine. Pour celui qui a été choisi par le français, la maîtrise du médium est indispensable, s'il vise à une plus grande efficacité dans son travail.

Je sais aussi que la poésie négro-africaine manquera d'authenticité et d'africanité aussi longtemps que les poésies traditionnelles ne seront pas prises en compte ; qu'elle ne s'écrira pas aussi, voire principalement, dans les langues africaines. Il est donc légitime que des créateurs qui peuvent écrire dans leur langue nationale le fassent, cela est même souhaitable si l'outil est suffisamment maîtrisé ; beaucoup de poètes se sont d'ailleurs engagés victorieusement dans cette voie. À condition de ne pas jeter le français à la mer et d'interdire à des poètes de continuer d'écrire en langue française. Si on ne perd pas de vue la perspective historique, il se développera inéluctablement une poésie négro-africaine en langues négro-africaines, intégrant la poésie en langue française qui en aura constitué un moment significatif ; sans compter qu'il n'est pas interdit de rêver à un bilinguisme harmonieux, décomplexé et déculpabilisé.

En attendant, la lecture de soixante-dix ans de poésie négro-africaine d'expression française fait apparaître celle-ci comme une caisse de résonance des contradictions historiques réelles. En effet, cette poésie, dès l'origine, est soumise à des tensions, des fissures, des conflits internes. Tout se passe comme si la prégnance accrue du réel la sommait de dire ce qu'elle tait, d'exhiber ses fondements réels, de restituer sa signification profonde. D'où l'opacité relative — non rédhibitoire — de cette poésie pour un regard étranger. Poésie qu'il faut souvent ramener à sa genèse pour en avoir une intelligence complète. Au-delà de sa littéralité immédiate, elle ne livre son sens profond (sa signifiance) recouvert par le sens manifeste (la représentation mimétique) que confrontée à ses contexte, inter-texte et hors-texte. Si cette constatation est valable au fond pour toute poésie qui se lit (ou s'entend)

« littéralement et dans tous les sens », elle est particulièrement vraie quand le poème n'est pas écrit dans la langue naturelle du poète.

Ces considérations théoriques ne doivent cependant pas occulter l'écriture elle-même. Écrire, c'est témoigner, raconter, créer. Le poème n'est pas le lieu du concept, de l'analyse ou du message délivré *ex cathedra*, mais celui de l'émotion, de la sensibilité, en un mot de l'esthétique au sens étymologique du terme. Il préfère à la ligne droite soigneusement expurgée de ses scories les chemins de traverse.

Pourtant, tout poème, en sa visée initiale, veut dévoiler le réel. Mais le poète sait que le réel n'est pas lisible d'emblée ; s'il l'était, pourquoi écrirait-il ? L'écriture du réel suppose des médiations, des artifices du langage, « des ruses », des détours sans lesquels il n'y a pas de poésie qui vaille. Or, le réel, source de nos illusions et de nos phantasmes dont il est constitutif, est un jeu, un jeu spéculaire, jeu entre ce qui est et ce qui n'est pas encore. L'intuition du créateur est qu'il accède mieux au réel en s'en détournant dans un premier temps et que, pour ce faire, il refuse d'aliéner sa liberté en le moulant dans des corsets. Mais ce refus qui jaillit de son appréhension du réel ne saurait à son tour être ritualisé, normalisé. Le vrai poète est authentique, totalement libre — c'est « son droit à l'initiative » — dans ses intentions, ses motivations, dans son inspiration et dans son souffle.

Qu'importe alors que son poème traduise l'imaginaire, exprime une symbolique, exalte le moi ; qu'il soit engagé, qu'il respecte la matérialité des faits, qu'il soit chronique ou récit, qu'il plonge dans le quotidien ou s'envole vers l'absolu ; pourvu que le poète ne ruse pas avec lui-même, qu'il ne triche pas, que son émotion, ayant trouvé le chemin si malaisé du langage, arrive à la parole, intacte. Alors seulement la poésie devient jubilatoire et sous la plume du poète, ses poèmes seront, selon la magnifique formule de Césaire, « des armes miraculeuses ».

La poésie négro-africaine d'expression française fut un moment de la conscience noire et, au-delà, de la conscience humaine tout court. Voici donc une anthologie de près de soixante-dix auteurs de vingt pays différents de l'Afrique noire, des Grandes et Petites Antilles, de l'océan Indien, avec plus de trois cents poèmes. Je vous souhaite bonne découverte ou redécouverte et bonne dégustation.

Hamidou Dia.

I.

Haïti où la Négritude se mit debout pour la première fois et dit qu'elle croyait en son humanité

Jean-François Brierre

HAÏTI

Né à Jérémie le 28 septembre 1928, il fut membre du Mouvement indigéniste en Haïti, avant d'en être chassé par la dictature de François Duvalier, dit Papa Doc, et de se réfugier au Sénégal pendant de longues années. Avec lui, écrit Lilyan Kesteloot, « éclatent la solidarité triomphante de la race et le cri de révolte qui mettra le feu à la nouvelle littérature nègre ». Comme beaucoup d'Antillais, sa poésie est une quête inquiète d'un lieu habitable qui passe par la prise de conscience douloureuse d'un passé d'esclavage et d'humiliation.

BLACK SOUL

Cinq siècles vous ont vus les armes à la main
Et vous avez appris aux races exploitantes
La passion de la liberté.
À Saint-Domingue
Vous jalonniez de suicidés
Et paviez de pierres anonymes
Le sentier tortueux qui s'ouvrit un matin
Sur la voie triomphale de l'indépendance.
Et vous avez tenu sur les fonts baptismaux
Étreignant d'une main la torche de Vertières
Et de l'autre brisant les fers de l'esclavage,
La naissance de la liberté
De toute l'Amérique espagnole.

Vous avez construit Chicago

En chantant des blues,
Bâti les États-Unis
Au rythme des spirituals
Et votre sang fermente
Dans les rouges sillons du drapeau étoilé.

Sortant des ténèbres
Vous sautez sur le ring
Champions du monde
Et frappez à chaque victoire
Le gong sonore des revendications de la race.

Au Congo
En Guinée
Vous vous êtes dressés contre l'impérialisme
Et l'avez combattu
Avec des tambours,
Des airs étranges
Où grondait, houle omniprésente,
Le chœur de vos haines séculaires.
Vous éclairez le monde
À la lumière de vos incendies.

Et aux jours sombres de l'Éthiopie martyre
Vous êtes accourus de tous les coins du monde
Mâchant les mêmes airs amers,
La même rage,
Les mêmes cris.
En France,
En Belgique,
En Italie,
En Grèce,
Vous avez affronté les dangers et la mort.
Et au jour de triomphe,
Après que des soldats
Vous eurent chassés avec René Maran

D'un café de Paris,
Vous êtes revenus
Sur des bateaux
Où l'on vous mesurait déjà la place
Et refoulait à la cuisine,
Vers vos outils,
Votre balai,
Votre amertume,
À Paris,
À New York,
À Alger,
Au Texas,
Derrière les barbelés féroces
De tous les pays du monde.
On vous a désarmés partout.
Mais peut-on désarmer le cœur d'un homme noir ?
Si vous avez remis l'uniforme de guerre,
Vous avez bien gardé vos nombreuses blessures
Dont les lèvres fermées vous parlent à voix basse.

Vous attendez le prochain appel,
L'inévitable mobilisation,
Car votre guerre à vous n'a connu que des trêves,
Car il n'est pas de terre où n'ait coulé ton sang
De langue où ta couleur n'ait été insultée.
Vous souriez, Black Boy,
Vous chantez,
Vous dansez,
Vous bercez les générations
Qui montent à toutes les heures
Sur les fronts du travail et de la peine,
Qui monteront demain à l'assaut des bastilles
Vers les bastions de l'avenir
Pour écrire dans toutes les langues,
Aux pages claires de tous les ciels,
La déclaration de tes droits méconnus

Depuis plus de cinq siècles
En Guinée,
Au Maroc,
Au Congo,
Partout enfin où vos mains noires
Ont laissé aux murs de la Civilisation
Des empreintes d'amour, de grâce et de lumière…

ME REVOICI, HARLEM

Au souvenir des lynchés de Géorgie,
victimes du fascisme blanc.

Frère Noir, me voici ni moins pauvre que toi,
Ni moins triste ou plus grand. Je suis parmi la foule
L'anonyme passant qui grossit le convoi,
La goutte noire solidaire de tes houles.

Vois, tes mains ne sont pas moins noires que nos mains,
Et nos pas à travers des siècles de misère
Marquent le même glas sur le même chemin :
Nos ombres s'enlaçaient aux marches des calvaires.

Car nous avons déjà côte à côte lutté.
Lorsque je trébuchais, tu ramassais mes armes,
Et de tout ton grand corps par le labeur sculpté,
Tu protégeais ma chute et souriais en larmes.

De la jungle montait un silence profond
Que brisaient par moments d'indicibles souffrances.
Dans l'acre odeur du sang je relevais le front
Et te voyais dressé sur l'horizon, immense.

Nous connûmes tous deux l'horreur des négriers…
Et souvent comme moi tu sens des courbatures

Se réveiller après les siècles meurtriers,
Et saigner dans ta chair les anciennes blessures.

Mais il fallut nous dire adieu vers seize cent.
Nous eûmes un regard où dansaient des mirages,
D'épiques visions de batailles et de sang :
Je revois ta silhouette aux deux âges.
Ta trace se perdit aux rives de l'Hudson.
L'été à Saint-Domingue accueillit mon angoisse,
Et l'écho me conta dans d'étranges chansons
Les Peaux-Rouges pensifs dont on défit la race.

Les siècles ont changé de chiffres dans le temps.
Saint-Domingue, brisant les chaînes, les lanières,
— L'incendie étalant sa toile de titan —
Arbora son drapeau sanglant dans la lumière.

Me revoici, Harlem. Ce Drapeau, c'est le tien,
Car le pacte d'orgueil, de gloire et de souffrance,
Nous l'avons contracté pour hier et demain :
Je déchire aujourd'hui les suaires du silence.
Ton carcan blesse encore mon cri le plus fécond.
Comme hier dans la cale aux sombres agonies,
Ton appel se déchire aux barreaux des prisons,
Et je respire mal lorsque tu t'asphyxies.

Nous avons désappris le dialecte africain,
Tu chantes en anglais mon rêve et ma souffrance,
Au rythme de tes blues dansent mes vieux chagrins,
Et je dis ton angoisse en la langue de France.

Le mépris qu'on te jette est sur ma joue à moi.
Le lynché de Floride a son ombre en mon âme,
Et du bûcher sanglant que protège la loi,
Vers ton cœur, vers mon cœur monte la même flamme.

Quand tu saignes, Harlem, s'empourpre mon mouchoir.
Quand tu souffres, ta plainte en mon chant se prolonge.
De la même ferveur et dans le même soir,
Frère Noir, nous faisons tous le même songe.

Extraits de *Anthologie de la nouvelle poésie nègre et malgache*, L.S. Senghor, P.U.F., 1985.

Léon Laleau

HAÏTI

Léon Laleau, membre du Mouvement indigéniste, est connu comme poète grâce à l'*Anthologie* de Senghor. Il est célèbre pour avoir, le premier, posé la question linguistique. Comment traduire dans une langue étrangère des émotions venues d'ailleurs ?

TRAHISON

Ce cœur obsédant, qui ne correspond
Pas à mon langage ou à mes costumes,
Et sur lequel mordent, comme un crampon,
Des sentiments d'emprunt et des coutumes
D'Europe, sentez-vous cette souffrance
Et ce désespoir à nul autre égal
D'apprivoiser, avec des mots de France,
Ce cœur qui m'est venu du Sénégal ?

CANNIBALE

Ce désir sauvage, certain jour,
De mêler du sang et des blessures
Aux gestes contractés de l'Amour
Et de percevoir, sous les morsures
Qui perpétuent le goût des baisers,

Les sanglots de l'amante, et ses râles…
Ah ! rudes désirs inapaisés
De mes noirs ancêtres cannibales…

Extraits de *Anthologie de la nouvelle poésie nègre et malgache*, L.S. Senghor, P.U.F., 1985.

Jacques Roumain

HAÏTI

Né en 1907, Roumain est mort en 1944. Membre du Mouvement indigéniste. Auteur de l'inoubliable *Gouverneur de la rosée*, Roumain fut écrivain, poète, communiste. Son verbe à la fois ardent et humaniste a inspiré durablement beaucoup de poètes du mouvement de la Négritude (Césaire, Senghor, David Diop, etc.).

BOIS D'ÉBÈNE

Prélude

Si l'été est pluvieux et morne
si le ciel voile l'étang d'une paupière de nuage
si la palme se dénoue en haillons
si les arbres sont d'orgueil et noirs dans le vent et la brume
si le vent rabat vers la savane un lambeau de chant funèbre
si l'ombre s'accroupit autour du foyer éteint
si une voiture d'ailes sauvages emporte l'île vers les naufrages
si le crépuscule noie l'envol déchiré d'un dernier mouchoir
et si le cri blesse l'oiseau
tu partiras

abandonnant ton village
sa lagune et ses raisiniers amers
la trace de tes pas dans ses sables
le reflet d'un songe au fond d'un puits
et la vieille tour attachée au tournant du chemin
comme un chien fidèle au bout de sa laisse

et qui aboie dans le soir
un appel fêlé dans les herbages...

Nègre colporteur de révolte
tu connais les chemins du monde
depuis que tu fus vendu en Guinée
une lumière chavirée t'appelle
une pirogue livide
échouée dans la suie d'un ciel de faubourg

Cheminées d'usines
palmistes décapités d'un feuillage de fumée
délivrent une signature véhémente

La sirène ouvre ses vannes
du pressoir des fonderies coule un vin de haine
une houle d'épaules l'écume des cris
et se répand dans les ruelles
et fermente en silence
dans les taudis cuves d'émeute

Voici pour ta voix un écho de chair et de sang
noir messager d'espoir
car tu connais tous les chants du monde
depuis ceux des chantiers immémoriaux du Nil

Tu te souviens de chaque mot le poids des pierres d'Égypte
et l'élan de ta misère a dressé les colonnes des temples
comme un sanglot de sève la tige des roseaux

Cortège titubant ivre de mirages
sur la piste des caravanes d'esclaves
élèvent
maigres branchages d'ombres enchaînés de soleil
des bras implorants vers nos dieux

Mandingues Arada Bambara Ibo
gémissant un chant qu'étranglaient les carcans

(et quand nous arrivâmes à la côte
Mandingues Bambara Ibo
quand nous arrivâmes à la côte
Bambara Ibo
Il ne restait de nous
Bambara Ibo
qu'une poignée de grains épars
dans la main du semeur de mort)

Ce même chant repris aujourd'hui au Congo

Mais quand donc ô mon peuple
les hivers en flammes dispersant un orage
d'oiseaux de cendre
Reconnaîtrai-je la révolte de tes mains ?

Et que j'écoutai aux Antilles
car ce chant négresse
qui t'enseigna négresse ce chant d'immense peine
Négresse des Îles
Négresse des plantations
cette plainte désolée

Comme dans la conque le souffle oppressé des mers

Mais je sais aussi un silence
un silence de vingt-cinq mille cadavres nègres
de vingt-cinq mille traverses de Bois-d'Ébène

Sur les rails du Congo-Océan
mais je sais
des suaires de silence aux branches de cyprès
des pétales de noirs caillots aux ronces
de ce bois où lynché mon frère de Georgie
et berger d'Abyssinie

Quelle épouvante te fit berger d'Abyssinie
et masque de silence minéral

quelle rosée infâme de tes brebis un troupeau de marbre
dans les pâturages de la mort

Non il n'est pas de cangue ni de lierre pour l'étouffer
de geôle de tombeau pour l'enfermer
d'éloquence pour le travestir des verroteries du mensonge

le silence

plus déchirant qu'un simoun de sagaie
plus rugissant qu'un cyclone de fauves
et qui hurle
s'élève
appelle
vengeance et châtiment
un raz de marée de pus et de lave
sur la félonie du monde
et le tympan du ciel crevé sous le poing
de la justice

Afrique j'ai gardé ta mémoire Afrique
tu es en moi

Comme l'écharde dans la blessure
comme un fétiche tutélaire au centre du village
fais de moi la pierre de ta fronde
de ma bouche les lèvres de ta plaie
de mes genoux les colonnes brisées de ton abaissement…

NOUVEAU SERMON NÈGRE

À Tristan Rémy.

*I*ls ont craché à Sa Face leur mépris glacé
Comme un drapeau noir flotte au vent battu par la neige
Pour faire de lui le pauvre Nègre le dieu des puissants

De ses haillons des ornements d'autel
De son doux chant de misère
De sa plainte tremblante de banjo
Le tumulte orgueilleux de l'orgue
De ses bras qui halaient les lourds chalands
Sur le fleuve Jourdain
L'arme de ceux qui frappent par l'épée
De son corps épuisé comme le nôtre dans les plantations de coton
Tel un charbon ardent
Tel un charbon ardent dans un buisson de roses blanches
Le bouclier d'or de leur fortune
Ils ont blanchi Sa Face noire sous le crachat de leur mépris glacé

Ils ont craché sur Ta Face noire
Seigneur, notre ami, notre camarade
Toi qui écartas du visage de la prostituée
Comme un rideau de roseaux ses longs cheveux sur la source de ses larmes

Ils ont fait
les riches les pharisiens les propriétaires fonciers les banquiers
Ils ont fait de l'homme saignant le dieu sanglant
Oh Judas ricane
Oh Judas ricane
Christ entre deux voleurs comme une flamme déchirée
au sommet du monde
Allumait la révolte des esclaves
Mais aujourd'hui est dans la maison des voleurs
Et ses bras déploient dans les cathédrales l'ombre étendue du vautour
Et dans les caves des monastères le prêtre compte les Intérêts des trente deniers
Et les clochers des églises crachent la mort sur les multitudes affamées

Nous ne leur pardonnerons pas, car ils savent ce qu'ils font

Ils ont lynché John qui organisait le syndicat
Ils l'ont chassé comme un coup hagard avec des chiens à travers bois
Ils l'ont pendu en riant au tronc du vieux sycomore
Non, frères, camarades
Nous ne prierons plus
Notre révolte s'élève comme le cri de l'oiseau de tempête au-dessus du clapotement pourri des marécages
Nous ne chanterons plus les tristes spirituals désespérés
Un autre chant jaillit de nos gorges
Nous déployons nos rouges drapeaux
Tachés du sang de nos justes
Sous ce signe nous marcherons
Sous ce signe nous marchons
Debout les damnés de la terre
Debout les forçats de la faim.

Extraits de *Anthologie de la nouvelle poésie nègre et malgache*, L.S. Senghor, P.U.F., 1985.

II.

Le mouvement de la Négritude : les pères fondateurs

Aimé Césaire

MARTINIQUE

On ne présente plus l'insulaire poète solaire de la Négritude : Aimé Césaire. Normalien, il fut, avec Léopold Sédar Senghor et Léon Gontron Damas, membre fondateur du mouvement de la Négritude. C'est lui qui inventa le mot qui parut pour la première fois dans cette parturition douloureuse que fut l'inoubliable *Cahier d'un retour au pays natal* publié pour la première fois en 1939.

Il est né le 25 juin 1913 à la Martinique. Il fut pendant des décennies député-maire de Fort-de-France avant de prendre sa retraite.

AU BOUT DU PETIT MATIN, CETTE VILLE PLATE

*É*talée...

Et dans cette ville inerte, cette foule criarde si étonnamment passée à côté de son mouvement, de son sens, sans inquiétude, à côté de son vrai cri, le seul qu'on eût voulu l'entendre crier parce qu'on le sent sien lui seul ; parce qu'on le sent habiter en elle dans quelque refuge profond d'ombre et d'orgueil, dans cette ville inerte, cette foule à côté de son cri de faim, de misère, de révolte, de haine, cette foule si étrangement bavarde et muette.

Dans cette ville inerte, cette étrange foule qui ne s'entasse pas, ne se mêle pas : habile à découvrir le point de désencastration, de fuite, d'esquive. Cette foule qui ne sait pas faire foule, cette foule, on s'en rend compte, si parfaitement seule sous ce soleil, à la façon dont une femme, toute on eût cru à sa cadence lyrique, interpelle brusquement une pluie hypothétique et lui intime l'ordre de ne pas tomber ; ou à un signe rapide de croix sans mobile visible ; ou à l'animalité subitement grave d'une paysanne, urinant debout, les jambes écartées, roides.

Dans cette ville inerte, cette foule désolée sous le soleil, ne participant à rien de ce qui s'exprime, s'affirme, se libère au grand jour de cette terre sienne. Ni à l'impératrice Joséphine des Français rêvant très haut au-dessus de la négraille. Ni au libérateur figé dans sa libération de pierre blanchie. Ni au conquistador. Ni à ce mépris, ni à cette liberté, ni à cette audace.

Au bout du petit matin, cette ville inerte et ses au-delà de lèpres, de consomption, de famines, de peurs juchées dans les arbres, de peurs creusées dans le sol, de peurs en dérive dans le ciel, de peurs amoncelées et ses fumerolles d'angoisse.

PARTIR

Comme il y a des hommes-hyènes et des hommes-panthères, je serai un homme-juif
un homme-cafre
un homme-hindou-de-Calcutta
un homme-de-Harlem-qui-ne-vote-pas

l'homme-famine, l'homme-insulte, l'homme-torture
on pouvait à n'importe quel moment le saisir le rouer
de coups, le tuer — parfaitement le tuer — sans avoir de compte à rendre à personne sans avoir d'excuses à présenter à personne
un homme-juif
un homme-pogrom
un chiot
un mendigot

mais est-ce qu'on tue le Remords, beau comme la face de stupeur
d'une dame anglaise qui trouverait
dans sa soupière un crâne hottentot ?

Je retrouverais le secret de grandes communications et de grandes combustions. Je dirais orage. Je dirais fleuve. Je dirais tornade. Je dirais feuille. Je dirais arbre. Je serais mouillé de toutes les pluies, humecté de toutes les rosées. Je roulerais comme du sang frénétique sur le courant lent de l'œil des mots en chevaux fous en enfants frais en caillots en couvre-feu en vestiges de temple en pierres précieuses assez loin pour décourager les mineurs. Qui ne me comprendrait pas ne comprendrait pas davantage le rugissement du tigre [...].

Partir. Mon cœur bruissait de générosités emphatiques.

Partir... j'arriverais lisse et jeune dans ce pays mien et je dirais à ce pays dont le limon entre dans la composition de ma chair : « J'ai longtemps erré et je reviens vers la hideur désertée de vos plaies. »

Je viendrais à ce pays mien et je lui dirais :

« Embrassez-moi sans crainte... Et si je ne sais que parler c'est pour vous que je parlerai. »

Et je lui dirais encore :

« Ma bouche sera la bouche des malheurs qui n'ont point de bouche, ma voix, la liberté de celles qui s'affaissent au cachot du désespoir. »

Et venant je me dirais à moi-même :

« Et surtout mon corps aussi bien que mon âme, gardez-vous de vous croiser les bras en l'attitude stérile du spectateur, car la vie n'est pas un spectacle, car une mer de douleurs n'est pas un proscenium, car un homme qui crie n'est pas un ours qui danse... »

Ce qui est à moi
c'est un homme seul emprisonné de blanc
c'est un homme seul qui défie les cris des blancs de la mort blanche
(TOUSSAINT, TOUSSAINT LOUVERTURE)
c'est un homme seul qui fascine l'épervier blanc de la mort blanche
c'est un homme seul dans la mer inféconde de sable blanc
c'est un moricaud vieux dressé contre les eaux du ciel
La mort décrit un cercle brillant au-dessus de cet homme
la mort étoile doucement au-dessus de sa tête
la mort souffle, folle, dans la cannaie mûre de ses bras
la mort galope dans la prison comme un cheval blanc
la mort luit dans l'ombre comme des yeux de chat
la mort hoquette comme l'eau sous Cayes
la mort est un oiseau blessé
la mort décroît
la mort vacille
la mort est un patyura ombrageux
la mort expire dans une blanche mare de silence [...]

Des mots ?
Ah oui, des mots !
Raison, je te sacre vent du soir.
Bouche de l'ordre ton nom ?
Il m'est corolle du fouet.
Beauté je t'appelle pétition de la pierre.
Mais ah ! la rauque contrebande de mon rire
Ah ! mon trésor de salpêtre !
Parce que nous vous haïssons vous et votre raison,
Nous nous réclamons de la démence précoce de la Folie flambante du cannibalisme tenace

Trésor, comptons :
la folie qui se souvient
la folie qui hurle

la folie qui voit
la folie qui se déchaîne

Et vous savez le reste

Que 2 et 2 font 5 ! que la forêt miaule
que l'arbre tire les marrons du feu
que le ciel se lisse la barbe
et caetera et caetera...

Qui et quels nous sommes ? Admirable question !

À force de regarder les arbres je suis devenu un arbre
Et mes longs pieds d'arbre ont creusé dans le sol de larges sacs à venin de hautes villes d'ossements
à force de penser au Congo
je suis devenu un Congo bruissant de forêts et de fleuves
où le fouet claque comme un grand étendard l'étendard du prophète
où l'eau fait
likouala-likouala
où l'éclair de la colère lance sa hache verdâtre et force
les sangliers de la putréfaction dans la belle orée
violente des narines.

Je refuse de me donner mes boursouflures comme d'authentiques gloires.
Et je ris de mes anciennes imaginations puériles.

Non, nous n'avons jamais été amazones du roi du
Dahomey, ni princes de Ghana avec huit cents chameaux,
Ni docteurs à Tombouctou Askia le
Grand étant le roi, ni architectes de Djenné, ni Maïs,
Ni guerriers. Nous ne nous sentons pas sous l'aisselle

La démangeaison de ceux qui tinrent jadis la lance. Et puisque j'ai juré de rien celer de notre histoire (moi qui n'admire rien tant que le mouton broutant son ombre d'après-midi), je veux avouer que nous fûmes de tout temps d'assez piètres laveurs de vaisselle, des cireurs de chaussures sans envergure, mettons les choses au mieux, d'assez consciencieux sorciers et le seul indiscutable record que nous ayons battu est celui d'endurance à la chicotte...

Et ce pays cria pendant des siècles que nous sommes des bêtes brutes ; que les pulsations de l'humanité s'arrêtent aux portes de la négrerie ; que nous sommes un fumier ambulant hideusement prometteur de cannes tendres et de coton soyeux et l'on nous marquait au fer rouge et nous dormions dans nos excréments et l'on nous vendait sur les places et l'aune de drap anglais et la viande salée d'Irlande coûtaient moins cher que nous, et ce pays était calme, tranquille, disant que l'esprit de Dieu était dans ses actes [...].

Ceux qui n'ont inventé ni la poudre ni la boussole
Ceux qui n'ont jamais su dompter la vapeur ni
L'électricité
Ceux qui n'ont exploré ni les mers ni le ciel
Mais ils savent en ses moindres recoins le pays de Souffrance
Ceux qui n'ont connu de voyage que de déracinements
Ceux qui se sont assouplis aux agenouillements
Ceux qu'on domestiqua et christianisa
Ceux qu'on inocula d'abâtardissement
Tam-tams de mains vides
Tam-tams inanes de plaies sonores
Tam-tams burlesques de trahison tabide

Tiède petit matin de chaleurs et de peurs ancestrales
Par-dessus bord mes richesses pérégrines
Par-dessus bord mes faussetés authentiques
Mais quel étrange orgueil tout soudain m'illumine ?

Ô lumière amicale
Ô fraîche source de la lumière
Ceux qui n'ont inventé ni la poudre ni la boussole
Ceux qui n'ont jamais su dompter la vapeur ni
L'électricité
Ceux qui n'ont exploré ni les mers ni le ciel
Mais ceux sans qui la terre ne serait pas la terre
Gibbosité d'autant plus bienfaisante que la terre
Déserte
Davantage la terre
Silo où se préserve et se mûrit ce que la terre a plus de Terre
Ma Négritude n'est pas une pierre, sa surdité ruée contre la clameur du jour
Mais Négritude n'est pas une taie d'eau morte sur l'œil
Mort de la terre
Ma Négritude n'est ni une tour ni une cathédrale

Elle plonge dans la chair rouge du sol
Elle plonge dans la chair ardente du soleil
Elle troue l'accablement opaque de sa droite patience

Eia pour le Kaïlcédrat royal !
Eia pour ceux qui n'ont jamais rien inventé
Pour ceux qui n'ont jamais rien exploré
Pour ceux qui n'ont jamais rien dompté

Mais ils s'abandonnent, saisis, à l'essence de toute Chose
Ignorant des surfaces mais saisis par le mouvement
De toute chose
Insoucieux de dompter, mais jouant le jeu du monde

Véritablement les fils aînés du monde
Poreux à tous les souffles du monde
Aire fraternelle de tous les souffles du monde
Lit sans drain de toutes les eaux du monde
Étincelle du feu sacré du monde
Chair de la chair du monde palpitant du mouvement

Même du monde !

Tiède petit matin de vertus ancestrales

Sang ! Sang ! tout notre sang ému par le cœur mâle du Soleil
Ceux qui savent la féminité de la lune au corps d'huile
L'exaltation réconciliée de l'antilope et de l'étoile
Ceux dont la survie chemine en la germination de
L'herbe !
Eia parfait cercle du monde et close concordance !

Écoutez le monde blanc
Horriblement las de son effort immense
Ses articulations rebelles craquer sous les étoiles
Dures
Ses raideurs d'acier bleu transperçant la chair mystique
Écoute ses victoires proditoires trompeter ses défaites
Écoute aux alibis grandioses son piètre trébuchement

Pitié pour nos vainqueurs omniscients et naïfs !

Eia pour ceux qui n'ont jamais rien inventé
Pour ceux qui n'ont jamais rien exploré
Pour ceux qui n'ont jamais rien dompté

Eia pour la joie
Eia pour l'amour
Eia pour la douleur aux pis de larmes réincarnées.

Et voici au bout de ce petit matin ma prière virile
Que je n'entende ni les rires ni les cris, les yeux fixés
Sur cette ville que je prophétise, belle,
Donnez-moi la foi sauvage du sorcier
Donnez à mes mains puissance de modeler
Donnez à mon âme la trempe de l'épée
Je ne me dérobe point. Faites de ma tête une tête de Proue
Et de moi-même, mon cœur, ne faites ni un père, ni
Un frère

Ni un fils, mais le père, mais le frère, mais le fils
Ni un mari, mais l'amant de cet unique peuple.

Faites-moi rebelle à toute vanité, mais docile à son Génie
Comme le point à l'allongée du bras !
Faites-moi commissaire de son sang
Faites-moi dépositaire de son ressentiment
Faites de moi un homme de terminaison
Faites de moi un homme d'initiation
Faites de moi un homme de recueillement
Mais faites aussi de moi un homme d'ensemencement

Faites de moi l'exécuteur de ces œuvres hautes
Voici le temps de se ceindre les reins comme un
Vaillant homme —

Mais les faisant, mon cœur, préservez-moi de toute Haine
Ne faites point de moi cet homme de haine pour qui
Je n'ai que haine
Car pour me cantonner en cette unique race
Vous savez pourtant mon amour tyrannique
Vous savez que ce n'est point par haine des autres Races
Que je m'exige bêcheur de cette unique race
Que ce que je veux
C'est pour la faim universelle
Pour la soif universelle

La sommer libre enfin
De produire de son intimité close
La succulence des fruits.

Extraits de *Cahier d'un retour au pays natal*,
Présence africaine, 1983.

LES ARMES MIRACULEUSES

Le rebelle, dur :

Mon nom : offensé ; mon prénom : humilié ; mon état : révolté ; mon âge : l'âge de pierre.

La mère :

Ma race : la race humaine. Ma religion : la fraternité.

Le rebelle :

Ma race : la race tombée. Ma religion. Mais ce n'est pas vous qui la préparerez avec votre désarmement…

C'est moi avec ma révolte et mes pauvres poings serrés. Et ma tête hirsute.

(*Très calme.*) Je me souviens d'un jour de novembre ; il n'avait pas six mois et le maître est entré dans la case fuligineuse comme une lune rousse, et il tâtait ses petits membres musclés, c'était un très bon maître, il promenait d'une caresse ses doigts gros sur son petit visage plein de fossettes. Ses yeux bleus riaient et sa bouche le taquinait de choses sucrées : ce sera une bonne pièce, dit-il en me regardant, et il disait d'autres choses aimables, le maître, qu'il fallait s'y prendre très tôt, que ce n'était pas trop de vingt ans pour faire un bon chrétien et un bon esclave, bon sujet et bien dévoué, un bon garde-chiourme de commandeur, œil vif et le bras ferme. Et cet homme spéculait sur le berceau de mon fils, un berceau de garde-chiourme.

La mère :

Hélas tu mourras.

Le rebelle :

Tué… Je l'ai tué de mes propres mains…
Oui : de mort féconde et plantureuse…
C'était la nuit. Nous rampâmes parmi les cannes à sucre.
Les coutelas riaient aux étoiles, mais on se moquait des étoiles.

Les cannes à sucre nous balafraient de ruisseaux de lames vertes

Nous rampâmes coutelas au poing…

La mère :

J'ai rêvé d'un fils pour fermer les yeux de sa mère

Le rebelle :

J'ai choisi d'ouvrir sur un autre soleil les yeux de mon fils.

La mère :

… Ô mon fils… de mort mauvaise et pernicieuse

Le rebelle :

… Mère, de mort vivace et somptueuse.

La mère :

… Pour avoir trop haï.

Le rebelle :

… Pour avoir trop aimé.

La mère :

Épargne-moi, j'étouffe de tes liens. Je saigne de tes blessures.

Le rebelle :

Et le monde ne m'épargne pas… Il n'y a dans le monde un pauvre type lynché, un pauvre torturé, en qui je sois assassiné et humilié.

La mère :

Dieu du ciel, délivre-le.

Le rebelle :

Mon cœur tu ne me délivreras pas de mes souvenirs...

C'était un soir de novembre...

Et subitement des clameurs éclairèrent le silence,

Nous avions bondi nous les esclaves, nous le fumier, nous les bêtes au sabot de patience.

Nous courions comme des forcenés ; les coups de feu éclatèrent. Nous frappions. La sueur et le sang nous faisaient une fraîcheur. Nous frappions parmi les cris et les cris devinrent plus stridents et une grande clameur s'éleva vers l'est, c'étaient les communs qui brûlaient et la flamme flaqua douce sur nos joues.

Alors ce fut l'assaut donné à la maison du maître.

On tirait des fenêtres

Nous forçâmes les portes.

La chambre du maître était grande ouverte. La chambre du maître était brillamment éclairée, et le maître était là très calme... et les nôtres s'arrêtèrent... c'était le maître... J'entrai. C'est toi me dit-il, très calme... C'était moi, c'était bien moi, lui disais-je, le bon esclave, le fidèle esclave, l'esclave esclave, et soudain ses yeux furent deux ravets apeurés les jours de pluie... je frappai, le sang gicla : c'est le seul baptême dont je me souvienne aujourd'hui.

La mère :

J'ai peur de la balle de tes mots, j'ai peur de tes mots de poix et d'embuscade. J'ai peur de tes mots parce que je ne peux les prendre dans mes mains et les peser... Ce ne sont pas des mots humains.

Ce ne sont point des mots que l'on puisse prendre dans la paume de ses mains et peser dans la balance rayée de routes et qui tremble...

La mère s'écroule.

Extraits de *Les Armes miraculeuses*, Poésie/Gallimard, 2001.

RÉPONSE À DEPESTRE
ou
Lettre brésilienne

C'est une nuit de Seine
et moi je me souviens comme ivre
du chant dément de Boukmann[1] accouchant ton pays
aux forceps de l'orage

Depestre

Vaillant cavalier du tam-tam
est-il vrai que tu doutes de la forêt natale
de nos voix rauques de nos cœurs qui nous remontent amers
de nos yeux de rhum rouges de nos fruits incendiés
se peut-il
que les pluies de l'exil
aient détendu la peau de tambour de ta voix

Laisse-la Depestre laisse-la
la gueuserie solennelle d'un air mendié
laisse-leur
le ronron de leur sang à menuets l'eau fade dégoulinant
le long des marches roses
et pour les grognements des maîtres d'école

assez

marronnons-les Depestre marronnons-les
comme jadis nous marronnions nos maîtres à fouet

Depestre j'accuse les mauvaises manières de notre sang
est-ce notre faute
si la bourrasque se lève

1. Esclave qui lança en août 1792 la révolte qui devait conduire à l'indépendance d'Haïti.

et nous désapprend tout soudain de compter sur nos doigts
de faire trois tours de saluer

Ou bien encore cela revient au même
le sang est une chose qui va vient et revient
et le nôtre je suppose nous revient après s'être attardé
À quelque macumba. Qu'y faire ? En vérité
le sang est un vaudoun puissant

C'est vrai ils arrondissent cette saison des sonnets
pour nous à le faire cela me rappellerait par trop
le jus sucré que bavent là-bas les distilleries des mornes
quand les lents bœufs maigres font leur ronde au zonzon des moustiques

Ouiche ! Depestre le poème n'est pas un moulin à
passer de la canne à sucre ça non
et si les rimes sont mouches sur les mares
sans rimes
toute une saison
loin des mares
moi te faisant raison
rions buvons et marronnons

Gentil cœur

avec au cou le collier de commandement de la lune
avec autour du bras le rouleau bien lové du lasso du soleil
la poitrine tatouée comme pas un des blessures de la nuit
aussi je me souviens
au fait est-ce que Dessalines[1] mignonnait à Vertières
et pour le reste
que le poème tourne bien ou mal sur l'huile de ses gonds

1. Autre héros de l'indépendance d'Haïti qui, avec Toussaint Louverture, est l'une des figures emblématiques de la liberté et surtout de la Négritude. Voir *Cahier d'un retour au pays natal*, p. 25-26.

fous-t'en Depestre fous-t'en laisse dire Aragon

Camarade Depestre
C'est un problème assurément très grave
des rapports de la poésie et de la Révolution
le fond conditionne la forme
et si l'on s'avisait aussi du détour dialectique
par quoi la forme prenant sa revanche
comme un figuier maudit étouffe le poème
mais non
je ne me charge pas du rapport
J'aime mieux regarder le printemps. Justement
c'est la Révolution
et les formes qui s'attardent
à nos oreilles bourdonnant
ce sont mangeant le neuf qui lève
mangeant les pousses
De gras hannetons hannetonnant le printemps.

Depestre
de la Seine je t'envoie au Brésil mon salut
à toi à Bahia à tous les saints à tous les diables
à ceux des favelas

Bombaïa Bombaïa
crois-m'en comme jadis bats-nous le bon tam-tam
éclaboussant leur nuit rance
D'un rut sommaire d'astres moudangs.

In revue *Présence africaine*, 1956.

LÉON G. DAMAS

Feu sombre toujours…

(in memoriam)

Des promesses qui éclatent en petites fusées
de pollens fous
de fruits déchirés
ivres de leur propre déhiscence
la fureur de donner vie à un écroulement de paysages
(les aperçus devenant l'espace d'un instant
l'espace entier et toute la mémoire reconquise)
une donne de trésors moins abyssaux
que révélés (et dévoilés tellement amicaux)

et puis ces détonations de bambous annonçant sans répit
une nouvelle dont on ne saisit rien sur le coup
sinon le coup au cœur que je connais que trop

soleils
oiseaux d'enfance déserteurs de son hoquet
je vois les Négritudes obstinées
les fidélités fraternelles
la nostalgie fertile
la réhabilitation de délires très anciens
je vois toutes les étoiles de jadis qui renaissent et sautent de leur site
ruiniforme
je vois toute une nuit de ragtime et de blues
traversée d'un pêle-mêle de rires
et de sanglots d'enfants abandonnés

et toi

qu'est-ce que tu peux bien faire là
noctambule à n'y pas croire de cette nuit vraie

salutaire ricanement forcené des confins
à l'horizon de mon salut

frère
feu sombre toujours

Présence africaine.

Léon Gontran Damas
GUYANE

Peut-être le moins connu — injustement —, Damas fut, avec Césaire et Senghor, membre fondateur du mouvement de la Négritude. Il est le premier à publier un recueil poétique, *Pigments,* en 1937.

Être complexe (métis de Blanc, de Nègre et d'Indien) à la sensibilité écorchée vive, né à Cayenne en 1912, ce poète « apatride » de l'angoisse et de l'exil douloureusement vécu est décédé en 1978.

ILS SONT VENUS CE SOIR

*I*ls sont venus ce soir où le
tam
tam
roulait de
rythme
en
rythme
la frénésie
des yeux
la frénésie des mains
la frénésie
des pieds de statues
depuis
combien de MOI MOI MOI
sont morts
depuis qu'ils sont venus ce soir où le

tam
tam
roulait de
rythme
en
rythme
la frénésie
des yeux
la frénésie
des mains
la frénésie
des pieds de statues

HOQUET

Pour Vashti et Mercer Cook.

Et j'ai beau avaler sept gorgées d'eau
trois à quatre fois par vingt-quatre heures
me revient mon enfance
dans un hoquet secouant
mon instinct
tel le flic de voyou

Désastre
parlez-moi du désastre
parlez-m'en
Ma mère voulant d'un fils de très bonnes manières à table
Les mains sur la table
le pain ne se coupe pas
le pain se rompt
le pain ne se gaspille pas
le pain de Dieu
le pain de la sueur du front de votre Père
le pain du pain

SOLDE

Pour Aimé Césaire.

J'ai l'impression d'être ridicule
dans leurs souliers
dans leur smoking
dans leur plastron
dans leur faux-col
dans leur monocle
dans leur melon

J'ai l'impression d'être ridicule
avec mes orteils qui ne sont pas faits
pour transpirer du matin jusqu'au soir qui déshabille
avec l'emmaillotage qui m'affaiblit les membres
et enlève à mon corps sa beauté de cache-sexe

J'ai l'impression d'être ridicule
avec mon cou en cheminée d'usine
avec ces maux de tête qui cessent
chaque fois que je salue quelqu'un

J'ai l'impression d'être ridicule
dans leurs salons
dans leurs manières
dans leurs courbettes
dans leur multiple besoin de singeries

J'ai l'impression d'être ridicule
avec tout ce qu'ils racontent
jusqu'à ce qu'ils vous servent l'après-midi
un peu d'eau chaude
et des gâteaux enrhumés

J'ai l'impression d'être ridicule

avec les théories qu'ils assaisonnent
au goût de leurs besoins
de leurs passions
de leurs instincts ouverts la nuit
en forme de paillasson

J'ai l'impression d'être ridicule
parmi eux complice
parmi eux souteneur
parmi eux égorgeur
les mains effroyablement rouges
du sang de leur ci-vi-li-sa-tion

LIMBE

Pour Robert Romain.

Rendez-les-moi mes poupées noires
  qu'elles dissipent
  l'image des catins blêmes
  marchands d'amour qui s'en vont viennent
  sur le boulevard de mon ennui

Rendez-les-moi mes poupées noires
  qu'elles dissipent
  l'image sempiternelle
  l'image hallucinante
  des fantoches empilés fessus
  dont le vent porte au nez
  la misère miséricorde

Donnez-moi l'illusion que je n'aurai plus à contenter
  le besoin étale
  de miséricordes ronflant

sous l'inconscient dédain du monde

Rendez-les-moi mes poupées noires
que je joue avec elles
les jeux naïfs de mon instinct
resté à l'ombre de ses lois
recouvrés mon courage
mon audace
redevenu moi-même
nouveau moi-même
de ce que Hier j'étais
hier
sans complexité
hier
quand est venue du déracinement

Le sauront-ils jamais cette rancune de mon cœur
À l'œil de ma méfiance ouvert trop tard
ils ont cambriolé l'espace qui était le mien
la coutume
les jours
la vie
la chanson
le rythme
l'effort
le sentier
l'eau
la case
la terre
enfumée grise
la sagesse
les mots
les palabres
les vieux
la cadence
les mains

la mesure
les mains
les piétinements
le sol

Rendez-les-moi mes poupées noires
mes poupées noires
noires
noires

BLANCHI

Pour Christiane et Alioune Diop.

Se peut-il donc qu'ils osent
Me traiter de blanchi
Alors que tout en moi
Aspire à n'être que nègre
Autant que mon Afrique qu'ils ont cambriolée

Blanchi

Abominable injure
Qu'ils me paieront fort cher
Quand mon Afrique qu'ils ont cambriolée
Voudra la paix la paix rien que
La paix

Blanchi

Ma haine grossit en marge
De leur scélératesse
En marge
Des coups de fusil
En marge
Des coups de roulis

Des négriers
Des cargaisons fétides de l'esclavage cruel

Blanchi

Ma haine grossit en marge
De la culture
En marge
Des théories
En marge des bavardages
Dont on a cru devoir me bourrer au berceau
Alors que tout en moi aspire à n'être que nègre
Autant que mon Afrique qu'ils ont cambriolée

Et caetera

AUX ANCIENS COMBATTANTS SÉNÉGALAIS

Devant la menace allemande, les anciens combattants sénégalais adressent un câblogramme d'indéfectible attachement. (Les journaux.)

Aux futurs combattants sénégalais
À tout ce que le Sénégal peut accoucher
Des combattants sénégalais futurs anciens
De quoi-je-me-mêle futurs anciens
De pensionnés
De galonnés
De décorés
De décavés
De grands blessés
De mutilés
De calcinés

De gangrenés
De gueules cassées
De bras coupés
D'intoxiqués
Et patati et patata
Et caetera futurs anciens

Moi
Je leur dis merde
Et d'autres choses encore

Moi je leur demande
De remiser les
Coupe-coupe
Les accès de sadisme
Le sentiment
La sensation
De saletés
De malpropretés à faire

Moi je leur demande
De taire le besoin qu'ils ressentent
De piller
De voler
De violer
De souiller à nouveau les bords antiques
Du Rhin

Moi je leur demande
De commencer par envahir le Sénégal

Moi je leur demande
De foutre aux « Boches » la paix

Extraits de *Pigments*, Présence africaine, 1972.

IL N'EST POINT DE DÉSESPOIR

*I*l n'est point de désespoir si fort soit-il
Qui ne trouve au carrefour sa mort à l'aube
Et bien parce qu'il n'est point de désespoir
Qui ne trouve au carrefour sa mort à l'aube
L'écho avec son mauvais œil
La langue saburrale
A bel et bien tort
De prendre
Cet air entendu quelque part
Et de répéter à tout venant tout vent
Trop tard

Trop tard

Car
L'écho que j'ai à l'œil
De vouloir se donner de l'air
D'avoir l'œil mauvais
Et la langue saburrale
Ignore
Que le désespoir est mort à l'aube

Vous dont les ricanements

D'obscur couloir d'air
Me donnent
La chair de poule

Vous dont le visage
Bouffi rappelle
Ce masque qu'empruntait souvent à plaisir
Par-delà les mornes agrestes

La lune
La lune de mon enfance sordide

Vous dont je sens le cœur
Vous dont je sais le cœur
Aussi vide
De
Tendresse
Que le puits de chez nous
D'eau
Au dernier carême

Vous dont la présence
Proche ou lointaine
Énerve ma vie
Comme la vieille folle du coin
Mon premier sommeil

Vous dont le crime est d'en vouloir
À l'image
Qu'il m'a plu
D'avoir un matin
D'Elle

Vous dont les ricanements
Vous dont le visage
Vous dont le cœur
Vous dont la présence
Vous dont le crime
Et puis vous tous
Enfin vous autres
Saisirez-vous jamais un rien même
À ce poème
Mon drame

LA MORT DONT JE RÊVE

La mort dont je rêve
La mort dont je rêve tant et tant
Et qui rêve elle-même
Tant et tant
D'elle-même
À partir du cauchemar
De mes rêves
Est déjà mienne
Aussi vrai qu'est tien
Le droit de survivre à la mort
Dont je rêve
Tant
Et
Tant

Pigments, Présence africaine.

Léopold Sédar Senghor

SÉNÉGAL

Ce poète du royaume et de la civilisation de l'universel, Léopold Sédar Senghor, est mondialement connu. Membre fondateur, avec Césaire et Damas, du mouvement de la Négritude dont il fut le théoricien le plus fécond, Senghor fut président de la République du Sénégal de 1960 à 1980, après avoir été ministre de la IVe et de la Ve République française.

Premier agrégé noir, professeur, membre de l'Académie française, Senghor est né le 9 octobre 1906 à Joal (Sénégal), il est décédé le 20 décembre 2001 à Vernon (France).

IN MEMORIAM

C'est Dimanche.
J'ai peur de la foule de mes semblables au visage de pierre.
De ma tour de verre qu'habitent les migraines, les Ancêtres
Impatients
Je contemple toits et collines dans la brume
Dans la paix — les cheminées sont graves et nues.
À leurs pieds dorment mes morts, tous mes rêves faits
Poussière
Tous mes rêves, le sang gratuit répandu le long des rues,
Mêlé au sang des boucheries.
Et maintenant, de cet observatoire comme de banlieue
Je contemple mes rêves distraits le long des rues, couchés
Au pied des collines
Comme les Conducteurs de ma race sur les rives de la Gambie
Et du Saloum

De la Seine maintenant, au pied des collines.
Laissez-moi penser à mes morts !
C'était hier la Toussaint, l'anniversaire solennel du Soleil
Et nul souvenir dans aucun cimetière.
Ô Morts, qui avez toujours refusé de mourir, qui avez su
Résister à la mort jusqu'en Sine jusqu'en Seine, et dans mes veines fragiles,
Mon sang irréductible
Protégez mes rêves comme vous avez fait vos fils, les migrateurs aux jambes minces.
Ô Morts ! défendez les toits de Paris dans la brume dominicale
Les toits qui protègent mes morts.
Que de ma tour dangereusement sûre, je descende dans la rue
Avec mes frères aux yeux bleus
Aux mains dures.

NUIT DE SINE

*F*emme, pose sur mon front tes mains balsamiques, tes mains douces plus que fourrure.
Là-haut les palmes balancées qui bruissent dans la haute brise nocturne
À peine. Pas même la chanson de nourrice.
Qu'il nous berce, le silence rythmé.
Écoutons son chant, écoutons battre notre sang sombre,
Écoutons
Battre le pouls profond de l'Afrique dans la brume des villages perdus.

Voici que décline la lune lasse vers son lit de mer étale
Voici que s'assoupissent les éclats de rire, que les conteurs
Eux-mêmes
Dodelinent de la tête comme l'enfant sur le dos de sa mère

Voici que les pieds des danseurs s'alourdissent, que s'alourdit la langue des cœurs alternés.

C'est l'heure des étoiles et de la Nuit qui songe
S'accoude à cette colline de nuages, drapée dans son long pagne de lait.
Les toits des cases luisent tendrement. Que disent-ils si confidentiels aux étoiles ?
Dedans, le foyer s'éteint dans l'intimité d'odeurs âcres et douces.

Femme, allume la lampe au beurre clair, que causent autour
Les Ancêtres comme les parents, les enfants au lit.
Écoutons la voix des Anciens d'Elissa. Comme nous exilés
Ils n'ont pas voulu mourir, que se perdît par les sables leur torrent séminal.
Que j'écoute, dans la case enfumée que visite un reflet d'âmes propices
Ma tête sur ton sein chaud comme un dang au sortir du feu et fumant
Que je respire l'odeur de nos Morts, que je recueille et redise leur voix vivante,
Que j'apprenne à vivre avant de descendre, au-delà du plongeur, dans les hautes profondeurs du sommeil.

JOAL

*J*oal !
Je me rappelle.

Je me rappelle les signares à l'ombre verte des vérandas
Les signares aux yeux surréels comme un clair de lune sur la grève.

Je me rappelle les fastes du Couchant

Où Koumba N'Doffène voulait tailler son manteau royal.

Je me rappelle les festins funèbres fumant du sang des troupeaux égorgés
Du bruit des querelles, des rhapsodies des griots.

Je me rappelle les voix païennes rythmant le Tantum Ergo
Et les processions et les palmes et les arcs de triomphe.
Je me rappelle la danse des filles nubiles
Les chœurs de lutte — oh ! la danse finale des jeunes hommes,
Buste
Penché élancé, et le pur cri d'amour des femmes — Kor Siga !

Je me rappelle, je me rappelle…
Ma tête rythmant
Quelle marche lasse le long des jours d'Europe où parfois apparaît un jazz orphelin qui sanglote sanglote sanglote.

FEMME NOIRE

Femme nue, femme noire
Vêtue de ta couleur qui est vie, de ta forme qui est beauté !
J'ai grandi à ton ombre ; la douceur de tes mains bandait
Mes yeux.
Et voilà qu'au cœur de l'Été et de Midi, je te découvre,
Terre promise, du haut d'un haut col calciné
Et ta beauté me foudroie en plein cœur, comme l'éclair
D'un aigle.

Femme nue, femme obscure
Fruit mûr à la chair ferme, sombres extases du vin noir,
Bouche qui fais lyrique ma bouche
Savane aux horizons purs, savane qui frémis aux caresses ferventes du Vent d'Est

Tam-tam sculpté, tam-tam tendu qui grondes sous les doigts du vainqueur
Ta voix grave de contralto est le chant spirituel de l'Aimée.

Femme nue, femme obscure
Huile que ne ride nul souffle, huile calme aux flancs de l'athlète, aux flancs des princes du Mali
Gazelle aux attaches célestes, les perles sont étoiles sur la nuit de ta peau
Délices des jeux de l'esprit, les reflets de l'or rouge sur ta peau qui se moire
À l'ombre de ta chevelure, s'éclaire mon angoisse aux soleils prochains de tes yeux.

Femme nue, femme noire
Je chante ta beauté qui passe, forme que je fixe dans l'Éternel
Avant que le Destin jaloux ne te réduise en cendres pour nourrir les racines de la vie.

PRIÈRE AUX MASQUES

Maques ! Ô Masques !
Masque noir masque rouge, vous masques blanc-et-noir
Masques aux quatre points d'où souffle l'Esprit
Je vous salue dans le silence !
Et pas toi le dernier, Ancêtre à tête de lion.
Vous gardez ce lieu forclos à tout rire de femme, à tout sourire qui se fane
Vous distillez cet air d'éternité où je respire l'air de mes pères.
Masques aux visages sans masque, dépouillés de toute fossette
Comme de toute ride
Qui avez composé ce portrait, ce visage mien penché sur l'autel du papier blanc
À votre image, écoutez-moi !

Voici que meurt l'Afrique des empires — c'est l'agonie d'une princesse pitoyable
Et aussi celle de l'Europe à qui nous sommes liés par le nombril.
Fixez vos yeux immuables sur vos enfants que l'on commande
Qui donnent leur vie comme le pauvre son dernier vêtement.
Que nous répondions présents à la renaissance du Monde
Ainsi le levain qui est nécessaire à la farine blanche.
Car qui apprendrait le rythme au monde défunt des machines
Et des canons ?
Qui pousserait le cri de joie pour réveiller morts et orphelins à l'aurore ?
Dites, qui rendrait la mémoire de vie à l'homme aux espoirs éventrés ?
Ils nous disent les hommes du coton du café de l'huile
Ils nous disent les hommes de la mort.
Nous sommes les hommes de la danse, dont les pieds
Reprennent vigueur en frappant le sol dur.

Extraits de *Chants d'ombre* in *Œuvre poétique*, Le Seuil, 1990.

POÈME LIMINAIRE

À L.G. Damas.

Vous Tirailleurs Sénégalais, mes frères noirs à la main chaude sous la glace et la mort.
Qui pourra vous chanter si ce n'est votre frère d'armes,
Votre frère de sang ?

Je ne laisserai pas la parole aux ministres, et pas aux généraux
Je ne laisserai pas — non ! — les louanges de mépris vous
Enterrer furtivement.
Vous n'êtes pas des pauvres aux poches vides sans honneur
Mais je déchirerai les rires Banania sur tous les murs de France.

Car les poètes chantaient les fleurs artificielles des nuits de
Montparnasse
Ils chantaient la nonchalance des chalands sur les canaux
De moire et simarre
Ils chantaient le désespoir distingué des poètes tuberculeux
Car les poètes chantaient les rêves des clochards sous l'élégance des ponts blancs
Car les poètes chantaient les héros, et votre rire n'était pas
Sérieux, votre peau noire pas classique.
Ah ! ne dites pas que je n'aime pas la France — je ne suis
Pas la France, je le sais —
Je sais que ce peuple de feu, chaque fois qu'il a libéré ses mains
A écrit la fraternité sur la première page de ses monuments
Qu'il a distribué la faim de l'esprit comme de la liberté
À tous les peuples de la terre conviés solennellement au
Festin catholique.
Ah ! ne suis-je pas assez divisé ? Et pourquoi cette bombe
Dans le jardin si patiemment gagné sur les épines de la
Brousse ?
Pourquoi cette bombe sur la maison édifiée pierre à pierre ?

Pardonne-moi, Sira-Badral, pardonne étoile du Sud de mon sang
Pardonne à ton petit-neveu s'il a lancé sa lance pour les seize sons du sorong.
Notre noblesse nouvelle est non de dominer notre peuple,
Mais d'être son rythme et son cœur
Non de paître les terres, mais comme le grain de millet de pourrir dans la terre
Non d'être la tête du peuple, mais bien sa bouche et sa trompette.

Qui pourra vous chanter si ce n'est votre frère d'armes,
Votre frère de sang
Vous Tirailleurs Sénégalais, mes frères noirs à la main
Chaude, couchés sous la glace et la mort ?

À L'APPEL DE LA RACE DE SABA
(extraits)
Guimm pour deux koras

À Pierre Achille.

IV.

Mère, sois bénie !
Nos aubes que saignent les jours proconsulaires, deux
Générations d'hommes et bien plus, n'ont-elles pas coloré
Tes yeux comme solennellement les hautes herbes dans
Le carnage des hautes flammes ?
Mère, tu pleures le transfuge à l'heure de faiblesse qui précède
Le sommeil, que l'on a verrouillé les portes et qu'aboient
Les chiens jeunes aux esprits
Depuis une neuvaine d'années ; et moi ton fils, je médite
Je forge ma bouche vaste retentissante pour l'écho et la
Trompette de libération
Dans l'ombre, Mère — mes yeux prématurément se sont
Faits vieux — dans le silence et brouillard sans odeur
Ni couleur
Comme le dernier forgeron. Ni maîtres désormais ni esclaves
Ni guelwars ni griots de griot
Rien que la lisse et virile camaraderie des combats, et que
Me soit égal le fils du captif, que me soient copains le
Maure et le Targui congénitalement ennemis.
Car le cri montagnard du Ras Desta a traversé l'Afrique
De part en part, comme une épée longue et sûre dans
L'avilissement de ses reins.
Il a dominé la rage trépignante crépitante des mitrailleuses,
Défié les avions des marchands
Et voici qu'un long gémissement, plus désolé qu'un long
Pleur de mère aux funérailles d'un jeune homme
Sourd des mines là-bas, dans l'extrême Sud.

VI.

Mère, sois bénie !
Reconnais ton fils parmi ses camarades comme autrefois ton champion, Kor Sanou ! parmi les athlètes antagonistes
À son nez fort et à la délicatesse de ses attaches.
En avant ! Et que ne soit pas le pæan poussé ô Pindare !
Mais le cri de guerre hirsute et coupe-coupe dégainé
Mais jaillie des cuivres de nos bouches, *la Marseillaise* de
Valmy plus pressante que la charge d'éléphants des gros
Tanks que précèdent les ombres sanglantes
La Marseillaise catholique.
Car nous sommes tous là réunis, divers de teint — il y en
A qui sont couleur de café grillé, d'autres bananes d'or
Et d'autres terres des rizières
Divers de traits de costumes de coutumes de langue ; mais
Au fond des yeux la même mélopée de souffrances à
L'ombre de longs cils fiévreux
Le Cafre le Kabyle le Somali, le Maure, le Fân le Fôn le
Bambara le Bobo le Mandiago
Le nomade le mineur prestataire, le paysan et l'artisan
Le boursier et le tirailleur
Et tous les travailleurs blancs dans la lutte fraternelle.
Voici le mineur des Asturies le docker de Liverpool le
Juif chassé d'Allemagne, et Dupont et Dupuis et tous les
Gars de Saint-Denis.

VII.

Mère, sois bénie !
Reconnais ton fils à l'authenticité de son regard, qui est
Celle de son cœur et de son lignage
Reconnais ses camarades reconnais les combattants, et
Salue dans le soir rouge de ta vieillesse
L'aube transparente d'un jour nouveau.

TYAROYE

Prisonniers noirs je dis bien prisonniers français,
Est-ce donc vrai que la France n'est plus la France ?
Est-ce donc vrai que l'ennemi lui a dérobé son visage ?
Est-ce vrai que la haine des banquiers a acheté ses bras
D'acier ?
Et votre sang n'a-t-il pas ablué la nation oublieuse de sa
Mission d'hier ?
Dites, votre sang ne s'est-il pas mêlé au sang lustral de ses
Martyrs ?
Vos funérailles seront-elles celles de la Vierge-Espérance ?

Sang sang ô sang noir de mes frères, vous tachez l'innocence de mes draps
Vous êtes la sueur où baigne mon angoisse, vous êtes la
Souffrance qui enroue ma voix
Wôï ! entendez ma voix aveugle, génies sourds-muets de
La nuit.
Pluie de sang rouge sauterelles ! Et mon cœur crie à l'azur
Et à la merci.

Non, vous n'êtes pas morts gratuits ô Morts ! Ce sang
N'est pas de l'eau tépide.
Il arrose épais notre espoir, qui fleurira au crépuscule.
Il est notre soif notre faim d'honneur, ces grandes reines
Absolues
Non, vous n'êtes pas morts gratuits. Vous êtes les témoins
De l'Afrique immortelle
Vous êtes les témoins du monde nouveau qui sera demain.

Dormez ô Morts ! et que ma voix vous berce, ma voix de
Courroux que berce l'espoir.

Extraits de *Hosties noires* in *Œuvre poétique*,
Le Seuil, 1990.

À NEW YORK

(pour un orchestre de jazz : solo de trompette)

I.

New York ! D'abord j'ai été confondu par ta beauté, ces
Grandes filles d'or aux jambes longues.
Si timide d'abord devant tes yeux de métal bleu, ton sourire de givre
Si timide. Et l'angoisse au fond des rues à gratte-ciel
Levant des yeux de chouette parmi l'éclipse du soleil.
Sulfureuse ta lumière et les fûts livides, dont les têtes
Foudroient le ciel
Les gratte-ciel qui défient les cyclones sur leurs muscles
D'acier et leur peau patinée de pierres.
Mais quinze jours sur les trottoirs chauves de Manhattan
C'est au bout de la troisième semaine que vous saisit la fièvre en un bond de jaguar
Quinze jours sans puits ni pâturage, tous les oiseaux de l'air
Tombant soudain et morts sous les hautes cendres des terrasses.
Pas un rire d'enfant en fleur, sa main dans ma main fraîche
Pas un sein maternel, des jambes de nylon. Des jambes et des seins sans sueur ni odeur.
Pas un mot tendre en l'absence des lèvres, rien que des cœurs artificiels payés en monnaie forte
Et pas un livre où lire la sagesse. La palette du peintre
Fleurit des cristaux de corail.
Nuits d'insomnie ô nuits de Manhattan ! si agitées de feux follets, tandis que les klaxons hurlent des heures vides
Et que les eaux obscures charrient des amours hygiéniques
Tels des fleuves en crue des cadavres d'enfants.

II.

Voici le temps des signes et des comptes
New York ! or voici le temps de la manne et de l'hysope.

Il n'est que d'écouter les trombones de Dieu, ton cœur battre au rythme du sang ton sang.
J'ai vu dans Harlem bourdonnant de bruits de couleurs solennelles et d'odeurs flamboyantes
C'est l'heure du thé chez le livreur en produits pharmaceutiques
J'ai vu se préparer la fête de la Nuit à la fuite du jour. Je proclame la nuit plus véridique que le jour.
C'est l'heure pure où dans les rues, Dieu fait germer la vie d'avant mémoire
Tous les éléments amphibies rayonnant comme des soleils.
Harlem Harlem ! voici ce que j'ai vu Harlem Harlem !
Une brise verte de blés sourdre des pavés labourés par les pieds nus des danseurs Dans
Croupes ondes de soie et seins de fers de lance, ballets de nénuphars et de masques fabuleux
Aux pieds des chevaux de police, les mangues de l'amour rouler des maisons basses.
Et j'ai vu le long des trottoirs, des ruisseaux de rhum blanc des ruisseaux de lait noir dans le brouillard bleu des cigares.
J'ai vu le ciel neiger au soir des fleurs de coton et des ailes de séraphins et des panaches de sorciers.
Écoute New York ! ô écoute ta voix mâle de cuivre ta voix vibrante de hautbois, l'angoisse bouchée de tes larmes tomber en gros caillots de sang
Écoute au loin battre ton cœur nocturne, rythme et sang du tam-tam, tam-tam sang et tam-tam.

III.

New York ! je dis New York, laisse affluer le sang noir dans ton sang
Qu'il dérouille tes articulations d'acier, comme une huile de vie
Qu'il donne à tes ponts la courbe des croupes et la souplesse des lianes.
Voici revenir les temps très anciens, l'unité retrouvée la réconciliation du Lion du Taureau et de l'Arbre

L'idée liée à l'acte l'oreille au cœur le signe au sens.
Voilà tes fleuves bruissant des caïmans musqués et de lamantins aux yeux de mirages. Et nul besoin d'inventer les Sirènes.
Mais il suffit d'ouvrir les yeux à l'arc-en-ciel d'Avril
Et les oreilles, surtout les oreilles à Dieu qui d'un rire de saxophone créa le ciel et la terre en six jours.
Et le septième jour, il dormit du grand sommeil nègre.

CHAKA
(extraits)

*L*a voix blanche
Comment ? Pas un mot de regret…
Chaka
On regrette le mal
La voix blanche
Le grand mal, c'est de voler la douceur des narines.
Chaka
Le plus grand mal, c'est la faiblesse des entrailles
La voix blanche
La faiblesse du cœur est pardonnée.
Chaka
La faiblesse du cœur est sainte…
Ah ! tu crois que je ne l'ai pas aimée
Ma Négresse blonde d'huile de palme à la taille de plume
Cuisses de loutre en surprise et de neige du Kilimandjaro
Seins de rizières mûres et de collines d'acacia sous le Vent d'Est
Nolivé aux bras de boas, aux lèvres de serpent-minute
Nolivé aux yeux de constellation — point n'est besoin de lune pas de tam-tam
Mais sa voix dans ma tête et le pouls fiévreux de la nuit !…
Ah ! tu crois que je ne l'ai pas aimée !
Mais ces longues années, cet écartèlement sur la roue des années, ce carcan qui étranglait toute action

Cette longue nuit sans sommeil… J'errais cavale du Zambèze, courant et ruant aux étoiles
Rongée d'un mal sans nom comme d'un léopard sur le garrot.
Je ne l'aurais pas tuée si moins aimée.
Il fallait échapper au doute
À l'ivresse du lait de sa bouche, au tam-tam lancinant de la nuit de mon sang
À mes entrailles de laves ferventes, aux mines d'uranium de mon cœur dans les abîmes de ma Négritude
À mon amour à Nolivé
Pour l'amour de mon Peuple noir
La voix blanche
Ma parole Chaka, tu es poète… ou beau parleur… un politicien
Chaka

Des courriers m'avaient dit :
« Ils débarquent avec des règles, des équerres des compas des sextants
l'épiderme blanc les yeux clairs, la parole nue et la bouche mince
Le tonnerre sur leurs navires. »
Je devins une tête un bras sans tremblement, ni guerrier ni boucher
Un politique tu l'as dit — je tuai le poète — un homme d'action seul
Un homme seul et déjà mort avant les autres, comme ceux que tu plains.
Qui saura ma passion ?
[…]
Chaka
Non non Voix blanche, tu le sais bien…
La voix blanche
Que le pouvoir fut ton but…
Chaka
Un moyen
La voix blanche
Tes délices…

Chaka
Mon calvaire.
Je voyais dans un songe tous les pays aux quatre coins de l'horizon soumis à la règle, à l'équerre et au compas
Les forêts fauchées les collines anéanties, vallons et fleuves dans les fers.
Je voyais les pays aux quatre coins de l'horizon sous la grille tracée par les doubles routes de fer
Je voyais les peuples du Sud comme une fourmilière de silence
Au travail. Le travail est saint, mais le travail n'est plus le geste
Le tam-tam ni la voix ne rythment plus les gestes des saisons.
Peuples du Sud dans les chantiers, les ports les mines les manufactures
Et le soir ségrégés dans les kraals de la misère.
Et les peuples entassent des montagnes d'or noir d'or rouge
Et ils crèvent de faim
Et je vis un matin, sortant de la brume de l'aube, la forêt de têtes laineuses
Les bras fanés le ventre cave, des yeux et des lèvres immenses appelant un dieu impossible.
Pouvais-je rester sourd à tant de souffrances bafouées ?

Extraits de *Éthiopiques* in *Œuvre poétique*, Le Seuil, 1990.

ÉLÉGIE POUR MARTIN LUTHER KING
(pour orchestre de jazz)

1.

Qui a dit que j'étais stable dans ma maîtrise, noir sous l'écarlate
Sous l'or ?
Mais qui a dit, comme le maître de la masse et du marteau,
Maître du dyoung-dyoung du tam-tam
Coryphée de la danse, qu'avec ma récade sculptée
Je commandais les Forces rouges, mieux que les chameliers

Leurs dromadaires au long cours ?
Ils ploient si souples, et les vents tombent et les pluies
Fécondes.
Qui a dit qui a dit, en ce siècle de la haine et de l'atome
Quand tout pouvoir est poussière toute force faiblesse, que
Les Sur-Grands
Tremblent la nuit sur leurs silos profonds de bombes et de
Tombes, quand
À l'horizon de la saison, je scrute dans la fièvre les tornades
Stériles
Des violences intestines ? Mais dites qui a dit ?
Flanqué du sabar au bord de l'orchestre, les yeux intègres et
La bouche blanche
Et pareil à l'innocent du village, je vois la vision j'entends le
Mode et l'instrument
Mais les mots comme un troupeau de buffles confus se cognent
Contre mes dents
Et ma voix s'ouvre dans le vide.
Se taise le dernier accord, je dois repartir à zéro, tout
Réapprendre de cette langue
Si étrangère et double, et l'affronter avec ma lance lisse me
Confronter avec le monstre
Cette lionne-lamantin sirène-serpent dans le labyrinthe
Des abysses.
Au bord du chœur au premier pas, au premier souffle sur les
Feuilles de mes reins
J'ai perdu mes lèvres donné ma langue au chat, je suis brut
Dans le tremblement.
Et tu dis mon bonheur, lorsque je pleure Martin Luther King !

2.

Cette nuit cette claire insomnie, je me rappelle hier et hier
Il y a un an.
C'était lors le huitième jour, la huitième année de notre circoncision

La cent soixante-dix-neuvième année de notre mort-naissance
À Saint-Louis.
Saint-Louis Saint-Louis ! Je me souviens d'hier d'avant-hier,
C'était il y a un an
Dans la Métropole du Centre, sur la presqu'île de proue
Pourfendant
Droit la substance amère. Sur la voie longue large et comme
Une victoire
Les drapeaux rouge et or les étendards d'espérance claquaient,
Splendides au soleil.
Et sous la brise de la joie, un peuple innombrable et noir
Fêtait son triomphe
Dans les stades de la Parole, le siège reconquis de sa prestance
Ancienne.
C'était hier à Saint-Louis parmi la Fête, parmi les Linguères
Et les Signares
Les jeunes femmes dromadaires, la robe ouverte sur leurs
Jambes longues
Parmi les coiffures altières, parmi l'éclat des dents le panache
Des rires des boissons. Soudain
Je me suis souvenu, j'ai senti lourd sur mes épaules, mon cœur
Tout le plomb du passé
J'ai regardé j'ai vu les robes fanées fatiguées sous le sourire
Des Signares des Linguères.
Je vois les rires avorter, et les dents se voiler des nuages bleu-noir
Des lèvres
Je revois Martin Luther King couché, un rose rouge à la gorge.
Et je sens dans la moelle de mes os déposées les voix et les
Larmes, ha ! déposé le sang
De quatre cents années, quatre cents millions d'yeux
Deux cents millions de cœur deux cents millions de bouches,
Deux cent millions de morts inutiles.
Je sens qu'aujourd'hui, mon Peuple je sens que
Quatre Avril tu es vaincu deux fois mort, quand Martin Luther
King.
Linguères ô Signares mes girafes belles, que m'importent vos

Mouchoirs et de vos mousselines
Vos finettes et vos fobines, que m'importent vos chants
Si ce n'est pour magnifier
MARTIN LUTHER KING LE ROI DE LA PAIX ?
Ah, brûlez vos fanaux Signares, arrachez, vous, Linguères
Vos perruques
Rappareilles et vous militantes mes filles, que vous soyez de cendres,
Fermez laissez tomber vos robes
Qu'on ne voie vos chevilles : toutes femmes sont nobles
Qui nourrissent le peuple de leurs mains polies de leurs chants rythmés.
Car craignez Dieu, mais Dieu déjà nous a frappés de sa gauche terrible
L'Afrique plus durement que les autres, et le Sénégal que l'Afrique
En mil neuf cent soixante-huit !

3.

C'est la troisième année c'est la troisième plaie, c'est comme jadis sur
Notre mère l'Égypte.
L'année dernière, ah, Seigneur, jamais tu ne t'étais tant fâché
Depuis la Grande Faim
Et Martin Luther King n'était plus là, pour chanter ton écume et l'apaiser.
Il y a dans le ciel des jours brefs de cendres, des jours de silence gris
Sur la terre.
De la pointe des Almadies jusqu'aux contreforts de Fongolimbi
Jusqu'à la mer en flammes de Mozambique, jusqu'au cap de Désespoir
Je dis la brousse est rouge, blancs les champs, et les forêts de boîtes
D'allumettes

Qui craquent. Comme de grandes marées de nausées, tu as fait
Remonter les faims du fond de nos mémoires.
Voici nos lèvres sans huile et trouées de crevasses, c'est sous
L'harmattan le poto-poto des marigots.
La sève est tarie à la source, les citernes s'étonnent, sonores
Aux lèvres des bourgeons, la sève n'est pas montée pour chanter
La joie pascale
Mais défaillent les swi-mangas sur les fleurs les feuilles absentes,
Et les abeilles sont mortelles.

Dieu est un tremblement de terre une tornade sèche, rugissant
Comme le lion d'Éthiopie au jour de sa fureur.
Les volcans ont sauté au jardin d'Éden, sur trois mille kilomètres
Comme feux d'artifice aux fêtes du péché
Aux fêtes de Séboïm de Sodome et Gomorrhe, les volcans ont brûlé
Les lacs
Et les savanes. Et les maladies les troupeaux ; et les hommes avec
Parce que nous ne l'avons pas aidé, nous ne l'avons pas pleuré
Martin Luther King.
Je dis non, ce ne sont plus les kapos, le garrot le tonneau le chien
Et la chaux vive
Le piment pilé et le lard fondu, le sac le hamac le micmac, et les fesses
Au vent au feu, ce ne sont plus le nerf de bœuf la poudre au cul
La castration l'amputation la crucifixion — l'on vous dépèce délicatement,
Vous brûle savamment à petit feu le cœur.
C'est la guerre postcoloniale pourrie de bubons, la pitié abolie
Le code d'honneur
La guerre où les Sur-Grands nous napalment par parents interposés.
Dans l'enfer du pétrole, ce sont deux millions et demi de
Cadavres humides
Et pas une flamme apaisante où les consumer tous.

Et le Nigeria rayé de la sphère, comme la Nigritie pendant
Sept fois soixante-dix ans.
Sur le Nigeria Seigneur tombe, et sur la Nigritie, la voix de
Martin Luther King !

4.

C'était donc le quatre avril mille neuf cent soixante-huit
Un soir de printemps dans un quartier gris, un quartier malodorant
De boue d'éboueurs
Où jouaient au printemps les enfants dans la rue, fleurissait
Le printemps dans les cours sombres
Jouaient le bleu murmure des ruisseaux, le chant des rossignols
Dans la nuit des ghettos
Des cœurs. Martin Luther King les avait choisis, le motel le quartier
Les ordures les éboueurs
Avec les yeux du cœur ces jours de printemps, ces jours de passion
Où la boue de la chair serait glorifiée dans la lumière du Christ.
C'était le soir quand la lumière est plus claire et l'air plus doux
L'avant-soir à l'heure du cœur, de ses floraisons en confidences
Bouche à bouche, et de l'orgue et du chant de l'encens.
Sur le balcon maintenant de vermeil, où l'air est plus limpide
Martin Luther King debout dit pasteur au pasteur :
« Mon frère, n'oublie pas de louer le Christ dans sa résurrection,
et que son nom soit clair chanté ! »
Et voici qu'en face, dans une maison de passe de profanation
De perdition, oui le motel Lorraine
— Ah, Lorraine, ah, Jeanne la blanche, la bleue que nos bouches
Te purifient, pareilles à l'encens qui monte ! —
Une maison mauvaise de matous de marlous, se tient debout
Un homme, et à la main un fusil Remington.
James Earl Ray dans son télescope regarde le pasteur
Martin Luther King regarde la mort du Christ :

« Mon frère n'oublie pas de magnifier ce soir le Christ dans sa résurrection ! »
Il regarde, l'envoyé de Judas, car du pauvre vous avez fait le lycaon
Du pauvre
Il regarde dans sa lunette, ne voit que le cou tendre et noir et beau.
Il hait la gorge d'or, qui bien module la flûte des anges
La gorge de bronze trombone, qui tonne sur Sodome terrible
Et sur Adama.
Martin regarde devant lui la maison en face de lui, il voit
Des gratte-ciel de verre de lumière
Il voit des têtes blondes bouclées de têtes sombres frisées,
Qui fleurissent des rêves
Comme des orchidées mystérieuses, et les lèvres bleues et roses
Chantent en chœur comme l'orgue accordées.
Le Blanc regarde, dur et précis comme l'acier, James Earl
Vise et fait mouche
Touche Martin qui s'affaisse en avant, comme une fleur odorante
Qui tombe : « Mon frère chantez clair Son nom, que nos os exultent
Dans la Résurrection ! »

5.

Cependant que s'évaporait comme l'encensoir le cœur du pasteur
Et que son âme s'envolait, colombe diaphane qui monte
Voilà que j'entendis, derrière mon oreille gauche, le battement
Lent du tam-tam.
La voix me dit, et son souffle rasait ma joue :
« Écris et prends la plume, fils du lion. » Et je vis une vision.
Or c'était en belle saison, sur les montagnes du Sud comme du Fouta-Djallon
Dans la douceur des tamariniers. Et sur un tertre
Siégeait l'Être qui est Force, rayonnant comme un diamant noir.
Sa barbe déroulait la splendeur des comètes ; et à ses pieds

Sous les ombrages bleus, des ruisseaux de miel blanc, de frais
Parfums de paix.
Alors je reconnus, autour de sa Justice sa Bonté, confondus les
Élus, et les Noirs et les Blancs
Tous ceux pour qui Martin Luther avait prié.
Confonds-les donc, Seigneur, sous tes yeux sous ta barbe
blanche :
Les bourgeois et les paysans paisibles, coupeurs de cannes
Cueilleurs de coton
Et les ouvriers aux mains fiévreuses, et ils font rugir les usines,
Et le soir ils sont soûlés d'amertume amère.
Les Blancs et les Noirs, tous les fils de la même Terre-Mère.
Et ils chantaient à plusieurs voix, ils chantaient Hosanna !
Alléluia !
Comme au Royaume d'Enfance autrefois, quand je rêvais.
Or ils chantaient l'innocence du monde, et ils dansaient la
floraison
Dansaient les forces que rythmait, qui rythmaient la Force des
forces :
La Justice accordée, qui est Beauté Bonté.
Et leurs battements de pieds syncopés étaient comme une
symphonie
En noir et blanc
Qui pressaient les fleurs écrasaient les grappes, pour les noces
Des âmes :
Du fils unique avec les myriades d'étoiles.
Je vis donc, car je vis, George Washington et Phillis Wheatley,
Bouche de bronze bleue qui annonça la liberté — son chant
L'a consumée
Et Benjamin Franklin, et le marquis de La Fayette sous son
panache
De cristal
Abraham Lincoln qui donna son sang, ainsi qu'une boisson de
vie
À l'Amérique
Je vis Booker T. Washington le Patient, et William E.B. Dubois

L'indomptable qui s'en alla planter sa tombe en Nigritie
J'entendis la voix blues de Langston Hughes, jeune comme la trompette
D'Armstrong. Me retournant je vis
Près de moi John F. Kennedy, plus beau que le rêve d'un peuple,
Et son frère Robert, une armure fine d'acier.
Et je vis — que je chante — tous les Justes les Bons, que le destin
Dans son cyclone avait couchés
Et ils furent debout par la voix du poète, tels de grands arbres élancés
Qui jalonnent la voie, et au milieu d'eux Martin Luther King.
Je chante Malcolm X, l'ange rouge de notre nuit
Par les yeux d'Angela chante George Jackson, fulgurant comme
L'Amour sans ailes ni flèches
Non sans tourment. Je chante avec mon frère
La Négritude debout, une main blanche dans sa main vivante
Je chante l'Amérique transparente, où la lumière est polyphonie
De couleurs
Je chante un paradis de paix.

Extraits des *Élégies majeures* in *Œuvre poétique*, Le Seuil.

Jacques Rabemananjara

MADAGASCAR

Membre actif du mouvement de la Négritude, animateur avec Alioune Diop et Aimé Césaire de la revue *Présence africaine*, député malgache, Rabemananjara connut la prison, condamné à mort avant d'être libéré, après le soulèvement malgache réprimé dans le sang, en 1947.

Chantre de la Négritude et surtout de son île natale, Rabemananjara est né en 1913. Il vit actuellement à Paris.

ANTSA

Île !
Îles aux syllabes de flamme,
Jamais ton nom
Ne fut plus cher à mon âme !
Île,
Ne fut plus doux à mon cœur !
Île aux syllabes de flamme,
Madagascar !

Quelle résonance !
Les mots
Fondent dans ma bouche :
Le miel des claires saisons
Dans le mystère de tes sylves,
Madagascar !

Je mords la chair vierge et rouge
Avec âpre ferveur

Du mourant aux dents de lumière,
Madagascar !

Un viatique d'innocence
Dans mes entrailles d'affamé,
Je m'allongerai sur ton sein avec la fougue
Du plus ardent de tes amants,
Du plus fidèle,
Madagascar !

Qu'importent le hululement des chouettes,
Le vol rasant et bas
Des hiboux apeurés sous le faîtage
De la maison incendiée ! oh, les renards,
Qu'ils lèchent
Leur peau puante du sang des poussins
Du sang auréolé des flamants roses !
Nous autres, les hallucinés de l'azur, nous scrutons éperdument
tout l'infini de bleu de la nue,
Madagascar !
La tête tournée à l'aube levant,
Un pied sur le nombril du ponant,
Et le thyrse
Planté dans le cœur nu du Sud,
Je danserai, ô Bien-Aimée,
Je danserai la danse éclair
Des chasseurs de reptiles,
Madagascar !

Je lancerai mon rire mythique
Sur la face blême du midi !
Je lancerai sur la figure des étoiles
La limpidité de mon sang !
Je lancerai l'éclat de ta noblesse
Sur la nuque épaisse de l'Univers,
Madagascar !

Un mot,
Île !
Rien qu'un mot !
Le mot qui coupe du silence
La corde serrée à ton cou.
Le mot qui rompt les bandelettes
Du cadavre transfiguré !
Dans le ventre de la mère
L'embryon sautillera.
Dans les entrailles des pierres
Danseront les trépassés.
Et l'homme et la femme,
Et les morts et les vivants,
La bête et la plante,
Tous se retrouvent haletants,
Dans le bosquet de la magie,
Là-bas au centre de la joie,
Un mot,
Île
Rien qu'un mot !

Le mot de l'âge d'or.
Le mot sur le déluge.
Le mot qui fait tourner
Le globe sur lui-même !
La fureur des combats !
Le cri de la victoire !
L'étendard de la paix !

Un mot, Île
Et tu frémis !
Un mot, Île,
Et bondis cavalière océane !

Le mot de nos désirs !
Le mot de notre chaîne !
Le mot de notre deuil !

Il brille
Dans les larmes des veuves,
Dans les larmes de la mère
Et des fiers orphelins.
Il germe
Avec la fleur des tombes,
Avec les insoumis
Et l'orgueil des captifs.

Île de mes Ancêtres,
Ce mot, c'est mon salut.
Ce mot, c'est mon message.
Le mot claquant au vent
Sur l'extrême éminence !
Un mot.
Du milieu du zénith
Un papangue ivre fonce,
Siffle
Aux oreilles des quatre espaces :
Liberté ! liberté ! liberté ! liberté !

Antsa, Présence africaine.

À mon ami M. de La Roche,
À l'artiste et au poète.

Chant XXI.

Bleu, si bleu cet œil du ciel
Derrière la vitre
La vie en fleur entre mes cils
L'azur entier dans mes paupières.
Bleu, si bleu, cet œil du ciel
Derrière la vitre !

Mornes, si mornes ces quatre murs !
La mort imprègne terre et pierre
D'une sueur d'outre-planète...
Frais, si frais ces cris d'enfant
Dans l'alme enclos.

Mais qui l'entendra, claire Innocence,
Ton chant trop pur,
Ta voix trop douce
Dans le vacarme de la nuit !

La force aveugle de l'abîme
Tire de son fouet
Le son aigre de l'agonie !
La peau tendre de la douleur
Saigne au baiser dur de la corde.

Les étoiles meurent sans un soupir.
Quelle main levée à l'horizon
Va tendre aux lèvres des héros
L'offrande rouge de l'aurore !

Du sang, je n'en ai point versé.
De la mort, je n'en ai point semé.
Mes doigts sont clairs comme un printemps.
Mon cœur est neuf comme une hostie.

Mais qui l'entendra, chaste Guerrier,
Ta voix trop pure
Ton chant trop doux
Dans le croassement des ténèbres ?

Bleu, si bleu cet œil du ciel
Derrière la grille !
Frais, si frais ces cris d'enfant
Dans la pelouse !
La vie en fleur entre mes cils.

L'azur entier dans mes paupières.
L'innocence entre les plis de l'âme…

12 juin 1947.
Prison civile, Tananarive.

LES MANGUES

En mémoire de la princesse
Rambolamasoandro.

Déjà lourdes de leur saveur ! déjà lourdes de leur arôme !
Les mangues ont atteint dans le verger de l'ouest leur régime de plénitude.
Elles s'arrogent à l'envi l'orgueil de louanger l'ovale pur de ton visage !

Mais sur ton palanquin d'or et de volupté déjà triomphe aussi l'opulence
des beaux seins arrogants : deux cornes de zèbre en pleine gloire de l'arène !
Fille de l'Oiseau-Roc ! Sœur en os ! Sœur en chair de Forces invisibles !
Te voici donc promue à la plus haute dignité de l'Épouse du haut rang !

Ton destin se déploie à l'auvent d'un royaume où le Prince s'avance
en maître sans rival de l'espace et du temps. Fleuron du Ciel ! Fret de la terre !
L'apanage t'échoit d'extraire du granit son grain d'éternité,
de respirer l'odeur magique et la douceur inénarrable de la vie !

Et la palme est à toi d'avoir à porter, seule, en boucles, sur le front, l'emblème impair
de la déesse du Soleil, le talisman puissant de ta suprématie !

La naïade, jalouse, entonne, au fond des eaux, son hymne de féale à la gémellité

À la mémoire d'Antonin-Antsa

La tombe est érigée en marbre roux et cendre. Un amoncellement de couronnes fleuries,
roses blanches et seringas, dissimule à moitié l'épitaphe dorée.
Quel sens faut-il donner au mystère du lieu, trop plein de ton silence ?
Déjà nous percevons qu'ici tout est message et surtout sans réponse à nos quêtes majeures.

Son nom garde pour nous son incarnat de lys et sa fraîcheur d'aurore avec sa frappe d'or.
Tout le charme en jaillit de sous la dalle froide et nous saisit jusqu'aux entrailles.
Le vent passe et confie à tous les coins porteurs l'écho des cinq syllabes.
Nos lèvres sans nos voix en épellent, tout bas, la trop brève légende.

Antonin-Antsa ! Antonin-Antsa ! Je t'invoque en ces murs chargés de sortilèges,
au flanc du labyrinthe où trébuchent nos pas de vieux chargeurs de la tristesse.
Ô toi, fils de mon fils ! Toi, pur-sang du plus beau de tous les rêves de la terre,
par quel rite nouveau devons-nous conjurer le feu brûlant de nos chagrins ?

Ce prince-là fut né sous le seul signe astral, apanage des dieux.
Sur son berceau brilla la constellation des plus hautes chimères.
Lui-même, il incarna, dans son plus vif éclat, l'emblème mixte du zénith.
Tout était ordonné sur des arpents d'azur et le cap était mis sur les eaux longues du bonheur

Les augures n'ont pas honoré leur pari ni tenu leur promesse.

Nous nous inclinons donc devant la tombe neuve et t'apportons pieusement
et la myrrhe et le miel et les grains de riz blanc et la gerbe d'amour. Offrande de mamie ! Offrande de papy !
Les larmes ont séché ; mais la plaie, élargie au fil de nos regrets, reste toujours saignante.

Le vertige nous prend, l'amertume nous ronge à revivre, sans fin, l'espérance trahie.
Nous le savons, hélas, la mort est bien le lot de tous les pèlerins jetés sur cette route.
Mais pourquoi t'enlever plus tôt que de raison ? Ce rapt est à nos yeux un odieux scandale.
Peut-être le destin, plus clairvoyant que nous, a-t-il voulu plus pur que la pureté même !

De quelle cruauté sommes-nous aujourd'hui la proie et les jouets ?
Pas un devin ne prédit la foudre et l'ouragan sur les rampes de l'horizon.
Or il semble soudain que l'air se soit empli d'un immense parfum d'encens et d'innocence,
que tout l'espace autour de nous tressaille et s'irradie à l'errante clarté de nos songes défunts.

Voici le tourbillon qui nous emporte tous dans la ronde de l'infini.
Qui voyons-nous là-bas illuminer la cime où nous devions l'attendre ?
Le cher ange sourit de nous avoir devancés par surprise au col de la frontière,
Antonin, mon bébé, tu ne resteras pas longtemps à jouer seul sous le portique, à la barrière !

Inédit.

III.
La Négritude triomphante ou la poésie de l'engagement

Oumar Ba

MAURITANIE

Après Amadou Hampaté Bâ, ce Ba de la Mauritanie est certainement l'un des plus grands traditionnistes africains. Chercheur donc, notamment sur les traditions orales du Fouta sénégalais, au bord du fleuve Sénégal. Fleuve et traditions de fleuve dans lesquels il trouve une inspiration alerte. Paroles plaisantes à l'oreille et au cœur : c'est la définition exacte du mot poème en peul.

MISE EN GARDE

On n'arrête pas la crue avec la main
Et même la chèvre agacée finit par mordre.
Les chiens à l'approche de l'hyène oublient leurs querelles
Le feu qui brûle au cœur de l'homme asservi
N'est ni noir, ni blanc.
Ceinturé de brindilles,
Le plus gros baobab ne résiste pas au feu :
Nous sommes ces brindilles.
La vérité enfermée sous terre
S'y amasse et un jour
Fait tout sauter.
La vérité est la seule encre
Où nous puissions tremper nos ghoulâm.
Alors, je te le dis :
Jusqu'au jour de la liberté
Je puis me nourrir de tisons.

UN BŒUF-SOLDAT

Savez-vous
Qu'un bœuf de sept hivernages
Peut devenir soldat
Et vous remplacer au service militaire ?

PLAIDOYER

Oui, mon père était Ly,
Ma mère Ly,
Mon ancêtre l'Almamy Yousouf.
Mais dès que les plus saints
Aspirent au diadème
Le colonisateur frappe à la porte.
La nourriture, la femme et le pouvoir,
De mémoire d'homme, on ne les repousse.

NOBLESSE

L'on ne peut confondre le jour et la nuit ;
De même les doigts
Qui se distinguent par leur volume et leur taille.
Ni l'usage de votre langue,
Ni l'uniforme,
Ne donnent le pouvoir, la naissance ou l'esprit,
Au fils d'une non-affranchie.
Vous avez aboli l'esclavage
Et c'est pour nous soumettre
Aux progénitures de nos captives.
Commandant,
Je suis le fils de mon père,
Mort dans cette prison.

La France, dit-on, c'est la justice.
Mais elle nous voit sans yeux,
Par les yeux des autres
Billâhi ! sept fois billâhi !
Ôtez de votre service
Ces chiens sans queue !
Écoutez ceux qui ne vous aiment pas
Mais dont le verbe est invulnérable
Comme le caïlcédrat centenaire
De Saldé.
Vous aurez la vérité.

Les Paroles plaisantes au cœur et à l'oreille, La Pensée Universelle, 1978.

Pierre Makomba Bamboté

RÉPUBLIQUE CENTRAFRICAINE

Surtout connu comme nouvelliste, ce Centrafricain, qui a longtemps représenté son pays à l'Unesco, a écrit aussi des recueils de poèmes dès les années 60, celles des indépendances africaines. Il a également écrit des nouvelles en vers. Sa poésie est une tentative d'éclairer les problèmes de l'Afrique contemporaine à la lumière des mythes fondateurs de l'Afrique ancestrale.

LES DEUX OISEAUX DE L'OUBANGUI

1.

Me voici parlant des deux
Oiseaux. Je ne dirai que
Le nom de leur village
Bao. Cela suffit.

2.

Bao lui-même, chers
Amis, vous ne le trouverez
Sur aucune carte de
L'Afrique. Dites-vous donc
C'est un oiseau, tout
Entouré de broussailles
Et d'arbres-parasols.

3.

Mais je parlerai
Que des deux enfants
Oundambi, on se
Rassemblait dans
La famille de son père
En fils, les sœurs
Ressemblaient à
Leur mère
Disons la même
Chose de Naloto.

4.

Souvent quand
Elle revenait de la
Rivière, portant l'eau
Dans une marmite
On appelait sa mère
Pour lui parler.

5.

Naloto de son prénom
Joséphine avait les reins
Fins, les épaules fines.
Cela peut surprendre.

6.

Son cou ne pliait pas
Sous le plus lourd fagot.
Oundambi à quinze ans
Construisit une case
Près de celle de ses parents
Pour y vivre indépendant
Entrer sortir à sa guise
Il choisit dans la forêt

Les bois les plus beaux
Les plus durs et se monta
Un petit lit et la porte.
À son chevet dans le mur
Il planta une fourche
De bois pour accrocher
Ses arcs et ses carquois
Oundambi buvait
L'eau de la case de
Sa mère.

7.

Voilà donc les deux
Enfants. Ils sont d'excellentes
Familles que vous connaissiez.
Mais que je vous dise pourtant
Que Bao l'oncle de Naloto
Était chef de canton.
Quant à Oundambi, son père
Un cultivateur étant mort,
Kansa, en épousant la mère
Avait fait du fils un prince.

8.

Plaignons les princes et les princesses
De ces pays qui ne sont pas libres.
Oundambi et Naloto,
On les avait toujours en vue,
Dès les premières pluies, on leur
Comptait leurs hectares de coton.
Ils se baissaient et grattaient
La terre, ils se brisaient sur la
Houe. Matin, midi et soir passaient
Les miliciens, deux à deux,

Le fusil à l'épaule et la coiffure en flamme.
Cela jusqu'aux récoltes, chers amis.

9.

Après les récoltes que faisait-on ?
Il faut être étranger pour
Demander cela. Veut-on un
Coup de chicottes ? On se mettait
En rangs pardi les uns après
Les autres, les paniers aux pieds
On vendait le coton. Aussitôt,
L'argent des impôts était retenu.

Extraits de *Les Deux Oiseaux de l'Oubangui*,
Éd. Saint-Germain-des-Prés.

Birago Diop

SÉNÉGAL

Ce Sénégalais fut tout d'abord un conteur à la verve exceptionnelle. Militant de la Négritude, poète, Birago Diop, après des études vétérinaires en France, va sillonner toute l'Afrique de l'Ouest comme vétérinaire. Il est un fin connaisseur de la tradition orale. Il a aussi été ambassadeur de la jeune république du Sénégal.

Né en 1906 à Dakar, Birago Diop s'est éteint au Sénégal en 1989. Sa maison est devenue le siège de l'Association des écrivains du Sénégal.

ABANDON

À Léon G. Damas.

Dans le bois obscurci
Les trompes hurlent hululent sans merci
Sur les tam-tams maudits.
Nuit noire, nuit noire !

Le lait s'est aigri
Dans les calebasses
La bouillie a durci
Dans les vases
Dans les cases
La peur passe, la peur repasse,
Nuit noire, nuit noire !

Les torches qu'on allume
Jettent dans l'air

Des lueurs sans volume,
Sans éclat, sans éclair,
Les torches fument,
Nuit noire, nuit noire !

Des souffles surpris
Rôdent et gémissent
Murmurant des mots désappris,
Des mots qui frémissent,
Nuit noire, nuit noire !

Du corps refroidi des poulets
Ni du chaud cadavre qui bouge
Nulle goutte n'a plus coulé
Ni du sang noir, ni du sang rouge,
Nuit noire, nuit noire !

Les trompes hurlent, hululent sans merci
Sur les tam-tams maudits,
Nuit noire, nuit noire !

Peureux le ruisseau orphelin
Pleure et réclame
Le peuple de ses bords éteints
Errant sans fin, errant en vain
Nuit noire, nuit noire !

Et dans la savane sans âme
Désertée par le souffle des anciens
Les trompes hurlent, hululent sans merci
Sur les tam-tams maudits
Nuit noire, nuit noire !

Les arbres inquiets
De la sève qui se fige
Dans leurs feuilles et dans leur tige
Ne peuvent plus prier

Les aïeux qui hantaient leur pied
Nuit noire, nuit noire !

Dans les cases où la peur repasse
Dans l'air où la torche s'éteint
Sur le fleuve orphelin,
Dans la forêt sans âme et lasse
Sur les arbres inquiets et déteints

Dans les bois obscurcis
Les trompes hurlent, hululent sans merci
Sur les tam-tams maudits
Nuit noire, nuit noire !

VIATIQUE

*D*ans un des trois canaris
Des trois canaris où reviennent certains soirs
Les âmes satisfaites et sereines,
Les souffles des ancêtres,
Des ancêtres qui furent des hommes
Des aïeux qui furent des sages,
Mère a trempé trois doigts,
Trois doigts de sa main gauche :
Le pouce, l'index et le majeur ;
Moi j'ai trempé trois doigts ;
Trois doigts de la main droite :
Le pouce, l'index et le majeur.

Avec ses trois doigts rouges de sang.
De sang de chien,
De sang de taureau,
De sang de bouc,
Mère m'a touché par trois fois.
Elle a touché mon front avec son pouce,

Avec l'index mon sein gauche
Et mon nombril avec son majeur.

Moi j'ai tendu mes doigts rouges de sang,
De sang de chien,
De sang de taureau,
De sang de bouc.
J'ai tendu mes trois doigts aux vents
Aux vents du Nord, aux vents du Levant
Aux vents du Sud, aux vents du Couchant ;
Et j'ai levé mes trois doigts vers la lune,
Vers la lune pleine et nue
Quand elle fut au fond du plus grand canari.

Après j'ai enfoncé mes trois doigts dans le sable
Dans le sable qui s'était refroidi.
Alors mère a dit : « Va par le Monde, Va !
Dans la vie ils seront sur tes pas. »

Depuis je vais
Je vais par les sentiers
Par les sentiers et sur les routes,
Par-delà la mer et plus loin encore,
Par-delà la mer et par-delà l'au-delà ;
Et lorsque j'approche les méchants,
Les hommes au cœur noir,
Lorsque j'approche les envieux,
Les hommes au cœur noir
Devant moi s'avancent les Souffles des Aïeux.

KASSAK

À Léopold S. Senghor.

La terre saigne
Comme saigne un sein

D'où coule du lait
Couleur du couchant.
Le lait est rouge,
Du sable sourd du sang,
Le Ciel pleure
Comme pleure
Comme pleure un Enfant.

Qui donc s'était servi du sinistre Hoyau ?

L'Onde se plaint
Au plongeon de la Pagaie.
La pirogue geint
À l'étreinte de l'Eau,
Hyène s'est piquée
Au passage de la haie
Et corbeau a cassé
Sa plume dans la plaie.

Qui donc s'était servi du sinistre Hoyau ?

Le Berger a blessé
Par la pointe de la Sagaie
L'échine souple
Du Frère-de-la-savane,
Et plus rien n'est resté
De tout son beau troupeau,
Ni Taures, ni génisses
Ni les jeunes veaux.

Qui donc s'était servi du sinistre Hoyau ?

LE CHANT DES RAMEURS

J'ai demandé souvent
Écoutant la Clameur
D'où venait l'âpre Chant
Le doux chant des Rameurs.

Un soir j'ai demandé aux jacassants Corbeaux
Où allait l'âpre Chant, le doux Chant des Bozos ;
Ils m'ont dit que le Vent messager infidèle
Le déposait tout près dans les rides de l'Eau,
Mais que l'Eau désirant demeurer toujours belle
Efface à chaque instant les replis de sa peau.

J'ai demandé souvent
Écoutant la Clameur
D'où venait l'âpre Chant
Le doux chant des Rameurs.

Un soir j'ai demandé aux verts palétuviers
Où allait l'âpre Chant des Rudes Piroguiers ;
Ils m'ont dit que le Vent messager infidèle
Le déposait très loin au sommet des Palmiers ;
Mais que tous les Palmiers ont les cheveux rebelles
Et doivent tout le temps peigner leurs beaux cimiers.

J'ai demandé souvent
Écoutant la Clameur
D'où venait l'âpre Chant
Le doux chant des Rameurs.

Un soir j'ai demandé aux complaisants Roseaux
Où allait l'âpre Chant, le doux Chant des Bozos.
Ils m'ont dit que le Vent messager infidèle
Le confiait là-haut à un petit Oiseau ;

Mais que l'Oiseau fuyant dans un furtif coup d'ailes
L'oubliait quelquefois dans le ciel indigo.

Et depuis je comprends
Écoutant la Clameur
D'où venait l'âpre Chant
Le doux chant des Rameurs.

SOUFFLES

Écoute plus souvent
Les Choses que les Êtres
La Voix du Feu s'entend,
Entends la Voix de l'Eau.
Écoute dans le Vent
Le Buisson en sanglots :
C'est le Souffle des Ancêtres.

Ceux qui sont morts ne sont jamais partis :
Ils sont dans l'Ombre qui s'éclaire
Et dans l'ombre qui s'épaissit.
Les morts ne sont pas sous la Terre :
Ils sont dans l'Arbre qui frémit,
Ils sont dans le Bois qui gémit,
Ils sont dans l'Eau qui coule,
Ils sont dans l'Eau qui dort,
Ils sont dans la Case, ils sont dans la foule :
Les Morts ne sont pas morts.

Écoute plus souvent
Les Choses que les Êtres
La Voix du Feu s'entend,
Entends la Voix de l'Eau.
Écoute dans le Vent

Le Buisson en sanglots :
C'est le Souffle des Ancêtres morts,
Qui ne sont pas partis
Qui ne sont pas sous la Terre
Qui ne sont pas morts.

Ceux qui sont morts ne sont jamais partis :
Ils sont dans le Sein de la Femme,
Ils sont dans l'Enfant qui vagit
Et dans le Tison qui s'enflamme.
Les Morts ne sont pas sous la Terre :
Ils sont dans le Feu qui s'éteint,
Ils sont dans les Herbes qui pleurent,
Ils sont dans le Rocher qui geint,
Ils sont dans la Forêt, ils sont dans la Demeure,
Les Morts ne sont pas morts.

Écoute plus souvent
Les Choses que les Êtres,
La Voix du Feu s'entend,
Entends la Voix de l'Eau
Écoute dans le Vent
Le Buisson en sanglots,
C'est le Souffle des Ancêtres.

Il redit chaque jour le Pacte,
Le grand Pacte qui lie,
Qui lie à la Loi notre Sort,
Aux Actes des Souffles plus forts
Le lourd Pacte qui nous lie à la Vie.
La lourde Loi qui nous lie aux Actes
Des Souffles qui se meurent
Dans le lit et sur les rives du Fleuve,
Des Souffles qui se meuvent
Dans le Rocher qui geint et dans l'Herbe qui pleure.
Des Souffles qui demeurent

Dans l'Ombre qui s'éclaire et s'épaissit,
Dans l'Arbre qui frémit, dans le Bois qui gémit
Et dans l'Eau qui coule et dans l'Eau qui dort,
Des Souffles plus forts qui ont pris
Le Souffle des Morts qui ne sont pas morts,
Des Morts qui ne sont pas partis,
Des Morts qui ne sont pas sous la Terre.

Écoute plus souvent
Les Choses que les Êtres
La Voix du Feu s'entend
Entends la Voix de l'Eau
Écoute dans le Vent
Le Buisson en sanglots,
C'est le Souffle des Ancêtres.

Leurres et lueurs, Présence africaine, 1956.

David Diop
SÉNÉGAL

Poète de l'espoir, militant incandescent des indépendances africaines, dénonciateur inlassable de la colonisation, cet ancien élève de Léopold Sédar Senghor aura traversé la littérature négro-africaine comme un météore. Auteur d'un seul et magnifique recueil poétique, *Coups de pilon*, David Diop a profondément et durablement marqué les générations suivantes.

Frère cadet de Christiane Yandé Diop (Présence africaine), il est né le 9 juillet 1927 à Bordeaux ; il disparut tragiquement dans un accident d'avion le 29 août 1960 au large des Almadies à Dakar à l'âge de trente-trois ans.

CELUI QUI A TOUT PERDU...

*L*e soleil riait dans ma case
Et mes femmes étaient belles et souples
Comme des palmiers sous la brise des soirs
Mes enfants glissaient sur le grand fleuve
Aux profondeurs de mort
Et mes pirogues luttaient avec les crocodiles
La lune, maternelle, accompagnait nos danses
Le rythme frénétique et lourd du tam-tam
Tam-tam de la joie Tam-tam de l'Insouciance
    Au milieu des feux de liberté

Puis un jour, le silence...
Les rayons du soleil semblèrent s'éteindre

Dans ma case vide de sens
Mes femmes écrasèrent leurs bouches rougies
Sur les lèvres minces et dures de conquérants aux yeux d'acier
Et mes enfants quittèrent leur nudité paisible
Pour l'uniforme de fer et de sang
Vous n'êtes plus, vous aussi
Tam-tam de mes nuits, Tam-tam de mes pères
Les fers de l'esclavage ont déchiré mon cœur !

AUPRÈS DE TOI

Auprès de toi j'ai retrouvé mon nom
Mon nom longtemps caché sous le sel des distances
J'ai retrouvé les yeux que ne voilent plus les fièvres
Et ton rire comme la flamme trouant l'ombre
M'a redonné l'Afrique au-delà des neiges d'hier
Dix ans mon amour
Et les matins d'illusions et les débris d'idées
Et les sommeils peuplés d'alcool
Dix ans et le souffle du monde m'a versé sa souffrance
Cette souffrance qui charge le présent du goût des lendemains
Et fait de l'amour un fleuve sans mesure
Auprès de toi j'ai retrouvé la mémoire de mon sang
Et les colliers de rires autour des jours
Les jours qui étincellent de joies renouvelées.

À MA MÈRE

Quand autour de moi surgissent les souvenirs
Souvenirs d'escales anxieuses au bord du gouffre
De mers glacées où se noient les moissons
Quand revivent en moi les jours à la dérive
Les jours en lambeaux à goût narcotique

Où derrière les volets clos
Le mot se fait aristocrate pour enlacer le vide
Alors mère je pense à toi
À tes belles paupières brûlées par les années
À ton sourire sur mes nuits d'hôpital
Ton sourire qui disait les vieilles misères vaincues
Ô mère mienne et qui est celle de tous
Du Nègre qu'on aveugla et qui revoit les fleurs
Écoute, écoute ta voix
Elle est ce cri traversé de violence
Elle est ce chant guidé seul par l'amour.
L'agonie des chaînes.

DIMBOKRO POULO CONDOR

La ronde des hyènes autour des cimetières
La terre gorgée de sang les képis qui ricanent
Et sur les routes le grondement sinistre des charrettes de haine

Je pense au Vietnamien couché dans la rizière
Au forçat du Congo frère du lynché d'Atlanta
Je pense au cheminement macabre du silence
Quand passe l'aile d'acier sur les rires à peine nés

Dimbokro Poulo Condor
Ils croyaient aux chaînes qui étranglent l'espoir
Au regard qu'on éteint sous l'éternelle sueur
Pourtant c'est le soleil qui jaillit de nos voix
Et des savanes aux jungles
Nos mains crispées dans l'étreinte du combat
Montrent à ceux qui pleurent des éclats d'avenir

Dimbokro Poulo Condor
Entendez-vous bruire la sève souterraine

C'est la chanson des morts
La chanson qui nous porte aux jardins de la vie.

À UNE DANSEUSE NOIRE

*N*égresse ma chaude rumeur d'Afrique
Ma terre d'énigme et mon fruit de raison
Tu es danse par la joie nue de ton sourire
Par l'offrande de tes seins et tes secrets pouvoirs
Tu es danse par les légendes d'or des nuits nuptiales
Par les temps nouveaux et les rythmes séculaires
Négresse triomphe multiplié des rêves et d'étoiles
Maîtresse docile à l'étreinte des koras
Tu es danse par le vertige
Par la magie des reins recommençant le monde
Tu es danse
Et les mythes autour de moi brûlent
Autour de moi les perruques du savoir
En grands feux de joie dans le ciel de tes pas
Tu es danse
Et brûlent les faux dieux sous ta flamme verticale
Tu es visage de l'initié
Sacrifiant la folie auprès de l'arbre-gardien
Tu es l'idée du Tout et la voix de l'Ancien.
Lancée grave à l'assaut des chimères
Tu es le Verbe qui explose
En gerbes miraculeuses sur les côtes de l'oubli.

CERTITUDE

À Alioune Diop.

À ceux qui s'engraissent de meurtres
Et mesurent en cadavres les étapes de leur règne

Je dis que le jour et les hommes
Que le soleil et les étoiles
Dessinent le rythme fraternel des peuples
Je dis que le cœur et la tête
Se rejoignent dans la ligne droite du combat
Et qu'il n'est point de jour
Où quelque part ne naisse l'été
Je dis que les tempêtes viriles
Écraseront les marchands de patience
Et que les saisons sur les corps accordés
Verront se reformer les gestes du bonheur.

ÉCOUTEZ CAMARADES...

Écoutez camarades des siècles d'incendie
L'ardente clameur nègre d'Afrique aux Amériques
Ils ont tué Mamba
Comme là-bas les sept de Martinsville
Comme le Malgache là-bas dans le crépitement blême des prisons
Il y avait dans son regard camarades
La chaude fidélité d'un cœur sans angoisse
Et son sourire par-delà les souffrances
Par-delà les blessures sur son corps labouré
Gardait les claires couleurs d'un bouquet d'espérance
C'est vrai qu'ils l'ont tué Mamba aux cheveux blancs
Qui dix fois nous versa le lait et la lumière
Je sens sa bouche sur mes rêves
Et le frémissement paisible de sa poitrine
Et ma mémoire a mal
Comme la plante arrachée hors du sein maternel
Mais non
Voici qu'éclate plus haut que ma douleur
Plus pur que le matin où s'éveilla le fauve

Le cri de cent peuples écrasant les tanières
Et mon sang d'années d'exil
Le sang qu'ils crurent tarir dans le cercueil des mots
Retrouve la ferveur qui transperce les brumes
Écoutez camarades des siècles d'incendie
L'ardente clameur nègre d'Afrique aux Amériques
C'est le signe de l'aurore
Le signe fraternel qui viendra nourrir le rêve des hommes.

NÈGRE CLOCHARD

À Aimé Césaire.

Toi qui marchais comme un vieux rêve brisé
Un rêve foudroyé sous les lames du mistral
Par quels chemins de sel
Par quels détours de boue de souffrance acceptée
Par quelles caravelles plantant d'îles en îles
Les drapeaux de sang nègre arrachés de Guinée
As-tu conduit ta défroque d'épines
Jusqu'au cimetière étrange où tu lisais le ciel
Je vois dans tes yeux les haltes courbées de désespoir
Et l'aube recommençant le coton et les mines
Je vois Soundiata l'oublié
Et Chaka l'indomptable
Enfouis au fond des mers avec les contes de soie et de feu
Je vois tout cela
Des musiques martiales claironnant l'appel au meurtre
Et des ventres qui s'ouvrent dans des paysages de neige
Pour rassurer la peur tapie au creux des villes
Ô mon vieux Nègre moissonneur de terres inconnues
Terres odorantes où chacun pouvait vivre
Qu'ont-ils fait de l'aurore qui s'ouvrait sur ton front
De tes pierres lumineuses et de tes sabres d'or
Te voici nu dans ta prison fangeuse

Volcan éteint offert aux rires des autres
À la richesse des autres
À la faim hideuse des autres
Ils t'appelaient Blanchette c'était si pittoresque
Et ils secouaient leurs grandes gueules à principes
Heureux du joli mot pas méchants pour un sou
Mais moi, moi qu'ai-je fait dans ton matin de vent et de larmes
Dans ce matin noyé d'écume
Où pourrissaient les couronnes sacrées
Qu'ai-je fait sinon supporter assis sur mes nuages
Les agonies nocturnes
Les blessures immuables
Les guenilles pétrifiées dans les camps d'épouvante
Le sable était de sang
Et je voyais le jour pareil aux autres jours
Et je chantais Yéba
Yéba à pleine folie les zoos en délire
Ô plantes enterrées
Ô semences perdues
Pardonne Nègre mon guide
Pardonne mon cœur étroit
Les victoires retardées l'armure abandonnée
Patience le Carnaval est mort
J'aiguise l'ouragan pour les sillons futurs
Pour toi nous referons Ghana et Tombouctou
Et les guitares peuplées de galops frénétiques
À grands coups de pilons sonores
De pilons
Éclatant
De case en case
Dans l'azur pressenti.

Coups de pilon, Présence africaine, 1956.

Bernard Binlin Dadié

CÔTE D'IVOIRE

Poète, romancier, nouvelliste, écrivain, ce militant de la Négritude est un touche à tout de génie. Membre fondateur du Rassemblement démocratique africain (R.D.A.), le premier parti politique de l'Afrique de l'Ouest, fortement impliqué dans la lutte pour les indépendances, il a connu les prisons françaises avant de devenir ministre de la Culture d'Houphouët-Boigny.

Bernard Binlin Dadié est né en 1916 à Grand-Bassam (Côte d'Ivoire).

RÊVE

Je voudrais
Me délivrer du besoin
Pour apprendre à penser.
Retrouver la liberté de mes mains
De mes yeux,
    De ma voix,
        De mes pas,

De mon souffle ;

Me délivrer de la faim,
Pour apprendre à rire ;
Dominer la mort
Pour vivre ;
Palper le cosmos entre mes doigts fluets ;

Avec des serres d'aigle
Pour lacérer le mince voile du prestige épais ;
La voix de l'ange
Pour attendrir
Le maître et l'esclave ;

Aimer
Et l'homme et l'univers.

AUX POÈTES

Pêcheurs d'aurores
Briseurs de chaînes
Dans la nuit,
Moissonneurs d'étoiles
Vieux paladins,
                    Courant le monde,

Ma terre geint de tous les murmures
Mon ciel gronde de tous les cris étouffés.

J'ai mal aux angles
Dans ma cage
Dans mon silence d'acier
                              D'orage.

Pêcheurs d'aurores
Moissonneurs d'étoiles
Faites le jour autour de moi,
Le jour autour des miens.

HOMMES DE TOUS LES CONTINENTS

À Pierre Seghers.

Je sors des nuits éclaboussées de sang !

Regardez mes flancs
Labourés par la faim et le feu
Je fus une terre arable
Voyez ma main calleuse,
  Noire
À force de pétrir le monde.
Mes yeux brûlés à l'ardeur de l'Amour.

J'étais là lorsque l'ange chassait l'ancêtre,
J'étais là lorsque les eaux mangeaient les montagnes
Encore là, lorsque Jésus réconciliait le ciel et la terre,
Toujours là, lorsque son sourire par-dessus les ravins
Nous liait au même destin.

  Hommes de tous les continents
  Les balles étêtent encore les roses
  Dans les mains de rêves.
Sorti de la nuit des fumées artificielles
Je voudrais vous chanter
Vous qui portez le ciel à bout de bras
    Nous
Qui nous cherchons dans le faux jour des réverbères.

Je connais moi aussi
Le froid dans les os, et la faim dans le ventre,
Les réveils en sursaut aux cliquetis des mousquetons
Mais toujours une étoile a cligné des yeux
Les soirs d'incendie, dans les heures saoules de poudre.

Hommes de tous les continents
Portant le ciel à bout de bras,
Vous qui aimez entendre rire la femme,

Vous qui aimez regarder jouer l'enfant,
Vous qui aimez donner la main
Pour former la chaîne,

Les balles étêtent encore les roses
Dans les matins de rêves.

HARLEM

*I*l est tellement dans New York
Un jour gris dans le ciel
        Harlem !

Il est un vieux port dans New York
Un nouveau Golgotha
        Harlem !

Il est un quartier de briques rouges dans New York
Une île de naufragés
        Harlem !

Il est des murs sales dans les couleurs de New York
Un cauchemar dans les rêves
        Harlem !

Il est une prison dans New York
Un zoo pour touristes
        Harlem !

Il est des guenilles dans les atours de New York
Un rictus dans les rires
        Harlem !

Il est un musée de misères dans New York
Un parc pour hommes dits « de couleur »
        Harlem !

Il est une verrue dans le visage de New York
Une taie sur son œil d'apôtre
Harlem !

Il est un os dans le gosier de New York
Une carie dans sa blanche denture !
Harlem !

Il est un hôtel particulier pour la Mort dans New York
Un fort négrier
Harlem !

Il est un enfer dans le paradis de New York
Où des flammes d'or savourent du Nègre
Harlem !

Il pleut sur Harlem
Le vieux Nègre pleure pour ses enfants.

FRÈRE BLANC

Frère Blanc,
Dépassons le Jour,
Les nuances
La nuit des Noëls que je suis,

Regardons-nous de la montagne
Et bâtissons la cité sans frontière.
Sur la route du temps
Pions
Sur le damier du Sort
L'hiver nous retrouve à pied d'œuvre colmatant nos masures.

Frère Blanc,

Ton cœur n'est ni de marbre ni d'airain
Rangeons nos masques.
Le cœur ne connaît de couleur
Que le rose de l'Amour
Et le bleu des rêves.

Frère Blanc,
Rangeons
Prestige
Empire
Ombres augustes
Grand chapitre
De notre histoire.

Nous sommes du siècle
Ton cœur est de chair
Je le sais
Le mien aussi
Tu le sais.

Frère Blanc,
Tu es un homme
Et moi aussi
C'est tout dire.

ESCALE DANS LE TEMPS

À Jean-Francis Brière.

Je n'avais pas connu de repos
Depuis ce grand soir.
Mes nuits peuplées de cauchemars
Mes jours, de transes,
J'allais au gré des vagues et des modes.
Après mille tempêtes et mille orages

Le radeau m'a déposé dans une île
    Notre vieille île,
Où le cuivre a ses quartiers de printemps.
Je compte mes richesses pour le péage
    Mes titres pour la grande parade.
Une nouvelle aurore point à l'horizon.
    Astrologue,
Caravanier et marchand
De bon matin jetés sur les routes
Pour ramasser les rires des sentiers
Je cours les oasis et les villes.
Mes produits ne sont de ceux
Que l'on vend à la criée.
Nul entrepôt ne les contient.

Je ne porte ni or ni diamant

Pour sertir les couronnes
Ni de la fine mousseline pour vêtir les altesses,
Mais des chants, des danses, des rêves
    Que je sème ? Dans le vent
        Où les étoiles ont des yeux et des oreilles.
    Et je compte mes richesses
    À tous les guichets, à toutes les étapes
        Gorée, Dakar, Sor
    Allegro dans le concert des souvenirs.
Tinguett, Guet N'Dar, Fann
Torrents de vie aux flancs des quartiers morts
Momifiés dans leurs corsets de jactance,
    Dans le coude à coude de naguère
    Pour escalader le ciel
        J'ai fait
        De vos espoirs et de vos alarmes
        De vos défaites et de vos victoires
        Un ballot de trésors
        Sous le poids duquel je ploie tous les ans.

Gros point
  Dans l'océan
    Et dans l'histoire,
Je revois l'île de Gorée
  Son castel et sa chaloupe
La fontaine publique et sa grappe de jeunes filles
Sur la place de la savane
Que veillent des palmiers centenaires.

Quelqu'un dans le jour naissant a rallumé la flamme
Qui éclairait nos repas en commun
Une aiguille a bougé dans le temps
Et les îles ont échangé dans le temps
Contre des yeux brillants
De fièvre et d'amour.
L'Afrique en attente dit toujours sa prière.
Nous voici accourus des cimes et des bas-fonds,
Jeunes et vieux chevaliers
Pour
  Elle,
    Nos cotres reprendront la mer
      Pour ramasser les chants des voiliers et des radeaux.

Tombant nos vieilles livrées
Au sortir des guérites
Tout en muscles
Sous le soleil
À la crête des vagues
Unissons nos mains
Dans le grand matin
Pour la prière nouvelle.

CHAÎNES

Qu'elles sont lourdes, les chaînes,
Que le Nègre met au cou du Nègre.
Pour complaire aux maîtres de l'heure.

De grâce n'arrêtez pas l'élan d'un peuple !
Brisons les chaînes, les carcans, les barrières, les digues.

Pour inonder l'univers en eaux puissantes
Qui balaient les iniquités.

Qu'elles sont lourdes, lourdes les chaînes
Que le Nègre met au pied du Nègre
Pour complaire aux maîtres du jour !

Lourdes, les chaînes,
Lourdes, lourdes,
Les chaînes que je porte aux mains.
Que tombent tous les bâillons du monde !

Extraits de *Hommes de tous les continents*,
Présence africaine.

JE VOUS REMERCIE, MON DIEU

Je vous remercie, mon Dieu, de m'avoir créé Noir,
D'avoir fait de moi
La somme de toutes les douleurs,
Mis sur ma tête
Le monde.

J'ai la livrée du Centaure
Et je porte le monde depuis le premier matin.

Le blanc est une couleur de circonstance
Le noir, la couleur de tous les jours

Et je porte le Monde depuis le premier soir.

Je suis content
De la forme de ma tête
Faite pour porter le monde,
Satisfait
De la forme de mon nez
Qui doit humer tout le vent du Monde,
Heureux de la forme de mes jambes
Prêtes à courir toutes les étapes du Monde.

Je vous remercie, mon Dieu, de m'avoir créé Noir,
D'avoir fait de moi,
La somme de toutes les douleurs.

Trente-six épées ont transpercé mon cœur.
Trente-six brasiers ont brûlé mon corps.
Et mon sang sur tous les calvaires a rougi la neige,
Et mon sang à tous les levants a rougi la nature.

Je suis quand même
Content de porter le Monde,
Content de mes bras courts
    De mes bras longs
        De l'épaisseur de mes lèvres.

Je vous remercie, mon Dieu, de m'avoir créé Noir,
Je porte le Monde depuis l'aube des temps
Et mon rire sur le Monde
    Dans la nuit
        Crée le jour.

SÈCHE TES PLEURS !

Sèche tes pleurs, Afrique !
Tes enfants te reviennent

Dans l'orage et la tempête des voyages infructueux.

Sur le ris de l'onde et le babil de la brise,
Sur l'or des levants
Et la pourpre des couchants
Des cimes des monts orgueilleux
Et des savanes abreuvées de lumière,
Ils te reviennent
Dans l'orage et la tempête des voyages infructueux.

Sèche tes pleurs, Afrique !
Ayant bu
À toutes les fontaines
D'infortune
Et de gloire,
Nos sens se sont ouverts
À la splendeur de ta beauté
À la senteur de tes forêts,
À l'enchantement de tes eaux
À la limpidité de ton ciel
À la caresse de ton soleil
Et au charme de ta verdure emperlée de rosée.

Sèche tes pleurs, Afrique !
Tes enfants te reviennent
Les mains pleines de jouets
Et le cœur plein d'amour.
Ils reviennent te vêtir.
De leurs rêves et de leurs espoirs.

Extraits de *La Ronde des jours*, Seghers.

Annette Mbaye d'Erneville

SÉNÉGAL

Née en 1929 au Sénégal, Annette Mbaye d'Erneville est la première poétesse africaine d'expression française. Ses premiers poèmes remontent à 1952. Elle est le vrai précurseur de la poésie féminine négro-africaine. Journaliste (elle fut directrice de programme de la Radiodiffusion du Sénégal), Annette Mbaye fait également partie des initiatrices du mouvement féministe africain. Sa maison à Dakar, surnommée la Roulotte, est un véritable salon littéraire que visitent tous les écrivains de passage au Sénégal.

KASSAK

À Ousmane, mon fils.

Tu es homme, ce soir !
Tu es un homme, mon fils !
    Par ta chair meurtrie
    Par ton sang versé
    Par ton regard froid
    Par ta cuisse immobile.

Et ta mère se souvient
    De sa nuit d'amour
    De ses entrailles déchirées
    De ses gémissements silencieux
De ses reins écartelés
Des regards envieux de ses rivales mauvaises

De la succion de ta bouche-fleur
Du gris-gris miraculeux qui
Avec l'aide d'Allah
A guidé tes pas jusqu'à ce jour heureux.

Tu es homme, ce soir !
Tu es un homme, mon fils !
    Par la lame tranchante
    Par ton sexe éprouvé
    Par ta peur refoulée
    Par la terre des Ancêtres.

Gawlo !... chante cet homme nouveau
Jeunes filles aux seins debout
Clamez son nom au vent.
Selbé N'Diaye, fais danser ce petit homme.
Tu es un homme, mon fils.
Tu es un homme ce soir.

Ils sont tous là :
    Ceux de ta lune première
    Ceux que tu nommes pères.
Regarde, regarde-les bien :
Eux seuls sont gardiens de la terre
De la terre qui a bu ton sang.

ENVOÛTEMENT

À Paulette Folly, l'Antillaise.

Danse, Négresse marron !
Le Blanc applaudit
Le Blanc rit de bon cœur
Danse, Négresse marron
Retrouve les pas de la danse du fouet !
Tes reins souples tu les dois

À ton aïeule guinéenne que tu ne connais pas

Le Blanc rit à se tordre
Et sa femme applaudit
Danse, mauresque aux attaches fines,
Offre ton ventre nu,
Aux mains avides et blanches
Qui pour violer ta mère n'étaient pas aussi tendres.

Ballet, danse, rythme
Saoulé par les rires
A trempé son tam-tam
Dans le sang blanc du Blanc qui rit.

NOSTALGIE

*T*u cultives ta haine
        Comme rose rare
Et polis ta rancœur
        Comme statue d'ivoire.

Les mots de feu sont déjà sur tes lèvres
Que ses baisers ne rafraîchissent plus.
Qui encore te dira les paroles de miel doux ?
Qui, de tes nuits, chassera les frayeurs ?
Faut-il que ton front à jamais se ride ?
Plus ne verras
Désormais, le monde par ses yeux.
Le sel de ta vie est resté dans ses mains !...

INDÉPENDANCE

À Marianne, la militante.

Que ne suis-je Diali
Maître de la Kora !
Que ne suis-je diseur
Gardien des mots magiques !

Les rimes sur ton nom
Vibrées sur toutes les cordes
Enivrent déjà le cœur des noirs champions,
Indépendance !

Tu n'es pas le mirage qui guide le chamelier !
Tu n'es pas la « m'bakhousse » de l'enfant qui pleurniche
Tu es la coupe d'argent que soupèse le vainqueur.
Les femmes se serrent les reins, et, de leurs lourds pilons,
Rythment la marche sûre du pays qui se lève.

Tama, Gorong, Dioundioung
Disent aux quatre vents
Que l'Afrique est debout
Et va vers la lumière.

INITIATION

Don de nous guérisseur
Don des miettes de notre jeunesse
Jeunesse gaspillée dans les nuits de Lutèce
Virginité sacrifiée dans l'alcôve
Anonyme d'un hôtel sans étoiles

Initiation sans rites ni prières
Sans bain de feuilles et de notre mère
Sans bénédiction de l'aïeule

Sans pagne-témoin de sagesse

Maudite la solitude des nuits d'hiver
L'exil était trop lourd au cœur gourmand de nos vingt ans

Ah ! ses yeux sur notre nudité cuivrée
Ses mains palpeuses de chair neuve
Son sexe insolent fouillant nos entrailles

Était-ce l'Amour dont rêvaient nos têtes folles ?
Étaient-ce les noces promises ?
Ce sang était-il la rançon de la liberté ?
Fallait-il mourir pour savourer la volupté d'être femme ?

Extraits de *Kaddu*, Imprimerie A. Diop.

Gaoussou Diawara

MALI

Né en 1940, à Ouélessebougou, au Mali, Gaoussou Diawara est, après des études en Union soviétique, professeur à l'École normale supérieure du Mali. Influencé par le communisme, il a pris très tôt ses distances avec la Négritude et se veut plutôt partisan du mouvement de la personnalité africaine initié par les écrivains africains anglophones.

MESSAGE

*S*ur l'horizon de ma mémoire
Je t'aperçois à travers tant de mers
Et de pays
Ô mon continent échevelé
Par l'ouragan du combat…
Dans ton regard de peuple-soldat
Je vois non seulement l'océan
Des espérances brisées
Mais aussi le ciel sanglant
De l'Asie tourmentée
Et la lueur sauvage des incendies du Mississippi…

J'entends le bruissement mystérieux
De tes palmes royales
Berçant tes villes et villages
Et se mêlant à l'hymne de tes maquisards
Au fond de tes forêts et savanes…

De ta voix plus sonore

Que le chant des tabalas
Tu me dis : « Poète, je suis ta mère,
L'avenir trempé dans les cascades du soleil,
La patrie merveilleuse des géants futurs…
Je suis l'Afrique.
L'aube a dissipé mes ténèbres
Et le soleil apporte
Mon jour plein de rêves,
D'amour et d'idéal.
De ta voix d'airain, poète
Fais taire les canons
Où que tu sois
Dans les masses ou sans compagnons.
Parle ! que ton dernier mot
Dans ton dernier soupir
Annonce à mon peuple
Un meilleur devenir
Lutte, poète
Jusqu'au jour où sera brisée
La chaîne du dernier forçat africain.
Jusqu'au jour où voleront en poussière
Toutes les Bastilles du vingtième siècle,
Jusqu'au jour où le rire aux lèvres
Les mères sans angoisse
Berceront leurs enfants
Sous la mélodie bleue des étoiles. »

AFRIQUE MA BOUSSOLE

Pour toi
Je tremperai comme le fer mes chansons
Dans la foi, mes vendanges de rêves
Mes espoirs sur les Routes…
Ô Mère Afrique

Dont le nom me guide
Dans les vagues furieuses de l'Univers…

Pour toi
Je vaincrai
La jungle de la profanation
Le désastre de la dépossession
L'insécurité de l'âme et la déperdition.
Ô Mère Afrique
Que j'ai retrouvée, partout
Sous les toits des continents.

Sillonnant
Des villes de gloire
J'ai découvert de vraies amitiés
Paris, Bruxelles, Rome, Bonn, Londres,
Berlin, et Moscou,
Mais malgré la chaleur de l'hospitalité
Aucune poignée de main
N'a pu voiler un instant
Dans mon âme
Ta profonde nostalgie.

J'ai parcouru
Des hauts lieux de la pensée humaine :
Des Indes fabuleuses
Aux sanctuaires de la Thaïlande,
Des côtes du Vietnam
Aux Philippines de José Rizal,
Mais partout où j'ai passé
Ô Mère Afrique
Je t'ai retrouvée
Dans les hautes herbes de l'oubli…

Boussole,
Ma boussole sur l'océan des identités

Tu es ma fierté
Sur tous les ports du monde
Comme le griot se reconnaît
À son tabala
Et je m'inspire de toi,
D'abord de toi
Car Afrique
Tu es une et multiple.

Afrique, ma boussole, édité par l'auteur.

René Depestre

HAÏTI

Né à Jacmel en 1926, René Depestre fut très longtemps un militant communiste à la poésie étincelante fortement influencée par Jacques Roumain et Aimé Césaire. Son « allégeance » à la thèse de Louis Aragon du retour à la littérature nationale, notamment au sonnet, a été l'occasion du premier débat critique sur la poésie africaine en ce qu'elle a de spécifique.

Longtemps exilé à Cuba, René Depestre travailla à l'Unesco jusqu'à sa retraite. Il vit actuellement dans un village du sud de la France.

MINERAI NOIR

Quand la sueur de l'Indien se trouva brusquement tarie par le soleil
Quand la frénésie de l'or draina au marché la dernière goutte de sang indien
De sorte qu'il ne resta plus un seul Indien aux alentours des mines d'or
On se tourna vers le fleuve musculaire de l'Afrique
Pour assurer la relève du désespoir
Alors commença la ruée vers l'inépuisable trésorerie de la chair noire
Alors commença la bousculade échevelée vers le rayonnant midi du corps noir
Et toute la terre retentit du vacarme des pioches dans l'épaisseur du minerai noir

Et tout juste si des chimistes ne pensèrent obtenir quelque alliage précieux
Avec le métal noir tout juste si des dames ne rêvèrent d'une batterie de cuisine
En Nègre du Sénégal d'un service à thé en massif négrillon des Antilles
Tout juste si quelque curé
Ne promit à sa paroisse
Une cloche coulée dans la sonorité du sang noir
Ou encore si un brave père Noël ne songea
Pour sa visite annuelle
À de petits soldats de plomb noir
Ou si quelque vaillant capitaine
Ne tailla son épée dans l'ébène minérale
Toute la terre retentit de la secousse des foreuses
Dans les entrailles de ma race
Dans le gisement musculaire de l'homme noir
Voilà de nombreux siècles que dure l'extraction
Des merveilles de cette race
Ô couches métalliques de mon peuple
Minerai inépuisable de rosée humaine
Combien de pirates ont exploré de leurs armes
Les profondeurs obscures de ta chair
Combien de flibustiers se sont frayé leur chemin
À travers la riche végétation de clartés de ton corps
Jonchant tes années de tiges mortes
Et des flaques de larmes
Peuple dévalisé de fond en comble retourné
Comme une terre en labours
Peuple défriché pour l'enrichissement
Des grandes foires du monde
Mûris ton grisou dans le secret de ta nuit corporelle
Nul n'osera plus couler des canons et des pièces d'or
Dans le noir métal de ta colère en crues.

AU RENDEZ-VOUS DE LA VIE

*D*ans une main je tiens mon droit à l'amour
Et dans l'autre mon billet pour Berlin.
D'un côté de mon cœur resplendit
Le ciel de ma patrie
Et de l'autre luisent comme des graines
Dans l'avant-jour d'un fruit
Les yeux de tous les enfants du monde.

Mais avant de mettre le cap de mes espérances sur l'air de Berlin
Je veux faire le tour de mon ami Manuel
Je veux faire le tour de l'homme
Qui se lève chaque matin
Avec la première goutte de rosée
Bien avant que les coqs s'allument
Dans les fraîcheurs des arbres
L'homme qui n'a jamais dormi dans un lit
L'homme qui se rase avec un tesson de bouteille
Je veux que sa voix de paysan
Souffle en poupe de la mienne
Et enfle mes voiles
Comme un vent de pleine mer.

Dis-leur que depuis trois ans
Les oiseaux ont changé de plumage
Et les poissons d'écailles
Mais que ma négresse n'a pas changé de robe
Que ma fillette est morte le mois dernier
Parce que je n'avais pas les sous de la quinine
Que la pluie rentre par le toit de ma maison
Pour me voler la lueur de ma lampe
Et abîmer la natte de mes amours.
Ne manque pas de leur dire
Que si mon foyer prend l'eau

Si ma négresse doit rester nue
Le jour qu'elle lave sa robe
Si au lieu d'une poupée
Ce sont des fourmis et des vers
Qui tiennent compagnie à ma fillette
C'est à cause des actions
Que le drapeau étoilé
Prend sur chaque goutte de ma sueur
Afin de régler la note des grenades et des fusils.

Dis-leur que la vie de mon peuple
Est un monolithe de peines
D'une seule coulée de ténèbres
Comme une lame tranchante d'épée.
Que mon peuple ne sait pas consulter une montre
Mais parvient à dire l'heure
D'après la profondeur de la faim dans ses entrailles
D'après l'intensité du sommeil contre sa rétine :

Il est midi dans mon ventre

Il est minuit dans mes yeux.

Dis-leur que mon peuple ne sait pas compter jusqu'à mille
Ne sait pas que la terre tourne
Dis-leur que nos fins de mois sont aussi closes que les prisons.

Je vais à Berlin pour que soit mis l'embargo
Sur la faim de mon peuple
L'embargo sur ses menottes sur son grabat
Sur ses larmes et ses frissons de malaria
Pour que le dollar cesse de verrouiller
La chanson radieuse de son visage
Pour que sa misère soit à perpétuité
Condamnée au régime du secret.

Je vais à Berlin pour que la paix garde
Toutes ses feuilles
Et ouvre ses bras à la vie
De tous les peuples
Et comme une semence de clarté
Dénoue chaque bourgeon de leur avenir.

Je vais à Berlin dans le sillage du printemps
Pour que les lendemains de tous les hommes
Soient ruisselants de lumière
Et que jaillisse la paix
Du vin le plus rouge de la fraternité.

EST-CE VRAI ?

Est-ce vrai qu'à tes yeux racistes
Dans l'ordre des fléaux de ce monde
Les Nègres viennent avant les volcans
Les Nègres viennent avant le grisou
Les Nègres viennent avant le simoun ?

Est-ce vrai que la force de mes bras
Et la machine à laver ton linge
Sont des chevaux du même attelage
Sont des esclaves de la même chaîne ?

Est-ce vrai que tu préfères
Le phare blanc de ton auto
Au feu noir de mon visage,
La patte blanche de ton chien
Au joyeux bonjour de mes mains ?

Est-ce vrai que tu ne sais pas
De film plus doux et reposant

Que le spectacle de mon cœur
Montant sur le bûcher raciste ?

Est-ce vrai que tu gardes
À portée de la main
Une corde qui porte mon nom
Une balle qui sait par cœur
La carte obscure de mon corps
Un tribunal toujours prêt
À me couvrir de ténèbres
Un linceul coupé
Sur la mesure de mon âme ?

Oh ! blanc serpent du racisme
Crieur de mon sang versé
Comme j'eusse aimé
Que tout ce poison
Naquît de la nuit
Des mauvaises langues
Comme j'eusse aimé
Crieur de mes jours
Voir quelque lueur
Rétablir le cours humain
De la beauté dans ton cœur !

Mais le sang versé des Nègres
Du haut de ses saisons en fleurs
Me crie de prendre garde à toi
Tu es sur mon chemin
Me crie le sang musicien
Tu es une tête de mort
Une mauvaise tête
De la pire des morts
Une tête à claques
Au service de la mort.

NÈGRES ! LISEZ !
« DANGER DE MORT
DANGER DE MORT.

chien enragé
TERRAIN MINÉ
BLANC RACISTE
FIL À HAUTE TENSION ! »

AFRIQUE

Afrique périlleux trajet de mon sang jusqu'au noir petit matin de mon corps
Afrique laborieux cheminement de sève jusqu'à la clarté de ma plus haute branche
Afrique écho de la mer au fond de mon coquillage ta misère s'étouffe en longs sanglots dans ma poitrine
Afrique billet doux que de toute ma soif de mâle je serre
Dans le creux de ma paume comme un merveilleux
Petit sein de femme
Afrique jetée dans mes profondeurs comme l'ancre de
Quelque grand transatlantique
Afrique trombe de sueur noire lèvres géantes de ma coupure
Mon sang s'échappe en minces filets de sang de ta blessure et tache le sol d'une large flaque d'astre noir.
Afrique solide échalas de ma poussée en flèche de ta douceur
Éclaire mon front de l'écarlate dessin d'une bouche
Amoureuse ton éclat fuse en échappée de lumière dans l'épais feuillage de mon rire
Afrique encore silencieuse tel un grand sabre dans son fourreau

Afrique plus aveuglante qu'une végétation de lames de couteaux taille tes peuples dans l'événement d'un coup soudain d'éclair mets tes cyclones dans leur sang comme une rangée de balles au canon d'un fusil dépose ta vengeance en eux comme une énorme cargaison d'armes dans un lieu sûr...

Aïe mon Afrique plus florissante qu'une déclaration
D'amour tu ne seras pas toujours une ruée de larmes
Sous mes paupières tu émerveilleras l'avenir du bourdonnement de tes ruches travailleuses quand de tes millions de mains avides comme des lèvres d'adolescents tu auras enfin modelé la chair de la liberté dans la glaise chaude des saisons africaines !

LES ARMES DE MON SANG

*I*ls veulent que mon cœur fasse des blessures
Du fouet les lèvres charnues de ses chansons
Que j'envoie des baisers à la torche qui guette
Le rhum noir de ma vie, ils veulent que mon cou
À l'heure qui précède la potence envoie
Des fleurs à la corde que mes chevilles d'esclaves
S'en aillent sur les toits crier la louange
Des chaînes que ma joue fasse de la gifle
Son beau ciel de mai sa chaude bien-aimée

Mais mon sang ne veut plus jouer les plaies du Christ
Chaque soir il couve sur son livre de bord
Le feu qui montera à l'assaut des tyrans.

Extraits de *Minerai noir*, Présence africaine, 1956.

Roger Dorsinville

HAÏTI

Roger Dorsinville est né en 1911 à Port-au-Prince. Avant d'être longtemps exilé au Sénégal (où il fut ambassadeur), Dorsinville fut diplomate à New York et au Venezuela. Il a été directeur littéraire des N.E.A., il a été aussi un collaborateur de la revue *Présence africaine*. Il fut un membre éminent du Mouvement indigéniste. Il est l'un des précurseurs de l'écriture poétique en vers libres.

VI.

Mais écoute, ô Amérique :
L'heure du péon de l'Amérique
Et des esclaves du monde
L'heure, l'heure, L'HEURE
Au bout des heures
Depuis la première heure
Du premier jour :
L'heure pour la fin du mensonge
En Amérique, et

Au Congo
Assez de mensonges
Délivrez le Congo
Délivrez le Nègre du Transvaal
Et le maumau
Le Laotien courbé sur les rouges rizières

Délivrez pour la main malaise et libérienne
La gloire du caoutchouc
Et la violence maîtrisée du pétrole
Pour le Touareg et le Bédouin
Délivrez le fer pour le maître en haillons
Qui mille ans a dormi sur les entrailles de fer
De sa prison
Et le sillon et la semence
La pousse verte comme l'espoir
Pour l'homme à la main verte qui sema son miracle.
Délivrez l'eau
Pour laver les plaies de l'âme anxieuse
Et lavez la tunique : boue et crasse vivantes de vermine
Dont les siècles gris
Émiettés en journées de patience
Ont fait la tunique du travail.

L'heure sonnera chez toi, Amérique.
Tu l'entendras, Amérique du Nord,
Comme aux temps exaltants de Boston-la-Rebelle
Comme aux temps de justice d'Abraham-le-Bûcheron
Aux cloches de Charleston
Aux cloches de Tennessee, aux cloches des Carolines
Aux cloches des villes de fer
Qui pressent la voix des cloches dans leurs étroits canaux
Detroit Chicago New York Baltimore
Miami en Floride tes cloches aux vents
Avec les palmes —
Houston, Texas
Ville au nom dur craché comme un refus
Tes cloches aussi, Houston.
Chaque cloche dira l'heure pour toute la terre
La grande cloche, mère des cloches d'Amérique
La cloche de Philadelphie, à elle-même fidèle,
Dira l'ultime chant de sa voix fêlée
Pour le péon de la boue

Et le péon d'usine soûlé par ses machines,
Pour le termite charbonnier
Dans les noirs labyrinthes de son long enterrement.

Le Séminole sortira des bayous et regardera les gratte-ciel
Le Hopi sortira des réserves de l'Arizona
Le motilon inconnu lavera le poison de ses flèches
   Dans l'eau des barrages
La Quechua secouera sa longue misère andine
   Accroupie sous le poncho
Le guarani sortira des forêts étroites de son servage…
Mais qui citer et qui nommer, qui qui
Susciter des mille geôles de l'angoisse ?
Il n'y a plus assez de pages ni assez d'encre
Ni assez de lumières de l'homme
Sur l'homme tragique du monde,
Et les forêts entières du Canada immense
Abattues dans la cuve
Donneraient-elles
Le journal infini pour nommer la misère
De chaque cellule d'angoisse
De la tribu-de-l'homme dispersée ?
Il faut dire la misère unanime
Et l'espérance unanime de la faim :
La main qui pétrit le pain blanc
Rompra le pain blanc ;
Dire en mots simples, en mots de terre
En mots comme des vers luisants
La misère unanime
L'espérance unanime des haillons :
La main qui lave la chemise
Brillera dans sa clarté ;
Et dire l'espérance unanime — et sans catégorie —
De l'homme sur la terre :
L'homme marchera comme un maître rédempteur
Sur sa terre à refaire

À l'heure qui fait déjà toutes nos vies précaires
Données à la nuit
Ou au lendemain de la nuit
L'heure qui balaie le vivant
Pour l'espérance au berceau.

VII.

Les siècles ont ramassé la brisure des jours
Entassé sur les cendres qui commandent — créatrices —
Notre vie.
À chaque jour brisé l'heure donnera un nom
À chaque tas de cendres elle mettra une étoile
Qui est son nom inconnu et glorieux.
Une étoile pour Spartacus
Une étoile maorie
Une étoile zouloue
Une étoile cheyenne
Une étoile pour les tombés de 71
Pour les grévistes mitraillés
Par les tzars et les rois
Ou par les républiques
Innocents de Scottboro
Chairs sacrifiées des guerres de races
Et sacrifiés des guerres d'empire
Une étoile pour l'Algérien
Révoltés triturés par les superbes
Une étoile pour les frères Jacques
Pancho Villa, Tiradentès et Sandino…

Et des étoiles pour les cendres de ma terre :
Manicatex ! une pluie d'étoiles sur la Vega Real
Henri ! Une pluie d'étoiles sur le Bahoruco
Une voie lactée d'étoiles pour les cendres de ma terre.
Compagnons de l'indépendance, Hyacinthes
« Piquets » de la conscience agraire, Acaaus

« Cacos » patriotes, Péraltes crucifiés
Une voie lactée d'étoiles
Pour les tués furtifs
Ou les tombés glorieux
De toutes les causes qui ne sont qu'Une.

VIII.

Écoute, Amérique, les trompettes de l'heure…
Demande aux voyants morts de l'Amérique
Toussaint Lincoln Martí
À tes prophètes vivants les yeux derrière le voile :
Voici le géant Unanime marié à la justice
Qui sort des cellules de la boue
Des lits morts de toute la terre
Des égouts des égouts des égouts
Et entre
Par la dernière porte de l'Histoire
Comme le GRAND DEVOIR.

Extraits de *Le Grand Devoir*, Taller Grafico,
Madrid, 1962.

POUR CÉLÉBRER LA TERRE

Pour célébrer la terre hors de la nuit
Vaste et fraîche
Mille rayons clairs debout
Derrière des mornes

Jusqu'à d'autres rayons clairs

Derrière d'autres mornes.
Mille rayons clairs
Des mornes à mornes
Dentelés

Dans les rayons clairs
Pour une tente de clarté
Au-dessus des creux profonds
Arrachés à la nuit
Au-dessus des creux profonds
Hors de la nuit
Au-dessus des cieux
Entre les mornes
Crêtés de rayons clairs
Hors du creux profond de la nuit
Hors du creux noir et mouillé de la nuit.

Dans un creux profond de mornes
Dans un creux couvert de clarté
Couvert de clarté
Des tentes de la clarté
Un arbre seul
Pour célébrer la terre
Un arbre seul
Dur et droit
Que cachait la nuit
Solidité dressée
Dans la clarté tremblante à son sommet
Dans la clarté seul et droit
Couronné de clarté
Vivant dans la clarté
Vivant de clarté
Pour célébrer la terre
Éveillée réveillée

Et l'espérance muette des bêtes à l'abreuvoir
Et l'espérance engourdie dans les cases
Et l'espérance des premiers pas
Dans la vie des sentiers
Morts dans la nuit
Nus dans la nuit

Vides dans la nuit
Silencieux dans la nuit
Et sans but
Sentiers dans la nuit
Comme des sillages perdus
Pour célébrer la terre dans la clarté
Et la clarté des sentiers
Hors de la nuit.

Extrait de *Anthologie négro-africaine*, Lilyan Kesteloot, Edicef.

Édouard Glissant
MARTINIQUE

Ancien élève d'Aimé Césaire, Édouard Glissant, écrivain et poète fécond, est à l'origine de l'Antillanité, mouvement littéraire qui, sans renier ses racines africaines, prend ses distances avec la Négritude pour s'intéresser davantage à l'originalité irréductible des Antilles. Son roman *La Lézarde* obtint le Renaudot en 1958. Son style déroutant, difficile, a rebuté bien des Négro-Africains, ce qui est dommage parce que Glissant est incontestablement talentueux.

Il est né en 1928 en Martinique.

MATIN

Vos champs meurent, vos champs sans fin :
De branche en branche vers l'écho
Le rêve à peine est dans la fleur
Déjà le vent court au matin.

Un homme pleure à belles dents
Humble des chiens badauds le flairent
Il médite corps en dérive
Dans la clairière de la foule.

Est-il, à l'orée des épaves
Un lieu de laves où l'aube neige
Par ses oiseaux démesurés,

Comme on voit les clartés en mai

Comme apaisement de marées
Ou comme un bouquet devient gué.

FALAISE SECRÈTE

1.

Pensa-t-il aux livres enfouis
Dans ces pays sans spectacles
Où les femmes n'ont plus de main ?
À ces fulgurances de roches
Que l'on voit aux rivages nus
Guettant quelles vagues encore ?

La mer l'avait envahi
D'un à l'autre de son amour.

2.

Le mal que fait l'oiseau blessé
Au nuage qui l'achève,
Mais aussi la glace blanche
De tant de fièvres défrichées,
La plage qui troue la plage.
Il vous fait Dame de ce lieu
Ombelle nue que le vent porte,
Mue de brasiers beauté la nôtre.

Puis, si belle, la mer l'emporte.

3.

Je vous vois déserte peuplée
Mais toujours étendue de mers
Parce que vous êtes opale

L'hiver avait cette épaisseur
Des mains qui germent dans l'obscur

L'été, pays tôt foudroyé.

Entre ses mains il le maintient
Comme une étrange chevelure
Et c'est pitié que d'y coucher.

4.

Là, sur l'argile des pierres
Le souvenir a déposé
Comme un naufrage roux d'œillets,
Comme d'amours un ossuaire.

Mais où les champs qui se déprennent ?
Où vont les champs quand l'hiver point ?
Tant de mers nous ont traversés.

5.

En moi vous êtes montagne
Pays ô visage impur
D'un pur visage fracassé.
L'orage bâtit ces murailles
La mer que tu hantes brûle
Je ne vois d'oiseaux qu'apeurés.
Croyez-vous que l'orage mente ?
Ces murailles nous ont traqués.

6.

Tel y a mûri ses aubaines
La rivière était froide et pure
Amour d'été est feu d'enfant.

Étoile, c'est la fontaine
Où tu meurs au jour avenant !
Foi d'arbre ne meurt ni ne dure.

7.

Lors étiez-vous labour déchu
De ravages de chevaux fous
Étiez-vous plaine qui mesure
À la montagne la pâture
Dont elle fait, hurlants, ses loups ?

Laissez le mal aux naufragés
Vent de sable est vent de torture,
Notre joie naquit tout après.

8.

Labour, ô pays, pur visage
D'un visage impur et blessé.
Le vent dans l'oiseau fait liesse
L'orage vous a délaissée
Ici commence la cassure.

Et cueillez à l'orgue l'orage
En vous il mue n'a de cesse
Que ne soit plus nuit ce murmure.

LE VOYAGE

XX.

Loin vers l'arrière, fuir ! Ô paisible vacuité des bancs de pierre, que les siècles ont sacrés !

Mère ! Nacre de celles que l'automne avait chaussées, villageoises du désir !

Si tendres dans leurs jupes quand les feux de la Saint-Jean ont effacé l'attente.

L'homme recule sous la voile, il fuit le vent ; il voit l'hier, plus chaud,

Qui l'appelle, qui murmure, plus secret que cette flamme mort

Ou que ce corps de femme où est la flamme maintenant.

XXI.

« Vire à la poupe ! Carguez la voile du futur ! Buvons l'eau douce, et jetons à la mer,
Avec l'eau douce ceux qui veulent voir où vont les Dieux. Craignons l'impur scorbut,
Foudre de l'Invisible que nous injurions. Brisez les caisses. Pardessus bord, les provisions !
Que nous valent ces Indes où nul ne sait si l'herbe pousse pour nos bouches,
Pour notre soif, en ce moment déjà de grande soif de vin ! »
Mais qui peut, ô marins, se déprendre des Indes ?

XXII.

Déesses vertes, je vous entends sur ce voyage, après la vingt-troisième nuit.
Plus silencieuses que l'étoile, vous avez cloué ces accoucheurs d'étoiles, vous !
Arène aux requins sourds, la mer est lice du tournoi.
S'y jettent, bras fauchant hune et suroîts, ces deux héros !
De terre le Passé couché en sa nuit tiède,
Et le Chaos ! qui est aurore courtisée de toutes terres.

XXIII.

Ô Geysers… Le marin n'attend pas pour demain qu'il accoste, à l'aube triste,
Ni pour ce soir, quand les phosphores de la mer écriront leurs orées.
Mais il attend la fin, il est le mousse de l'attente tout le jour,
Il dit : « Passe le temps, le temps qui passe me grandit » ; puis il a peur !
Et c'est bruit de folie, d'histoire très ancienne dans sa tête.
Et c'est bruit d'or et de batailles dans son cœur.

XXIV.

Passe le temps qui n'a plus temps sinon de seaux et de cordages, de vent dur.
Moyen Âge qu'on ne sait, dont la voix est sous le flot, et la mâture désespérée.
Ô Temps d'Auto-da-Fe ou de Gros Bourg où s'emmâtèrent les mots francs.
Avec les mousses sur le pont qui sont serfs à merci.
Avec son duc, ombrageux capitaine, qui fait, de son créneau, pour l'assurance du marin,
Le geste chaque jour de saluer vers l'occident !

XXV.

Celui qui, pantelant, touche au passé par chaque fibre, et le révère ;
Il pleure à douce larme sa jeunesse et ses parents, il aime à boire
Au verre de l'oubli le fiel, soudain, des douces choses familières ;
Celui-ci fait sagesse du temps de fièvres sur la mer, pourvu qu'il aille descellant le flot !
Et qu'il accorde par son nom le flot montant au flot d'hier.

XXVI.

Passe le temps, quand l'homme est mousse de l'attente et l'équipage le rudoie.
Passe le temps, où le langage crie son vol, dessus ce cirque où n'est nul mont, et nul écho.
Du lever au couchant, le même poids des mots, qui sont oiseaux d'un tel silence, retombés.
D'un bord à l'autre le souci de mesurer cette épaisseur, et tout ce bruit,
Pour que, sur le gravier, d'où part là-bas vers d'autres mers un chemin d'or
Le langage connaisse l'or des dieux impies !

XXVII.

Le soir : moment de lune, et de souvenir, et d'image.
La horde qui s'empresse a connu la détresse et la science des jours blancs. L'eau brûle, ô lune, sur l'espoir.
La vague vire ! où mène-t-elle ? Quels sont ces fruits dont elle garde sueur amère ?
Au cœur de l'homme ce désir, où mène-t-il, si bleu déjà,
Entre l'une et l'autre terre ?

XXVIII.

Passe le temps, où s'établirent les ermites, qui sont nomades sur la mer.
L'on a couché, ce jour, un des nomades sur la planche oblique (quel est-il ?)
Noué d'un linge de son coffre : un drap de Flandres, brodé d'un cœur
Et souvenir pour lui devant que drap, car il couchait en ce hamac… Il a glissé, après l'amen,
Vers l'autre solitude, à mi-chemin, ou près des rives, qui peut dire ?
L'eau verte le courtise et le délivre de ce nœud.

XXIX.

Celui, silencieux, qui fut au sable de l'absence, et voulut faire
Un souvenir à des volcans et des soleils et des splendeurs passées,
Pleurez, ô pleurez-le déesses qui dormez quand le vent pousse,
Au sable intouché de vos lits, où maintenant seul il se couche,
Et chantez-lui vos corps ! À mi-volée de son langage, votre amant.

XXX.

Il ne saura si le temps a pris corps dans un royaume neuf, ou plus secret ?
(Réveillant des forêts ou brûlant des autels ?)

Si cette flamme qu'il rêva portait nom de maturité ? ni si les Indes,
Indes pour son plaisir ou sa folie ou sa folie ou sa cupidité, sont par là-bas, réellement
Indes ? Il ne saura jamais (pleuré de vous !)
Jamais, la fin de cette course ! ni le dernier mot avec la barque sur le sable qui glisse puis l'homme à genoux qui embrasse sa parole.
Passe le temps. Passe le temps.

XXXI.

Ô Geysers… L'errant ne connaît pas le quai de bois pourri (Comme tel qui a mer dans la rivière ou dans le lac de son enfance,
Paisible en son attente de l'escale ; et qui déploie la veille son costume ; puis il boucle les courroies !)
L'ermite n'attend pas qu'à l'aube dite la Terre sorte de son puits, sans aventure.
Non. Un midi, elle viendra ! Au plus fort de l'épouvante elle viendra, annoncée d'oiseaux !
Ou peut-être au matin la découvrent-ils, mais si près du hunier déjà
Que l'inutile cri de la vigie scintille d'arbre en arbre,
Jusqu'à ces sources que l'on voit, là-haut !

XXXII.

Terre ! Tempêtes vaincues ! Vous, dieux inavoués ! Ô Vœu des Mers !
Moyen Âge, Désert, fertilisés ! Ô Paraboles des vignes et des blés ! Pleur du Passé !
Ils ont connu la terre, ils reculent dans leur histoire pour la peser !
Ils s'assemblent sur cette plage, plage vierge, où il n'est point d'amarre.

Ils vont nouer commerce : et d'hommes et de dieux — mais le langage mûrit en eux ! —
Et d'épices, d'or, et de fièvre jaune !

Extraits de *Les Indes, Un champ d'îles, La Terre inquiète*, Le Seuil.

Paulin Joachim

BÉNIN

Journaliste, ancien secrétaire de Soupault, Paulin Joachim fut un collaborateur de la revue *Présence africaine*. Sa poésie est « influencée » par le surréalisme mais surtout par la poésie de ses contemporains que sont David Diop, Depestre, etc. Il a collaboré avec de nombreux journaux africains avant de prendre une retraite paisible à Gisors.

Paulin Joachim est né en 1931 à Cotonou.

POUR SALUER L'AFRIQUE À L'ENVOL RENDU LIBRE

À Maurice Adoum.

Mais d'abord pour hisser au fin bout du mât
les couleurs épicées du plus bel athlète
qui reprend sa course interrompue par décret
des omnipotents enfants du premier lit
ses foulées invincibles désormais seront les pulsations
de l'univers ses muscles saillants
les piliers de soutènement de la demeure qui s'effondre

mais d'abord pour chanter le triomphe du dur désir de vivre
le pied posé dans l'avenir le retour du plain-chant
la verve retrouvée le vertigo réinstallé dans le sang
et le tam-tam
le tam-tam qui réinvente le Nègre et l'Afrique
et le poème exalté des rythmes qui brûle au fond

des reins et toute cette procession de sous-hommes
dans le brasier de l'été reconquis
qui se dépouillent frénétiquement d'une sous-vie imposée
pour se vêtir de leur substance spécifique pour devenir
ce qu'ils sont
l'ordure de destin c'était hier
hier et le relent de la pourriture hier une immense
liberté de mourir
l'envol entravé et la vie même plus irréelle
qu'une étoile perçue dans une hallucination
hier inondé de larmes tandis qu'autour l'univers
se vautrait dans ce délire qui soutient ou invente la vie
hier repu de vide et disjoint du rythme qui entraîne
le monde
j'y croyais cependant en un autre destin
j'y croyais de toute mon incapacité de croire
un autre soleil régnait déjà sur le champ
de ma conscience

ils se croyaient malins les architectes de mon absence
qui pensaient de m'avoir à jamais enterré dans la banlieue
la plus éloignée de la vie mais le tunnel de la mort
j'en ai vite fait une cime et je m'y trouvais nanti
d'une torche qui éclairait le jeu de mes brassées
ma laborieuse navigation dans les eaux où j'étais
condamné à m'annuler
où se détérioraient les racines de mon être
où s'amincissait mon sang et où dans mes veines
ruisselaient des larmes des larmes
et je dis que cette torche du salut

que cette incandescence voluptueuse du malheur
qui aura vu danser dans une émouvante beauté
les premiers paysages de ma maturation
je dis que cette torche était un défi aux cendres
la résurrection déjà la victoire tendue d'un peuple

qui n'entendait plus ni continuer à ramper
dans l'ombre des jours
ni être acculé à se conclure

déjà un pied neuf poussait à la profondeur mutilée
la forme intérieure mise à sac se rétablissait
ma race déjà récupérait lestement son tabouret perdu
et bientôt elle pourra suivre sur l'écran de son avenir
le vertigineux ballet de la farce des lendemains

voici l'andante du reflux
j'entends mon sang qui rebrousse chemin
et sa protestation hurlée contre l'irréversible
selon les maîtres à penser je vois le Nègre foudroyé
qui se ramasse sur son contingent d'existence
un Nègre investi d'un principe dynamique
je me vois la torche à la main
piqué sur ce haut rocher bordé d'écumes couleur d'espoir
où j'ai eu un matin la vision violente des choses grandes et belles
que ma race pouvait inscrire sur sa trajectoire
je salue l'Afrique à l'envol rendu libre
c'est l'expiration de ta peine ô ma mère et j'exulte
ils ont érigé leurs fortunes et leurs empires sur ton
innocence et sur ta timidité
je salue ma Négritude mon orgue à liqueurs
cette lumière de lente cuisson
Pentecôte solaire qui s'enfonce dans les entrailles
de la race pour y réveiller les vigueurs éteintes
je te salue sève somptueuse surgie du fin fond des âges
pour irriguer le poème collectif
tu n'es ni veine discoureuse ni faiseuse d'ergo glu
mais tu es la chance du monde et tu seras la force
de l'Afrique si la soif de puissance chez ses enfants
le délire des grandeurs ne compromettent pas sa maturation intérieure

ô Seigneur choisis pour ce peuple mien de bons bergers
et non pas de frénétiques ambitieux qui ne travailleront
que pour leur promotion au rang d'idoles
je salue l'Afrique libre.

Paris, septembre 1960.

ANTI-GRÂCE

J'appelle anti-grâce
d'abord l'offrande de la vie
comme un conflit permanent à élucider
dans cette contrée en partage où il ne se passe rien
où nul chemin n'escalade une montagne
où le soleil même ne remonte plus jamais du creux de la mer
ce cul-de-basse-fosse où l'histoire a cessé de respirer
et qui n'est plus peuplé que d'un peloton d'huîtres stupides
qui se laissent déguster au beurre blanc
dans la pérennité de leur exaltation iodée

anti-grâce
cette vie morne et figée
comme une énorme hernie suspendue à l'étal du tripier
j'appelle anti-grâce
ce pendule épileptique né de la malice de l'Ange
et qui va et qui vient
passe à l'adret et passe à l'ubac
incapable de fracasser l'Histoire
et d'arriver à ce roc privilégié où l'Esprit a déposé
sa semence qui lie et délie
incapable de se relever de sa faute

anti-grâce
ces tenailles basses à la racine de l'être
à la taille de l'amour

la panoplie de l'homme pillée aux aurores
et sa partition subtilisée son saut interdit
son azur confisqué par des gens d'apostasie
ô j'avais pourtant rêvé d'une vie nacrée
comme la prime fumée du matin au ciel du village
j'ai rêvé d'être né avec le clairon dans le cœur
pour n'avoir jamais des élans cassés

j'appelle anti-grâce
cette vie de miettes et de petits mots
qui vous drainent le doute sur la peau au moment de sauter
j'ai rêvé d'une locomotive
tirant à fond sur sa queue d'étoiles
mais c'était compter sans l'anti-grâce
qui me condamne à une longue solitude mourante
sur la paille des comices agricoles
j'avais rêvé avant naissance d'être prince et non manant
j'appelle anti-grâce
ma face d'enfer indésirable au Broadway des jouissances
comme une honte reconnue brusque
le typhon d'aimer rivé à un lent travail de mineur
et le monde autour qui s'obstine à égrener le détail de mon infamie
tandis que je joue de la prunelle à en perdre la vue

anti-grâce
ce plaidoyer pro domo sua qui n'en finit plus de finir
ce solo d'étoile lasse qui ne me quitte plus
le passé englouti sous des cataractes de mots
et ces ombres qui remplacent l'homme au carrefour des bilans
mais laissez-moi pleurer je n'ai plus de discours
les maîtres organistes ennemis de la polyphonie
ont surchargé mon discours devenu illisible
être né sans pilules contre le mal de mer
c'est cela que j'appelle anti-grâce
ces peaux de bananes sous les pieds

pour un slalom sans fin sur les pentes de la vie
et le spectacle est permanent
car la race resurgit de plus belle
depuis qu'elle se fit féconder les flancs dans les cales des négriers

si la grâce existe et si l'amour est inoxydable
si la grâce m'écoute
qu'elle fasse donc apparaître enfin
sur cette palette où je triture depuis le premier jour
les tons de mon destin
ces reflets de cornaline où ma race debout
lira le signe prémonitoire des triomphes futurs.

Paris, mai 1965.

À DAVID DIOP

*E*t il est vrai que nous sommes blessés
  au plus bas de l'espoir
mais l'espoir en nous n'a jamais battu de l'aile
il se dresse à nos horizons d'homme
  comme un bouton frais éclos
demeure en nous l'espoir invincible
  qui mord aux jarrets de la Liberté
qui pourchasse à son tour l'aurore à grands renforts de pavés
sur le mur qui finira par se lézarder
car nous ne laisserons pas la moindre bouchée
  aux démons du désespoir

et il est vrai que nos regards semblent se pencher en
pure perte sur le livre fermé
  sur cette chute terrible
qui nous déchire au milieu du dos
au bas du ventre
au creux de l'âme
mais il y a une vie arachnéenne qui se répand

dans les canaux de la terre
il y a une respiration majestueuse
qui enlace notre envol et nous sourit
une constellation qui scintille dans ces profonds remous
qui s'élargissent aux herbes de nos rives
il y a l'index invaincu vertigineusement fixé
sur l'étendue à naître
le souvenir du feu affamé d'embrasser le soleil
la mémoire incandescente qui impose sa courbe à nos voix
et son galbe à nos actes
il y a l'enfance du passé qui bouge dans nos prunelles
et qui éclaire le chantier où nous fourbissons nos armes neuves
dans l'ivresse bleue des matins d'assaut
il y a le sang de nos morts qui persiste dans nos veines
ce sang comme une vieille eau-de-vie
qui nous tam et tam sans cesse
dans la nuit veinée de nos fronts

car c'est vrai qu'elle est fumier et qu'elle est aiguillon
cette douleur lancinante
qui nous déchire au milieu du dos
au bas du ventre
au creux de l'âme
car là-bas au loin cette armée d'orthoptères
appliqués à taillader les vents contraires
ce sont nos frères en allés
nos aînés promus à une autre clarté
ils ouvrent la marche devant nous
dans la fidélité du pacte ancien
et je leur dis l'hommage de nos cohortes en branle.

Paris, septembre 1964.

SYLVE

I.

Ce nom est tien depuis l'origine et je te le refixe
au front avec du sel c'est pour que j'en renaisse moi-même
pétri de sel et de limon sylve ce poème que je n'écrirai
plus jamais sur terre parce que tu restes la dernière
plaie à mon flanc cette fête solaire que tu allumes
dans mon sang ce sang que tu as su réinventer et
laver de toutes scories qui l'alourdissaient l'empêchaient
de gicler de giguer sur des airs à temps illimité
ce sang que tu as sauvé de la mort et ce poème qui
s'est saoulé de la liqueur incendiée de tes paumes tout
cela je te veux l'offrir comme la pierre ponce qui
m'aura imprimé mon unité et sur laquelle j'ai fondé
tout l'essentiel désormais je t'offre tout cela sylve
comme l'ultime hommage du maraudeur qui ne veut pas mourir
sans avoir livré le message grisant du poison des ronces
car je te regarde sylve comme le cellier
où germent les graines condamnées
et comment oublier que c'est dans la nuit de tes étreintes
que j'ai pu saluer pour la première fois le soleil au sommet d'une route
que je gravissais sans succès depuis des millénaires
des millénaires sans mémoire.

II.

Alors garde-moi sylve dans tes frondaisons comme un dormeur crédule
je sais que je ne mourrai pas du poison des ronces
comme un voleur de fruits demeure sylve
mon domaine à moi sans serrure ni gond
puisque jamais sans toi les jeux de l'amour ne reverdiront plus dans mes vergers avant toi et tu le sais je pêchais

l'esturgeon dans de tristes barques à voile où rôdait sans cesse l'ennui. Tu es là maintenant par un acte de pure sorcellerie verbale l'Afrique a ingurgité tes lourdes racines sylve et si tu t'en allais tu emporterais la

mer et la terre avant la fin de la digestion crime qui

ne te serait jamais pardonné et moi brûlé vif sur ton bûcher.

Alors alors reste et que je te pratique comme une vertu que je me rince dans le blanc de ton sourire et que le flot de vie surgi de tes confins ferme à jamais la blessure ancienne. J'attendais ta morsure sylve sur la margelle des vieux puits où je n'ai jamais su tomber profond et voilà que tu me hisses aux rives du jour promesse tenue. Si tu t'en vas sylve tu emportes la mer et son cavalier sauvage et tu assassines la joie que tu me donnes à palper la vie je veux habiter tes râles jusqu'au bout du voyage car tu es sylve par les brasiers de famine que tu allumes à l'ombre de mon sang par le sillon que tu creuses pendant le grand office et par où s'égoutte ma volonté toute ma volonté ton corps sylve n'a pas besoin de mécréant mais d'un homme comme moi qui se penche sur lui comme le prêtre sur un missel et c'est ainsi que je retrouve mes origines dans le langage chiffré de tes sens. Tu me redis la parole de l'aurore et c'est l'équinoxe tout le long de mon corps tandis que les vents du large embouchent la trompette de l'alléluia. Si tu t'en vas femme tu laisses des branches brisées dans le fourré si tu t'en vas tu emportes la mer et tu noies l'équinoxe.

Extraits d'*Anti-Grâce*, Présence africaine.

Keita Fodéba
GUINÉE

Né en 1921 en Guinée, instituteur à Saint-Louis du Sénégal, Keita Fodéba est le créateur des Ballets africains, une troupe de danse et de théâtre mondialement connue. Musicien, poète, son poème *Minuit* fut interdit par les autorités françaises dans toute l'A.-O.F. Devenu ministre de Sékou Touré, cet écrivain engagé a malheureusement participé à la répression sanglante du dictateur de Conakry dont il sera finalement la victime.

Emprisonné dans le sinistre camp Boiro, Keita Fodéba est mort dans l'humiliation et dans des souffrances indicibles en 1969.

MINUIT

Au lever du rideau, dans une case mandingue, jeunes gens et jeunes filles causent autour d'un feu de bois. Un griot guitariste joue « Minuit ». Un autre commente l'air.

MINUIT ! Pour le cœur sensible qui écoute et qui comprend, tout chante minuit.

MINUIT ! C'est la chanson naïve et monotone de la berceuse qui endort son enfant.

MINUIT ! C'est la complainte de l'amant qui, dans le calme de la nuit, implore les grâces de la belle.

MINUIT ! c'est le chant mélancolique de l'oiseau dans le feuillage, la plainte désespérée du féticheur aux abois sur la rigueur des dieux, le tonnerre qui gronde dans le lointain.

MINUIT ! C'est tout ce qui gémit, tout ce qui pleure, car Minuit est aussi la tragédie du Manding.

C'était en 1892, dans le cercle de Siguiti au cœur du vieux Manding, Samory était repoussé vers le Sud et les Blancs venaient de construire le petit fort Gallieni.

L'administrateur qui dirigeait alors le cercle, commandait toutes les régions des deux rives du Niger et les cantons aurifères du Bouré.

Cette année-là, les récoltes étaient particulièrement abondantes et les fêtes se multipliaient dans les villages ; tout chantait la vie.

Musique : MINUIT

À Tiguibéri, paisible hameau au confluent Tinkisso-Niger, habitait un beau jeune homme de la grande famille des Keita du nom Balaké. Sa renommée était grande et nul n'ignorait son nom. Les jeunes filles surtout l'adoraient. À Kangaba, on lui avait dédié l'air de la pluie, c'est-à-dire de la prospérité.

Musique : TENINGBE

À Naréna, son nom était mêlé à l'air gai de la moisson.

Musique : YANCOROKE

À Niani, capitale des ancêtres, on chantait en son honneur l'air plus grave des vautours.

Musique : DOUGA

À Siguiri, une jeune fille belle et délicieuse
Comme une nuit de clair de lune, fut éprise de Balaké.
Elle s'appelait Sona et elle avait aussi son chant.

Musique : TARA

Ils s'aimèrent tendrement et finirent par se fiancer. Mais les charmes de la douce Sona touchèrent, selon certains, le cœur de l'interprète noir du front, selon d'autres, celui du grand chef blanc lui-même.

Ce point n'a jamais pu être éclairci et les versions en sont nombreuses.

Toujours est-il que Balaké, du fait qu'il était chéri par Sona, fut mis à l'index par les habitants du fort.

Musique : TARA

Malheureusement, une nuit, un sous-officier blanc fut assassiné à proximité de la case de Balaké. Un complot s'ourdit aussitôt contre lui et, un soir, alors qu'il présidait une fête organisée en son honneur dans le carré des Camara, le perfide interprète vint l'appeler de la part du grand chef.

Musique : TARA

Le lendemain, au crépuscule, les sons aigrelets du petit tambour du crieur public apprirent que Balaké était jugé et condamné à mort. Il devait être fusillé 24 heures plus tard.

Musique : TARA

Cette surprenante nouvelle bouleversa tous les villages environnants.

Les commères du fond de leurs chaumières en parlaient les larmes aux yeux.

Musique : FATOU DEME

Sous l'arbre à palabres, les Anciens s'en indignaient profondément.

Musique : N'DEYE CAMARA

La mère de la victime, affolée, disparut dans l'immense brousse pour y verser ses larmes dans une pleine solitude.

Musique : MOSSOGBE

Les jeunes filles, accroupies au pied du fort, exhalaient leur désespoir en pleurs redoublés.

Musique : DIARA DINKE

Les jeunes gens, éplorés, déposèrent tous leurs dabas et se donnèrent rendez-vous dans la lugubre vallée du hibou aux yeux éteints.

Musique : SOUBACASSIRA

Namory, le vénérable griot de Balaké, brisa sa guitare contre un roc, et, sans mot dire, prit une pirogue, suivit le cours du grand fleuve noir, le Tinkisso. Il n'est pas revenu. On dit qu'il va encore…

Musique : KAIRA

Mais il fallut devancer l'heure de l'exécution, pour éviter tout soulèvement dans le pays. Le 30 septembre 1892, à Minuit.

Musique : MINUIT

À Minuit, dans la vaste plaine qui s'étend derrière Siguiri, une petite salve retentit et Balaké tomba, froid, face à son village…

Musique : MINUIT

Hélas ! La belle Sona, elle, pleurait, elle qui jusque-là ne connut que le bonheur. Elle fuyait les hommes pour la forêt…

Musique : SONA

L'haleine tiède du crépuscule desséchait sa gorge, fendait ses lèvres, brûlait ses tempes. Elle fuyait les hommes, elle fuyait toujours…

Musique : SONA

Elle entendit la voix d'un berger : dernier espoir !
Elle fuyait les hommes, elle fuyait encore…

Musique : SONA

Arrivée au sein de la forêt, elle s'agenouilla dans l'herbe humide de rosée, sanglota longuement, et d'un geste suprême, absorba le poison qui devait l'emporter.

Musique : TARA OU PARTIR

L'occident rougeoyait des derniers feux du soir. Dans le feuillage touffu des arbres, on entendait la plainte éternelle du vent. La nuit tombait froide et lugubre. La sylve endeuillée frémissait, faisant tomber, telles des larmes, des gouttelettes de rosée.

Musique : MINUIT

Ami ! Fais geindre les cordes de la guitare pour que revive le touchant souvenir de Balaké et de sa belle. Qu'au royaume des ombres, ils sentent notre compassion. Ils reposent toujours dans la grande plaine herbeuse qui aujourd'hui a porté leur nom.

AUBE AFRICAINE

*M*usique de guitare : DRA

C'était l'aube. Le petit hameau qui avait dansé toute la moitié de la nuit au son des tam-tams, s'éveillait peu à peu. Les bergers en loques et jouant de la flûte conduisaient les troupeaux dans la vallée. Les jeunes filles, armées de canaris, se suivaient à la queue leu leu sur le sentier tortueux de la fontaine. Dans la cour du marabout, un groupe d'enfants chantonnait en chœur des versets du Koran.

Musique de guitare : DRA

C'était l'aube. Combat du jour et de la nuit. Mais celle-ci exténuée n'en pouvait plus, et lentement, expirait. Quelques rayons du soleil, en signe avant-coureur de cette victoire du jour, traînaient, encore timides et pâles, à l'horizon. Les dernières étoiles doucement glissaient sous des tas de nuages, pareils aux flamboyants en fleurs.

Musique de guitare : SIDIO

C'était l'aube. Et là-bas, au fond de la vaste plaine aux contours de pourpre, une silhouette d'homme courbé, défrichait : silhouette de Naman, le cultivateur. À chaque coup de sa daba, les oiseaux effrayés s'envolaient et, à tire-d'aile, rejoignaient les rives paisibles du Djoliba, le grand fleuve Niger. Son pantalon de cotonnade grise, trempé de rosée, battait l'herbe sur les côtés. Il suait, infatigable, toujours courbé maniant adroitement son outil ; car il fallait que ses graines soient enfouies avant les prochaines pluies.

Musique de kora : SIMADANAN

C'était l'aube. Toujours l'aube. Les mange-mil, dans les feuillages, virevoltaient, annonçant le jour. Sur la piste humide de la plaine, un enfant portant en bandoulière son petit sac de flèches courait essoufflé, dans la direction de Naman. Il interpellait : « Frère Naman, le chef du hameau vous demande sous l'arbre à palabres. »

Musique de kora : SIMADANAN

Surpris d'une convocation aussi matinale, le cultivateur posa son outil et marcha vers le bourg qui, maintenant, radiait dans les lueurs du soleil naissant. Déjà, les Anciens, plus graves que jamais, siégeaient. À côté d'eux, un homme en uniforme, en garde-cercle, impassible, fumait tranquillement sa pipe.

Musique de kora : TARAMA

Naman prit place sur une peau de mouton. Le griot du chef se leva pour transmettre à l'assemblée la volonté des Anciens : « Les Blancs ont envoyé un garde-cercle pour demander un homme du hameau qui ira à la guerre dans leur pays. Les notables, après délibération, ont décidé de désigner le jeune homme le plus représentatif de notre race afin qu'il aille prouver à la bataille des Blancs le courage qui a toujours caractérisé notre Manding. »

Musique de guitare : TARA

Naman, dont chaque soir, les jeunes filles, en couplets harmonieux, louaient l'imposante stature et le développement apparent des muscles, fut d'office désigné. Sa douce Kadia, la jeune femme qu'il avait naguère héritée de son grand frère défunt, bouleversée par la nouvelle, cessa soudain de piler, rangea le mortier sous le grenier et, sans mot dire, s'enferma dans sa case pour pleurer son malheur en sanglots étouffés. La mort lui ayant ravi son premier mari, elle ne pouvait concevoir que les Blancs lui enlèvent Naman, celui en qui reposaient tous ses nouveaux espoirs.

Musique de guitare : KADIA

Le lendemain, malgré ses larmes et ses plaintes, le son grave des tam-tams de guerre accompagna Naman au petit port du village où il s'embarqua sur un chaland à destination du chef-lieu du cercle. La nuit, au lieu de danser sur la place publique comme d'habitude, les jeunes filles vinrent veiller dans l'antichambre de Naman où elles contèrent jusqu'à l'aube autour d'un feu de bois.

Musique de guitare : M'BESOMA

Plusieurs mois s'écoulèrent sans qu'aucune nouvelle de Naman ne parvienne au bourg. La petite Kadia s'en inquiéta si bien qu'elle eut recours à l'expert féticheur du village voisin. Les Anciens eux-mêmes, anxieux, tinrent sur le sujet un bref conciliabule secret dont rien ne transpira.

Musique de kora : SOUNDIATA

Un jour enfin, une lettre de Naman arriva au village à l'adresse de Kadia. Celle-ci, soucieuse de la situation de son époux, se rendit la même nuit, après de pénibles heures de marche, au chef-lieu du cercle où un traducteur lut la missive.

Naman était en Afrique du Nord, en bonne santé, et il demandait les nouvelles de la moisson, des fêtes de la mare, des danses, de l'arbre à palabres, du village, etc.

Musique de balafong : OULADIANDE

Cette nuit, les commères accordèrent à la jeune Kadia la faveur d'assister, dans la cour de leur doyenne, à leurs palabres coutumières des soirs. Le chef du village, heureux de la nouvelle, offrit un grand festin à tous les mendiants des environs.

Musique de balafong : TOROLIN

Plusieurs mois s'écoulèrent encore et tout le monde redevenait anxieux car on ne savait plus rien de Naman. Kadia envisageait d'aller de nouveau consulter le féticheur lorsqu'elle reçut une deuxième lettre.

Naman après la Corse et l'Italie était maintenant en Allemagne, et il se félicitait d'être déjà décoré.

Musique de balafong : GNAMALALE

Une autre fois, c'était une simple carte qui apprenait que Naman blessé était fait prisonnier par les Allemands. Cette nouvelle pesa sur le village de tout son poids. Les Anciens tinrent conseil et décidèrent que désormais Naman était autorisé à danser le « Douga », cette danse sacrée du Vautour que nul ne danse sans avoir fait une action d'éclat, cette danse des Empereurs Malinkés dont chaque pas est une étape de l'histoire du Mali. Ce fut là une consolation pour Kadia de voir son mari élevé à la dignité des héros du pays.

Le temps passa... Deux années se suivirent...

Naman était toujours en Allemagne. Il n'écrivait plus.

Musique de guitare : DOUGA

Un beau jour, le chef du village reçut de Dakar quelques mots qui annonçaient l'arrivée prochaine de Naman. Aussitôt, les tamtams crépitèrent. On dansa et chanta jusqu'à l'aube. Les filles composèrent de nouveaux airs pour sa réception car les anciens qui lui étaient dédiés ne disaient rien du « Douga », cette célèbre danse du Manding.

Musique de tam-tam : NANA SEKOU

Mais, un mois plus tard, Caporal Moussa, un grand ami de Naman, adressa cette tragique lettre à Kadia :

« C'était l'aube. Nous étions à Thiaroye-sur-Mer.

Au cours d'une grande querelle qui nous opposait à nos chefs blancs de Dakar, une balle a trahi Naman. Il repose en terre sénégalaise. »

Musique de guitare : IMAKOUNDE

En effet, c'était l'aube. Les premiers rayons du soleil frôlant à peine la surface de la mer doraient ses petites vagues moutonnantes. Au souffle de la brise, les palmiers, comme écœurés par ce combat matinal, inclinaient doucement leurs troncs vers l'océan. Les corbeaux, en bandes bruyantes, venaient annoncer aux environs, par leur croassement, la tragédie, qui ensanglantait l'aube de Thiaroye… Et, dans l'aube incendiée, juste au-dessus du cadavre de Naman, un gigantesque Vautour planait lourdement. Il semblait lui dire :

« Naman ! Tu n'as pas dansé cette danse sacrée qui porte mon nom. D'AUTRES LA DANSERONT. »

Musique de kora : DOUGA

Au village, la nouvelle de cette subite mort se…

Musique de balafong : DOUGA

Extraits de *Aube africaine et autres poèmes africains*, Présence africaine.

Édouard Maunick

ÎLE MAURICE

Édouard Maunick est probablement le plus grand poète mauricien du XXe siècle. Il a publié plus de vingt recueils de poésie. Instituteur, puis bibliothécaire à Port-Louis. Arrivé à Paris en 1960, il sera journaliste, directeur de collection à l'Unesco, puis ambassadeur de son pays auprès de Nelson Mandela. Aimé Césaire lui a consacré un magnifique poème disant de lui qu'il est « espérance à flanc d'abîme, moissons vivantes de la mémoire ».

Éd. Maunick est né le 23 septembre 1931 à l'île Maurice.

... ABORDER LA LARME EXACTE

I.

Je suis mort avant toi
Avant le signe du dedans de nous
J'avais contre la peau la preuve du printemps
Mais qu'ai-je fait de vivre
Sinon aborder la larme exacte
Et l'exacte présence
Qu'est-ce donc sinon la solitude

Maintenant que mon visage a fait le tour de ta main
La raison de parler assassine la raison de dire
Tu trouveras à la place la clarté des draps morts

Et la démesure possible et la violence des doigts
Liront sur ton ventre l'écriture de l'exil.

II.

Tu le sauras au jour le jour
Le recommencement du monde qui cesse autour des autres
Pour s'éterniser dans le temps de toi

Tu le sauras sans le vivre
Pour cela il faudrait la vérité des miroirs
L'âme cryptique des images

Tu le sauras de vérité en vérité
Parmi la fixité des errances la pluie bleue
À laquelle personne ne croit personne ne peut croire

Orages dans les mains
Tout soleil allumé
Le crucifié a l'âge de ta peur
Le temps vient de défendre

Tu le sauras ce que tu ne savais plus
Cet incendie en plein ciel ce beau carnage
Pour continuer tout ce qui était alors fini

Tu le sauras le destin du par-delà
Les débris de la solitude…

III.

Mers de partout j'ai copié sur vous ma neutralité

Du visage de cette femme
À ma main qui saigne
Et ne saigne pas
Risque aussi parfois un trait de sel noir
À rayer la vitre de la pluie

L'homme et la mer

Deux légendes qui se regardent dans le blanc de leur âge
Deux bêtes de la même fidélité.

IV.

L'écriture est sabordée
Le pays est plus dur que lassitude
Tu te révoltes en conséquence
Faites-moi croire prime-matins

À sa bouche à peine réveillée
À son sommeil et au mien
Hachés par l'odeur des bateaux
Sans autre partance que la prochaine pourriture

L'homme en moi a besoin de l'homme
Les ailleurs leurs feux démantelés
À la limite du terral au geste de l'ancrage
Me font signes que je ne comprends pas
Vouloir est-ce une frontière de plus

L'écriture est sabordée
Bris et débris sur mes cahiers sonores
Ouvrez-les-moi avant-soir
Comme ventre d'astéries
Pour fixer la vie en plein dans les yeux.

L'ESSENTIEL D'UN EXIL

À René Tavernier
et Paulin Joachim...

Terre noire source claire
Qu'importe la terre la source portera juste nom
Le mur entre nous
N'a chair ni entrailles sentinelle veillant à genoux

Je lui donne à vivre
Ce que j'ai de peur le temps de tuer la couleur
Dire un nom d'arbre
Lilas técoma tamarinier des soirs sorciers
Car pour toi je sais
Il n'est pas d'ombre qui ne soit feuillage assermenté
Pour nous délivrer
En cette île là-bas qui voyage sur mon corps d'ici
Je suis de la mer
J'ai longtemps prié sur le perron des vagues hautes
Ton lieu de naissance
Recommencera les églises que j'ai sabordées
Pénitent métis
Amour diviser je veux te parler en image
Écoute entends l'histoire où la race devient monnaie de plomb
J'avais ouvert les vents à la proue des départs
Mis entre l'eau et moi ce que l'eau réclamait
Quelques oiseaux pour vivre et beaucoup de mots d'homme
Les mots sont décédés à force de trahir
Seuls au milieu de moi donnant chair à l'exil
Les oiseaux sont restés avec leur sang-soleil
Et j'en parle aujourd'hui à défaut de patrie
Regarde vois passer fous et mandarins gardiens des bateaux morts

Je t'ai choisie femme
Pour parler plus haut dire la déraison des frontières
Regarder mon frère
Et le rencontrer dans ta chair qui ne tremble pas
Pourtant voici l'aube
D'autres vont venir qui ne sauront pas lire mon nom
Ce pétale hindou
Que mon père debout lance par-dessus l'âge des livres
Inlassablement
Je ne vois que lui il fait noir sur sa peau très noir
Sa voix s'est cassée

Il marche la nuit et personne ne sait sa mémoire
	J'ai longtemps pensé
Qu'il habitait l'heure que l'horloge était son complice
	Et voici la lettre
Qui le dévisage il attend sur le tranchant d'ombre
	L'ultime langage
Le poème ouvert ce que personne n'avait compris
	Ma folie d'exil
Mon dernier mensonge sera le signe de vérité
	C'est ainsi chez nous
Ce besoin de vivre au bord des légendes de la mer
Si je pouvais déraciner ta ville avec des mots-croix
Mais la pierre hivernale le triste de l'automne
Seront images saintes dans son lit d'outre-mer
Où le sommeil avance mille fantômes à tribord
Si je disais Neige l'orage sur les races
L'étoile qui vertige et la clef qui se rouille
Et mes frères menacés et la langue trahie
Si je disais Neige le chancre des années
Et cette croix qu'on met vis-à-vis du symbole
Les livres qui se ferment l'histoire assassinée
Si tu posais ta main où bat le cœur créole
Une forge de midi une barque à minuit
De la Pointe aux Piments à la Rivière Noire
Le vin de la banane pour allumer les reins
Et les ségas pilant et les ségas qui meurent
Si je dénudais vive ma part indélébile

Mais ravanes sang ravanes ravanes déguisent la pierre.

	Autrefois le feu
Sur la pierre-autel libérait la peau des tambours
	De leurs rides sèches
Et brisait la danse l'osier des reins de la soûlure
	Aujourd'hui la race
Regarde la mer retourne la pierre sans le savoir

Et le sable boit
Le reste du feu se brisent les dernières amarres
L'île est investie
Un sort anonyme guette sûr les derniers danseurs

Un arbre de plus
Rouge flamboyant crieur du nouvel an
Attend le cyclone
Comme j'attends la mort après la houle cardinale
Cette plaine bougeuse
Gardienne du sang entre les saisons apocryphes
Un arbre de moins
Fatigué de vent de février le meurtrier
De mars le complice
Un temps de furie le seul qui ne soit pas solaire
Car on dit soleil sans savoir son poids de tendresse

Au pays de naissance il veille sur les taudis
Sur le château de pierre sur les toits cannelés
Son familier voyage est un signe de chance
Une bête nourricière dont on ne sait pourquoi
Elle rampe dans le pain traverse l'épiderme
Comme un cri non coupable seul soleil du soleil
Couleur de la cannelle de l'écorche de couleur
Douleur de la racine de nocturne douleur
Poivre et poussière de pierre couleur de n'importe où
Douleur de la dispute trop de sangs s'interpellent
La peau la peau la peau les tropiques se réveillent
Aveugle dans la ville témoin aux yeux de braise
Le soleil innocent exige la part du cœur
Rendez-moi ma couronne ma raison première
Mon royaume métis commence au point du jour
Et ses orfèvreries hantent les fonds de chair
Je prophétise le sang mêlé comme une langue de feu.

SEPT VERSANTS SEPT SYLLABES...

Pour Aimé Césaire et Pierre Emmanuel...

I.

Si tu venais de toi-même
En ce lieu contradictoire
Refaire fête de l'ébène
Le métal des premiers temps

Si tu essayais le rêve
Avant que d'être inutile
Avant le rebond du sang
Avant la mort de ton père

Ce pays était miroir
La mer en guise de tain
Les îles à suée de rames
Des clefs se saignaient les reins

Le bonheur était partout
Et nulle part à surprendre
Si tu jouais l'océan
Une dernière fois sur terre

Mais qu'est-ce la dernière fois
Pour un poète sans race
Son corps toujours se répète
Parmi les témoins d'en face

Il suit sans les découvrir
Les chemins de la colère
Son pays est ce pays
Où tous les pays vertigent

II.

Mon amour est improbable
Vienne le goût de salive
Le signe de neutralité
À fleur du jardin natal

Ici les roses sont roses
Défense le glaïeul
Un homme qui parle debout
Se bande les yeux de pluie

Nous prenons fortes racines
À l'heure de la mise à mort
Là-bas les grilles sont peintes
Aux couleurs des équinoxes

Un homme qui parle debout
S'abolit dans le symbole
Je dis rose et c'est l'espoir
Qui donc vivra de ce jeu

Qui prendra le glaïeul
Dans sa forme de coupe-coupe
Pour nouer avec le sang
Métis dans sa survivance

Je nomme jardin la terre
La terre sans exception
Qui donc plantera les grilles
Sinon les miens sinon moi

Moi cet enfant de mille races
Pétri d'Europe et des Indes
Taillé plus profondément
Dans le cri du Mozambique

III.

Ainsi je suis anonyme
Et je garde l'héritage
De vos triques ancestrales
De votre fuite d'hommes noirs

Je pourrais porter vos noms
Sans jamais être nommé
Porter votre numéro
Sans jamais être compté

Commander vos places fortes
Me vêtir de votre peur
Reconnaissable du feu
Reconnaissable du vent

De ce qui bâtit l'exil
Le feu le vent sur la mer
Reconnaissant les racines du jour
De l'arbre jamais reconnu

Reconnaissant les racines
Je me tais en signe de deuil
Sur la part non partagée
Je suis nègre de préférence

J'ai lu Senghor et Césaire
Et Guillèn et Richard Wright
Mais Saint-John Perse et Lorca
Dylan Thomas et Cadou

Et debout Paul Eluard
Réinventent la mémoire
Si tu sortais du miroir
Pour unir matin et soir

IV.

À fendre pierre l'amertume
Qui me monte à la parole
Au bout de tous les versets
Faut-il que je sois de haine

Un vocable appareillant
Vers lieu de neige et de feu
Des mots de mauvaise haleine
Des images à brûle-peau

Des désirs amers et purs
De tumultueux silences
J'épelle ici mon poème
Délivrant l'amour de vous

Ne pas dire ce qu'il faut dire
Diviser le sang du sang
Habiter d'autres demeures
Que les demeures habitables

Ce n'est pas facile l'exil
Malgré les frontières tues
Les portes claires les mains vives
Ce n'est pas facile jamais

Accepter est un refus
Refuser une colère
Donnez-moi vos libres livres
Et vos christs à peine d'homme

Promis j'apprendrai la chair
Comme à travers l'eau des lacs
Je tuerai la mer ancienne
Brûlerai les cargaisons

V.

Mais CHRIST cette odeur de chaînes
Ce frottement de métal
Contre les os en défaite
Et ces quinconces de cordes

J'ai la force de mes yeux
Mais c'est triste à regarder
Des chiens dressés contre noirs
Des cantiques poignardés

Oui regarder chavirer
Des voix de femmes et d'enfants
Dont le crime est vertical
Qui ne savent plus ramper

Sont-ce là Noël et la paille
Et notre poésie blanche
Et notre poésie noire
Tout entière notre poésie

VI.

Je ne revendique pas
Tirant avec vos fusils
Guérissant avec vos mains
J'ai froid et faim pour nous tous

S'il était un territoire
Entre midi et minuit
C'est là que j'irais crier
Mon sang mêlé jusqu'à l'âme

Car je vous préfère en moi
Sans couleur ni passeport
Je sais nous rêvons de Dieu
Et sommes tous pardonnés

VII.

Si tu venais de toi-même
En ce lieu contradictoire
Essayer le rêve amer
Des limites solaires

Savoir le point de lumière
L'équateur en vérité
N'avoir plus besoin de mer
Pour receler tes départs

Si tu venais sans colère
Au lieu de refus
Ouvrir tes yeux à la pluie
Te laver à fendre corps

Enfin une dernière fois
Mettre tes pas dans les pas
De la seule présence en toi
Un homme à grandeur de l'homme

Mon amour rendu possible
Est signé de votre absence
Je n'ai plus besoin d'hier
Pour être aujourd'hui debout

Les manèges de la mer
Ne sont plus manèges fous
Il fallait parler plus haut
Que le sort en dérision…

ENTRE DEUX MIROIRS

*I*ci commence le poème à outrance
Ici frappe de feuille à racine
Parmi la peine sans colère
Ce désir dépassant la faute de ton corps

Délivrez-moi du bien qui n'est pas délivrance
Comment céder au plus haut désir
Si le corps n'est pas rompu
Qu'aux seules chaînes de la race

Lampes de terre au bout de la mémoire
Vous rendez folles mes bêtes
Je reste berger du troupeau innomé
Attardé à décimer le sang (le brouillard)

Chaleils d'outre-naissance
Vers quelle défaite parmi la bouse
S'exile votre suie pour me livrer
Homme entre deux miroirs

Je ne peux pourtant pas nier cette chance
Dans laquelle j'entre les yeux ouverts
Cette chance à la mesure de la Faute
Qui ne me condamne pas à recommencer mon corps

La ville brûle — elle a brûlé
La chair devient semence
J'ai déserté la pluie
Un exil me guette plus grave que la vie.

Paul Niger

GUADELOUPE

De son vrai nom, Albert Bléville, ce Guadeloupéen a pris le pseudonyme de Paul Niger en hommage au fleuve africain. Poète de la deuxième génération de la Négritude, Paul Niger fut un poète résolument engagé, très soucieux du devenir de l'Afrique qu'il a connue. Sa poésie mérite d'être connue par les générations actuelles. Lucide, sensible, sa poésie est celle de l'espoir et de la foi en un humanisme nouveau, dans un monde solidaire et fraternel.

Né en 1917 en Guadeloupe, Paul Niger est mort en 1961.

JE N'AIME PAS L'AFRIQUE

J'aime ce pays, disait-il, on y trouve nourriture, obéissance, poulets à quatre sous, femmes à cent, et « bien Missié » pour pas plus cher.

Le problème, ajoutait-il, ce sont les anciens tirailleurs et les métis et les lettrés qui discutent les ordres et veulent se faire élire chefs de village.

Moi, je n'aime pas cette Afrique-là.

L'Afrique des yesmen et des beni-oui-oui

L'Afrique des hommes couchés attendant comme une grâce le réveil de la botte

L'Afrique des boubous flottant comme des drapeaux de capitulation de la dysenterie, de la peste, de la fièvre jaune et des chiques (pour ne pas dire chicottes).

L'Afrique de « l'homme du Niger », l'Afrique des plaines désolées

Labourées d'un soleil homicide, l'Afrique des pagnes obscènes et des muscles noués par l'effort du travail forcé.

L'Afrique des négresses servant l'alcool d'oubli sur le plateau de leurs lèvres...

Je n'aime pas cette Afrique-là.

Dieu un jour descendu sur la terre fut désolé de l'attitude des créatures envers la création. Il ordonna le déluge, et germa de la terre resurgie, une semence nouvelle.

L'arche peupla le monde et lentement

Lentement

L'humanité monta des âges sans lumière aux âges sans repos.

Il avait oublié l'Afrique.

Christ racheta l'homme mauvais et bâtit son Église à Rome.

Sa voix fut entendue dans le désert, l'Église sur la Société

La Société sur l'Église, l'une portant l'autre

Fondèrent la civilisation où les hommes dociles à l'antique sagesse pour apaiser les anciens dieux, pas morts

Immolèrent tous les dix ans quelques milliers de victimes

Il avait oublié l'Afrique.

Mais quand on s'aperçut qu'une race (hommes ?)

Devait encore à Dieu son tribut de sang noir on lui fit un rappel

Elle solda.

Et solde encore, et lorsqu'elle demanda sa place au sein de l'œcumène on lui désigna quelques bancs — elle s'assit. Et s'endormit.

Jésus étendit les mains sur ces têtes frisées et les Nègres furent sauvés

Pas ici-bas, bien sûr...

Écoute : le tam-tam s'est tu ; le sorcier peut-être a livré son secret
Le vent chaud des savanes apporte son message,
L'hippocampe déjà m'a fait un signe de silence

L'Afrique va parler

Car c'est à elle maintenant d'exiger :
« J'ai voulu une terre où les hommes soient hommes
et non loups
et non brebis
et non serpents
et non caméléons

J'ai voulu une terre où la terre soit terre
Où la semence soit semence
Où la moisson soit faite avec la faux de l'âme une terre de Rédemption et non de Pénitence une terre d'Afrique.
Des siècles de souffrances ont aiguisé ma langue
J'ai appris à compter en gouttes de mon sang et je reprends les dits des généreux prophètes
Je veux que sur mon sol de tiges vertes, l'homme droit porte enfin la gravité du ciel. »

Et ne lui réponds pas, il n'en est plus besoin, écoute ce pays en verve supplétoire, contemple tout ce peuple en marche promissoire, l'Afrique se redressant à la face des hommes, sans haines, sans reproches, qui ne réclame plus, mais affirme.
Il est encore des bancs dans l'Église de Dieu
Il est des pages blanches aux livres des prophètes.
Aimes-tu l'aventure, ami, alors regarde
Un continent s'émeut, une race s'éveille
Un murmure d'esprit fait frissonner les feuilles
Tout un rythme nouveau va térébrer le monde
Une teinte inédite peuplera l'arc-en-ciel
Une tête dressée va provoquer la foudre.

L'Afrique va parler.

L'Afrique d'une seule justice et d'un seul crime
Le crime contre Dieu, le crime contre les hommes
Le crime de Lèse-Afrique
Le crime contre ceux qui portent quelque chose

Quoi ?

Un rythme
Une onde dans la nuit à travers les forêts, rien, ou une âme nouvelle
Un timbre
Une intonation
Une vigueur
Un dilatement
Une vibration qui par degrés dans la moelle déflue, révulse dans sa marche un vieux cœur endormi, lui prend la taille et vrille
Et tourne
Et vibre encore dans les mains, dans les reins, le sexe descend
Plus bas fait claquer les genoux, l'article des chevilles, l'adhérence des pieds, ah, encore cette frénésie qui me suinte du ciel.
Mais aussi, ô ami, une fierté nouvelle qui désigne à nos yeux
Le peuple du désert, un courage sans prix, une âme sans demande, un geste sans secousse dans une chair sans fatigue.

Tâter à sa naissance le muscle délivré et refaire et refaire les marches des premiers conquérants,
Immense verdoiement d'une joie sans éclats
Intense remuement d'une peine sans larme
Initiation subtile d'un monde parachevé dans l'explosion d'or des cases, voilà, voilà le sort de nos âmes chercheuses…

Allons, la nuit déjà achève sa cadence
J'entends chanter la sève au cœur du flamboyant…

Extraits de *Initiation*, Seghers.

Jean-Baptiste Tati Loutard

CONGO

Jean-Baptiste Tati Loutard est incontestablement l'un des plus grands poètes congolais et reconnu comme tel. Professeur, plusieurs fois ministre dans son pays, la poésie de Tati Loutard est une poésie élaborée, pensée mais non dépourvue d'émotion. Au-delà des vicissitudes historiques dans lesquelles elle advient, c'est une poésie au fond de la nostalgie de l'unité perdue entre l'homme et la nature.

Jean-Baptiste Tati Loutard est né le 15 décembre 1938, à Ngayo. Il vit au Congo.

LETTRE À UNE FILLE DE NEW YORK

Je t'écris de loin, depuis les bords du Congo
Devant l'Île Mbamou ; c'est une motte verte
Qui s'est réfugiée au milieu des eaux
Pour éviter de tourner avec la terre.
La rue n'est pas loin : elle passe comme le fleuve
Là, derrière l'herbe qui semble plus haute
À cause du bruit des cigales.
Les voitures roulent mais n'écrasent aucun souvenir.
Je te plains toi, là-bas, dans le désert de béton et d'acier,
Avec les plus beaux rêves d'hommes
Dans les havresacs des bandits.
Tu dois avoir peur dans les quartiers perdus
Quand la lune n'est plus au sommet de la nuit.
Que veux-tu, la vie n'est pas ronde comme la terre.
Chaque jour elle s'accroche à quelques épines.
J'ai tous les traits de ton visage au bout de ma plume.

Et tes paroles aussi, vraiment géniales :
« Harlem c'est la Nuit habitée par les nuits. »
Devant moi tu étais parfois l'arbre
Qui couve un génie tranquille,
L'instant d'après la piqûre du rythme
Te prenait à la cheville ;
Tu devenais alors le serpent de mer
Qui remonte à sa source par les contorsions des vagues.
Tu brûlais dans mes bras, plus torride
Que le soleil de ma saison pluvieuse.
J'ai vécu avec toi comme le tronc
Qui tient la branche par temps d'orage…
Adieu ! la plume ne suit plus la ligne :
La nuit déjà bout dans le vase des étoiles.

SUPPLIQUE

*C*es jours-ci la mer a des colères d'équinoxe
Elle ricane et bave contre les écueils,
Chasse les pétrels à grands jets d'eau
Toujours plus furieuse dans sa sueur d'embruns.
Jamais houle à voix si assassine
N'a déferlé si fort depuis son ventre
Emmêlé de poulpes.
Toutes les nuits elle parle haut
Comme les vents d'orage
Jusqu'à l'heure où le jour
Éclate en une variole de soleil
Qui corrompt le chant des goélands…
Et la mer se brise loin des sables,
Contre la mince paroi du cœur des mères.
L'une d'elles s'avance
Et mêle sa voix aux vagues :
« Le ciel a tant de pleurs qu'il en nourrit tes eaux.

Pourquoi veux-tu mes larmes
Dans la sécheresse de mon âge ?
N'est-ce pas pour des yeux heureux ces flots
Parfumés cette nuit d'un zeste de lune ? »

VIE ET MORT D'ARTISTE (I)

Je vis dans un pays peuplé d'orages
Et je marche souvent sous la pluie
Remisant dans mes poches
Des bouts de rêves déchiquetés
Par le mauvais temps.
Je suis comme un garnement
Qui crache dans les trous des nuages
Des blasphèmes qu'essuient les vents.
Et je me tiens penché sur l'a-pic du jour,
Les pieds prêts au vol
Dans l'élan flexible des oiseaux.
Or mes souliers d'espérance
Sont aussi trempés de soucis...
Ainsi tu déchires peu à peu ton dernier espoir
Au tranchant de chaque soleil qui se lève.
Tu vas illuminé par la mort profonde,
La tête tressée de rêves décatis
Comme un arbre qui jaunit
Loin d'une perspective.
Des nuées d'orage couvrent ton cœur,
Tu marches côte à côte avec ta douleur
Sous la pluie qui dissout tes pensées
À travers le piétinement de l'eau.
Tes yeux s'abritent sous leur toit de paille fine,
Tes dents se couvrent au froid de la rue ;
Es-tu pur fantôme sous le couvert des nues ?
Mais ton corps un jour livré tout roide

Aux quatre silences de la terre
Puis à l'affection des limaces
Ressuscitera d'entre les morts ;
Et ton œil ardent d'artiste apparaîtra
Sur les couvertures des livres
Comme un oiseau multicolore
Au-dessus des dalles tumulaires.

VIE ET MORT D'ARTISTE (II)

Tes doigts tremblants vont lâcher l'anse du sort :
Vois comme à présent
De ton cœur meurtri
La vie sourd à petit bruit.
D'une nuit à l'autre, toi qui es flambeau,
Tu n'éclaires plus personne, toi qui fus beau,
Tu avances comme l'œil poché d'un astre,
Dans une rue ennuagée de souvenirs.
« Amère est la bouche le jour de la mort. »
Te souviens-tu de ce mot de l'Aïeul
Quand il eut aussi ce goût de terre jaune
Sur ses lèvres ?
Ta femme a pris son vol ; son menton dort
Dans le creux d'une autre épaule ;
Ton corps frémit au toucher du souvenir
Et sur ta bouche brûle encore la mèche
De son nom.
Tes doigts tremblants vont lâcher l'anse du sort :
Tu n'as plus le sou pour les vins capiteux
Que tu renversais dans le flux des rires ;
Tes pleurs c'est le sang de tes rêves blessés
Mais l'autre nuit la vie te semblait nouvelle.
Dehors le ciel riait de sa dent de lait.
Et l'angoisse t'a repris au bout de la nuit :

« Tout maintenant m'abandonne et me désespère
Comme cette lune qui meurt de rougeole
Au fond de la ville. »

LE VISAGE ET LE TEMPS

Je vis en silence ma parcelle du temps ;
Pourquoi me plaindre comme un grelot
Au cou d'un chien errant ?
Dans la nuit à fond d'étoiles
Je fends ma voix de peine…
C'est la pulpe d'un être qui sentait
L'eucalyptus et la saveur de la mer
Quand elle soulève sa rumeur.
Dans une rue ravinée par les ans,
Les traits de son visage sont épars
Sur les briques des masures.
Peut-être dans quelque bouge
Vit-elle inclinée comme le jour
Qui chancelle après la méridienne.

J'ai perdu mes élans à tant courir
Les champs du monde ;
Je suis l'oiseau forcé de rabattre
Les ailes…
Maintenant je ressemble à la terre
Qui est ronde de vertiges,
Et je cherche un amour qui me tienne
Comme elle dans le champ
De quelque système solaire.

L'HÉCATOMBE

L'hécatombe revient sur la monture du souvenir...
C'est un coup de soleil suivi de coups de feu
Puis la sirène, la poussière, les flammes,
Et là-haut le bleu du ciel qui recule.
Toute la ville est un manège qui se détraque
Sur le socle de la terre qui se désaxe.
Le cours du sommeil est tombé très bas :
L'angoisse déchiquette la nuit...
Au bout du quatrième jour le calme
Est comme à l'arrière du petit matin.
Mais des yeux poussent à la nuque et aux
Tempes des survivants.
Un ruisseau de sang flaire une rigole,
Un chien dort sous le vaccin d'un plomb perdu,
Un chat répand dans une mare
Le phosphore de ses yeux
Le dernier chevron s'effondre dans le feu qui s'éteint,
Un enfant tient dans ses bras
Le rêve immortel de sa mère.
C'est fini : la vie est faite.
Peut-être reprendra-t-elle
Par une autre racine.

Extraits de *Les Normes du Temps*, Hatier.

Guy Tirolien

GUADELOUPE

Guy Tirolien est un Guadeloupéen qui se définit avant tout comme un poète afro-antillais. Ami de Paul Niger, il fut administrateur en Afrique, ce qui fut pour lui un véritable retour aux sources. Sa poésie lyrique est très émouvante. Son poème *Prière d'un petit enfant nègre* est connu de tous les écoliers africains. Il fut l'ami de Alioune Diop, fondateur de *Présence africaine*, et a baigné comme beaucoup d'Antillais dans l'ambiance chaude du mouvement de la Négritude.

Guy Tirolien, mort paralysé, est né en 1917 en Guadeloupe.

PRIÈRE D'UN PETIT ENFANT NÈGRE

Seigneur
je suis très fatigué
je suis né fatigué
et j'ai beaucoup marché depuis le chant du coq
et le morne est bien haut
qui mène à leur école

Seigneur je ne veux plus aller à leur école ;
faites je vous en prie que je n'y aille plus.

Je veux suivre mon père dans les ravines fraîches
quand la nuit flotte encore dans le mystère des bois
où glissent les esprits que l'aube vient chasser.

Je veux aller pieds nus par les sentiers brûlés
qui longent vers les mares assoiffées.

Je veux dormir ma sieste au pied des lourds manguiers.

Je veux me réveiller
lorsque là-bas mugit la sirène des Blancs
et que l'usine
ancrée sur l'océan des cannes
vomit dans la campagne son équipage nègre.

Seigneur je ne veux plus aller à leur école ;
faites je vous en prie que je n'y aille plus.

Ils racontent qu'il faut qu'un petit Nègre y aille
pour qu'il devienne pareil
    aux messiers de la ville
        aux messiers comme il faut.

Je préfère flâner le long des sucreries
où sont les sacs repus
que gonfle un sucre brun
autant que ma peau brune.

Je préfère
vers l'heure où la lune amoureuse
parle bas à l'oreille
des cocotiers penchés
écouter ce que dit
dans la nuit la voix cassée d'un vieux qui raconte en fumant
les histoires de Zamba
et de compère Lapin
et bien d'autres choses encore
qui ne sont pas dans leurs livres.

Les Nègres vous le savez n'ont que trop travaillé

pourquoi faut-il de plus
apprendre dans des livres
qui nous parlent de choses qui ne sont point d'ici.

Et puis
elle est vraiment trop triste leur école
triste comme
ces messiers de la ville
    ces messiers comme il faut
qui ne savent plus danser le soir au clair de lune
qui ne savent plus marcher sur la chair de leurs pieds
qui ne savent plus conter les contes aux veillées —
Seigneur je ne veux plus aller à leur école.

ÎLES

*V*oici la maison basse
Où ma race a poussé.
D'un tour de reins, la route
Redresse son élan.
Ira-t-elle jusqu'aux eaux lasses
Sous les manguiers là-bas ?

Odeurs de terre brûlée et de morue salée
Coulant sous le museau de la soif.
Sourire plissant l'icaque mûre
D'un vieux visage.
Prière indécise des fumées.
Souffrance d'un long hennissement
Grimpant la pente des ravines.
Voix du rhum
Réchauffant de leur haleine
Nos oreilles.
Dominant mitraillant le repas des oiseaux

Rythmes de calypsos
Au ventre chaud de nos banjos.
Rires du désir dans les viscères de la nuit.
Bouches privées de pain
Buvant l'alcool mauvais
Des mots.

L'île pousse vers demain
Sa cargaison d'humanité.

AFRIQUE

À Madeira Keita.

Tes surgeons refleurissent, Afrique
Dans la chair labourée de mon peuple,
Car tu germais en moi depuis la nuit des temps :

Le temps des pharaons lippus
Tournant leur tête de profil
Dans l'attitude hiératique
Souhaitée par les musées de la postérité ;

Le temps que s'édifiait la science
En pyramides de souffrances
Sur les rives du Nil
Et la nuque meurtrie des tribus asservies ;

Le temps des lentes migrations
Qui m'amenèrent un soir jusqu'aux bords du Niger,
Parmi les bœufs porteurs et les chameaux rêveurs
Dans l'odeur du lait aigre et du crottin mouillé.

Je me suis étendu à l'ombre chétive des épineux
Au pied de la mosquée sacrée

De Djenné.
Le sang frais des colas giclant entre mes dents,
Je lisais le Coran en écrasant mes poux.

J'ai tenu dans ma main la main pâle de Djouder.
J'ai brandi en hurlant la lance de mes pères.
J'ai volé au-devant des hommes non circoncis
Dont la peau est velue comme le cuir
De l'impur phacochère ;
Mais la ruse des Blancs divisa nos sagaies.

Je me suis réveillé pieds et poings garrottés
Dans la cale empestée d'un navire négrier.
Pour deux barils de rhum et dix toises de coton
L'on me vendit comptant à un marchand d'esclaves.

Branche vive arrachée à l'arbre mutilé,
J'ai repoussé plus dru sur le sol étranger
Car ma race est vivace et beaucoup plus tenace
Que l'acacia coriace qui pousse à Saint-Domingue.

Depuis la nuit des temps, Afrique,
Les fleuves de ton sang transportent les semences
Que le soleil des îles fit éclore un matin
Dans les lombes surpris de celle qui m'enfanta.

Je te connais, Afrique, de temps immémoriaux.
Avant que Picasso n'illustrât ton génie
En langage plastique,
Je me suis arrêté, songeur,
Devant la surdité lumineuse de tes masques,
Réceptacles d'ébène
Polis au fil des siècles,
Où s'ajustent en silence
Les puissances jugulées de l'esprit.

Quand je t'ai abordée Afrique,
Je me suis plongé nu dans la confiance neuve de tes matins,
À l'heure où la brousse sortait de son sommeil,
Où sur les flots feuillus des savanes bruissantes
Circulaient les échos du secret redoutable
Porté sur l'aile des harmattans :
Debout ! debout ! un jour nouveau s'annonce !

Je me suis levé tôt pour saluer l'aurore.
Mes ablutions faites et mon pagne noué
Dispos pour les travaux et les luttes du jour,
J'ai suivi mes aînés dans les lougans en friche.
J'ai cultivé, vois-tu, mon petit coin de terre,
Car tu le sais,
Dans les greniers communs,
J'ai pris soin de porter les épis de mon mil.

Et me voilà planté au carrefour de tes doutes,
Afrique,
Comme le fétiche debout à l'entrée du village.
Mon oreille collée sur ton ventre tendu,
J'interroge les dieux.
Et scrutant le langage ambigu des cauris,
Je cherche à discerner sous les rumeurs contraires,
Le sûr cheminement
De ton destin.

AMÉRIQUE

Je suis le fer fiché dans les chairs de ta plaie
L'arête coincée dans le goulot
De ton gosier
L'éclat d'anthracite dans la roche de tes os
Et nul baptême

Nulle ablution ne te lavera de moi
Amérique

Les neiges fleurissant tes plaines de coton
C'est ma sueur féconde
    C'est mon sang
        Ta richesse

Les sèves de douceur
Dans tes roseaux aux longs cheveux d'argent
Ce sont mes larmes non taries
Dans la bruyance de tes machines
De tes mines
    De tes usines
Dans la violence des voix de cuivre
                Des voix de nez
                Des voix enrouées de ta musique
Entends l'accent de ma colère
                De ma douleur
                    Et de mes hontes

Amérique

Les nuées de charbon sur tes banlieues en deuil
Non ce n'est pas la suie de ma peau
Souillant la lumière des hommes
C'est la cendre de mes os calcinés
Dans l'incendie des lynchages

L'acier de tes buildings coule
Dans mes muscles de bronze
Car je porte sur mes épaules
Tout le poids du Nouveau Monde

Je suis l'ombre de ton corps
La nourrice aux mamelles de nuit

Dont le lait enrichit la vigueur de ton sang
La pâleur de ton teint
— Tu ne peux te défaire de moi

J'ai la fureur des amants éconduits
J'implanterai mes dents
Dans ta chair lumineuse
Ô terre de viol
Terre d'injustice
Et d'avenir
Je briserai ton échine —
Si fragile entre Colon et Panama —
Je nouerai autour de ta taille arquée
Une étroite ceinture d'incandescence
De convoitises

Ma voix
celle de Césaire et de Mac Kay
de Robeson et de Guillén
Sera plus forte que ton orgueil
Plus haute que tes gratte-ciel
Car elle jaillit des sombres entrailles de la souffrance
Amérique

NÉGRITUDE

À Aimé Césaire.

Au temps où tu chantais la jeunesse du monde,
Je sais qu'ils se chauffaient au brasier de ta voix :
Mais ta jeunesse même leur était une offense.

Et quand tu dévoilais sur ton corps désarmé
L'ardente floraison des hautes cicatrices,
Bien sûr qu'ils s'empressaient de cueillir sur tes cils,

Pour la monter en perle, toute larme accomplie,
Mais ton silence même leur était insolence.

Et si tu proclamais l'allégresse des sens,
Je sais bien qu'ils buvaient le vin trouble des sons ;
Mais leur ivresse même leur était indécence.

Un jour tu comprendras que ta musique est morte
Et qu'il n'est plus d'oreille que tu puisses séduire.
Ta flûte leur est tam-tam, ton tam-tam vacarme,
Et quand tu crois chanter, ils s'effraient de tes cris,
Sur la vieille guitare des sentiments humains
Est-il des cordes sourdes au baiser de nos doigts ?
Tire de ton balafong la chanson de ton sang ;
Ensemence ta nuit, et les chiens se tairont.

Jean-Joseph Rabearivelo

MADAGASCAR

Jean-Joseph Rabearivelo est le premier poète noir à rompre, sans attendre le manifeste de *Légitime Défense*, avec l'imitation de la poésie occidentale, pour se tourner résolument vers la tradition orale malgache. Poète anticolonialiste, n'appartenant à aucune école — y compris celle de la Négritude —, Rabearivelo a subi beaucoup d'humiliations et de brimades du fait de son engagement poétique.

C'est ainsi que ce jeune Malgache, amoureux de sa terre jusqu'à l'obsession, né en 1903, va brutalement mettre fin à ses jours en 1937.

II.

Quel rat invisible,
Venu des murs de la nuit,
Grignote le gâteau lacté de la lune ?
Demain matin,
Quand il se sera enfui,
Il y aura là des traces de dents sanglantes.

Demain matin,
Ceux qui seront enivrés toute la nuit
Et ceux qui sortiront du jeu,
En regardant la lune,
Balbutieront ainsi :
« À qui est cette pièce de quat' sous
qui roule sur la table verte ? »

« Ah ! ajoutera l'un d'eux,
l'ami a tout perdu
et s'est tué ! »

Et tous ricaneront
Et, titubant, tomberont.
La lune, elle, ne sera plus là :
Le rat l'aura emportée dans son trou.

XVII.

Le vitrier nègre
Dont nul n'a jamais vu les prunelles sans nombre
Et jusqu'aux épaules de qui personne ne s'est encore haussé,
Cet esclave tout paré de verroterie,
Qui est robuste comme Atlas
Et qui porte les sept ciels sur sa tête,
On dirait que le fleuve multiple des nuages va l'emporter,
Le fleuve où son pagne est déjà mouillé.

Mille et mille morceaux de vitre
Tombent de ses mains
Mais rebondissent vers son front
Meurtri par les montagnes
Où naissent les vents.

Et tu assistes à son supplice quotidien
Et à son labeur sans fin ;
Tu assistes à son agonie de foudroyé
Dès que retentissent aux murailles de l'Est
Les conques marines —
Mais tu n'éprouves plus de pitié pour lui
Et ne te souviens même plus qu'il recommence à souffrir
Chaque fois que chavire le soleil.

XXVII.

Écoute les filles de la pluie
Qui se poursuivent en chantant
Et glissent
Sur les radeaux d'argile
Ou d'herbes de glaïeuls
Qui couvrent les maisons des vivants.

Elles chantent,
Et leurs chants sont si passionnés
Qu'ils deviennent des sanglots
Et se réduisent en confidences...

Peut-être pour mieux faire entendre
Cet appel d'oiseau qui t'émeut.

Un oiseau seul au cœur de la nuit,
Et il ne craint pas d'être ravi par les Ondines ?
Ô miracle ! ô don inattendu !

Pourquoi rentres-tu si tard ?
Un autre a-t-il pris ton nid
Tandis que tu étais en quête d'un rêve au bout du monde ?

XXIX.

Il est une eau vive
Qui jaillit dans l'inconnu
Mais qui mouille le vent
Que tu bois,
Et tu aspires à sa découverte
Derrière ce roc massif
Détaché de quelque astre sans nom.

Tu te penches,
Et tes doigts caressent le sable.
Soudain tu repenses à ton enfance
Et aux images qui l'ont charmée —

Surtout à celle où ces mots naïfs mais étonnants se trouvaient
« LA VIERGE AUX SEPT DOULEURS »

Et voici une autre eau vive
Qui ne cesse de sourdre sous tes yeux,
Mais qui attise ta soif :
Ton ombre
— l'ombre de tes rêves —
Devient septuple
Et, émergeant de toi,
Alourdit la nuit déjà dense.

Extrait de *Traduit de la nuit*, in *Anthologie de la nouvelle poésie nègre et malgache*, L.S. Senghor, P.U.F.

CACTUS

Cette multitude de mains fondues
Qui tendent encore des fleurs à l'azur,
Cette multitude de mains sans doigts
Que le vent n'arrive pas à agiter,
On dit qu'une source cachée
Sourd dans leurs paumes intactes ;
On dit que cette source intérieure
Désaltère des milliers de bœufs
Et nombreuses tribus, des tribus errantes,
Aux confins du Sud.

Mains sans doigts jaillies d'une source,
Mains fondues couronnant l'azur.

Ici,
Quand les flancs de la Cité en étaient encore aussi verts
Que les clairs de lune bondissant dans les forêts,

Quand elles éventaient encore les collines d'Iarive
Accroupies comme des taureaux repus,
C'était sur des rochers escarpés et défendus même des
chèvres
Qui s'isolaient, pour garder leurs sources
Ces lépreuses parées de fleurs.

Pénètre la grotte d'où elles sont venues
— Si tu veux connaître l'origine du mal qui les décime
Origine plus nébuleuse que le soir
Et plus lointaine que l'aurore —,
Mais tu ne sauras pas plus que moi :
Le sang de la terre, la sueur de la pierre
Et le sperme du vent
Qui coulent ensemble dans ces paumes
En ont dissous les doigts
Et mis des fleurs d'or à la place.

Je sais un enfant,
Prince encore au royaume de Dieu,
Qui voudrait ajouter :
« Et le Sort, ayant eu pitié des lépreuses,
leur a dit de planter des fleurs
et de garder des sources
loin des hommes cruels. »

Extraits de *Presque-Songes* in *Anthologie de la nouvelle poésie nègre et malgache*, L.S. Senghor, P.U.F.

Tchicaya U'Tam'si

CONGO

Ce poète congolais s'appelle en réalité Gérald-Félix Tchicaya. Il prend le pseudonyme de Tchicaya U'Tam'si qui signifie « la petite feuille qui parle pour son peuple ». Pseudonyme qui définit d'emblée l'orientation poétique de Tchicaya. Sa poésie chante jusqu'à l'ivresse le grand unique Congo de part et d'autre du fleuve. Sa poésie, d'une belle facture esthétique, raconte le traumatisme que la disparition du leader congolais Lumumba a créé chez le poète qui n'a jamais accepté la partition du Congo. Il est certainement l'un des poètes les plus doués de sa génération. Il a écrit aussi des romans qui, sans être mauvais, montrent que Tchicaya est plus poète que romancier.

Né en 1931 à M'Pili au Congo, Tchicaya est brutalement mort à Paris le 22 avril 1988.

TORTURES

*A*vec deux orgelets
Deux dans chaque œil
Torture-moi les yeux !
Avec six gammes mineures
Six pour chaque main
Torture-moi mes bras
Qui l'enlacèrent folle !
Le cerveau en dahlia
Que j'eus de l'avoir vue
Nue dans les langues bleues

De ce matin désaxé
Qui tond le soleil même…
Quoique dahlia ce cerveau crie :
Torturez le cervelet :
Qu'on y branche deux électrodes !

Qui est couvert de fleurs blanches,
La nue en flammes ?
Je puis rire du cœur
Pour contraindre le sel à l'eau
L'eau qui nous berça
Herbe, algue ou voyant
Où ce ventre à la dérive
Dévoyé par cinq continents
À la dérive. À la torture !

Ce vieux pus dans l'abcès de ces yeux
Qui nous suivent, crie :
Le fleuve n'est plus ce coq
Chantant le glas qui de nuit
Colportait bonne haleine aux vivants
Jusqu'à la mort du corps
Dans le cœur du voisin
Liant au matin noir
L'éclat de leur denture
Sans carie ! Noir ! Ah ! ce luxe !

Aux six cirrhoses du foie…
Et puis on fit coucher toute nue
Une odalisque lascive
Sur une couche de pois de senteur
Dans son rêve…

J'entends les orgues ;
Des enfants viennent ;
Ils se tiennent le cœur !
Des enfants qui suent sur une botte

Plus géante que leurs soucis
Une botte qui promet à leurs fesses
Le merci d'un coup fulgurant
Comme le pain.
Torturez toute torture ! — Jamais !

J'ai reçu le sang des femmes
Avec le secret des pires douleurs
Dans le ventre : mais je me tairai.

Soit : mon âme n'est pas
Ce que mon cœur m'envie
Mais mes pieds : l'un est bot
L'un est bot l'autre cloche.

Torturez ! Torturez !

Fait-on des nœuds d'une eau
Vive ou lasse ou dormeuse ?
Et pourtant
Depuis la perte de mes rotules
Plus de parvis aux églises
Pour la passion du Christ
Que l'on joue à huis clos
Pas dans le cœur à cœur
Ni le ventre à ventre
Mais chez les juges !
« … *Juges, vous êtes de faux Nègres.* »
Que le plus vrai d'entre vous
Ne se torture jamais !

LE TRÉSOR
(extraits)

À Lilo et Yango Antoniades.

« Le Congo, c'est moi »
(Lumumba).

Je serai moi-même la planche de mon salut
Déjà, le velours brise le silence
En ailes d'éphémères
Qui neigent sur la lampe à huile.

Pour le carnaval, des baves aux masques
Feraient mieux que deux rictus
Mais puisque je n'ai qu'un visage,
C'est sur lui que je passe la main.
L'horizon trop plat d'ici m'embroche le cœur
Si je recule tout est hérissé !
Je ne quitte pas le port le vent aux flancs
Mais avec des rafales dans le ventre.

Je me tords le ventre,
Ni l'iode ni le goémon
Ni les algues n'ont eu
Autant de suavité dans la caresse
Que mes lèvres naguère
Avant qu'il ne fût fait à la terre
L'affront d'un galop de chacals
Hélas ventriloques !

Le ventre,
Partout avec cette chaleur
Pestilentielle des vieux charniers.

Ah ! la fleur est bleue
Ah ! le bleu de chauffe est bleu
Ah ! ce blues que je danse

Ne sait plus ce que promet le ventre :
Trois deniers
Pour la plus vive passion
Pour la passion la plus vive
Où joue-t-on ?
Où l'a-t-on joué ?
Mais où l'église a-t-elle ses parvis ?
C'est dans l'antichambre
De l'évêque de Kin !
Un jet d'eau y lape l'air !

Il sera assis à la droite d'Okito
Ah ! les juifs savent bien
Que ce messie-là fut à vendre
Trois deniers,
Le ventre.
À vendre partout avec cette chaleur
Pestilentielle des vieux charniers…

Rien n'est plus seul que le ventre —
Et le cœur !
Seul, de cette solitude
Dont les saillies écorchent les plaies vives ;
Arrachent les dents de lait
Dès la première désillusion du cœur !
Il faut être du côté de ces musiques
D'où dégouline le sang
Alors qu'on ne vit jamais
L'âme se répandre avec le sang
À Kin !
Or que le ciel soit sale de ce floconnement
Seuls des squelettes ardents
Sont sûrs de ne pas répondre à l'appel
Or moi je suis armé à blanc
Pour me perdre dans le moindre assaut
Du rire

Ou dans ces musiques
D'où dégouline le sang
À Kin !

Un nourrisson fait danser ses doigts
Pour m'apprendre à me taire sur sa vie.
Or ma tête cogne à tous les gongs,
Or mon ventre n'est chaud que de vin !

S'ouvrir le nez n'est acte héroïque
Que si les bouches se croisent sur les lèvres
Que si le désir soudain feu d'artifice
Ne dit plus rien à mon cœur
Sinon qu'un vertige d'où je tombe
Sur les orties, sicaire ou mutiné
À Kin.

La danse a la meilleure langue
En laquelle faire de deux corps
Les deux membres d'une phrase
Dont il faut écrire au plus-que-parfait
Le verbe aimer !
Même à Kin où le sang
A je ne sais quel cours :
Est-ce l'aune le dollar ?

Puis les bras !
Puis les avant-bras !
Puis les jambes !
Puis les pieds !
Puis d'autres membres.
On eut beau remonter de la racine
Aux clairières, on attendit le tronc
Pendant trois refrains !

On m'appelle
Je descends dans mes pieds
Pour être un pas anonyme

Dans la suite de ma passion.

Non.
Avec le ventre, ramener tous les regards
À la souplesse unique de ma voix
Vous donne la clé :
Un sourire en pétales mauves
Et le sang et le sang et le sang
Indiscontinu, mélopée
Échappée de cette bouche pourrie
Par les chaleurs de ce ventre.

On m'assure qu'il fut ventriloque
Alors les chacals se liguèrent
Avec qui l'on sait,
Dont la denture gloussait,
Dans une morsure,
Dans une morsure verte,
Dans une morsure de trois toises
Valant un dollar l'aune
Et non une couronne d'épines
À Kin !

Qu'est-ce Kin ?
Kin est la ville
Où le fleuve a la main
Sur le cœur.
Kin c'est du côté de Kalina.
Le bateau s'en va
Les cales ont une odeur de sueur
N'attends pas le pain
Ni le cœur ouvert, ni la bouche en sang
Mais le poing déchiré
Par un éclat de rire
Qui lui compte cinq doigts
Sans plus de poison vif

Or dès les battements du tambour
On se le répète à Kin :
Le sang se drapa
De son visage !
Son cœur bâilla des deux ventricules
Sur la cinquième avenue !
Le monde s'accroche à une goutte d'eau
Dont les lèvres retiennent
Du chant les haillons seuls.
Il dit :
Je donne à mes frères leurs yeux propres.
Il dit :
Je dis à la femme
De ne vêtir son ventre
Que de grelots ;
De laisser aux seuls grillons
Le soin de grignoter la nuit ;
Au sucre chaud le soin de violenter l'aube ;
Au sable le soin de peindre les vents hostiles
À la mer le soin d'être docile à ton ventre...
Il dit :
Je dis : non !

LA MISE À MORT
(extraits)

À Aimée Gnadi.

XIII.

Voilà ce pays s'en remet au crime
La boue et le sang emmêlent trois morts
Un prêtre et deux séculiers de la géhenne
Le peuple à dés pipés joue et ne s'encaille
Pas de destin fait de bribes et de rêves

Décousus
Socialisme oyé oyé !
Cantiner ce peuple de la main forte assoler
Sa patrie tropicale, remembrer ses hochements de tête,
Pratiquer des cautères sur
L'échine ou quelques réformes agraires
Propices à la culture des charançons.
Socialisme oyé oyé
La boue et le sang emmêlent trois crimes
Inutiles puisque l'histoire n'a pas bougé
D'un iota
Et à nouveau sainte Anne témoin
Impavide sans anathème va d'une homélie
Douce
Sur le marché de Mongali propose
Ce grain charançonné de la réforme
Ce temps doux de l'or qui ménage tout
Est-ce l'encens qui rend onctueux le dos
Les rotules et le port des croix graveleux

Allez donc mourir pour un pays qui ne cille pas
Qui pratique la jachère à outrance
Celle des têtes à épis et des ventres à semences

Un continent à l'image de quel pays sans mansuétude

XIV.

La liberté sans vertige
Sans tête d'affiche sans nom
Excise dès l'acné juvénile
Ou circoncise à la vareuse bleue
Du travail indolore à porter partout
L'anonymat des formules dentaires
Qu'on n'a pas eu le temps de répertorier
Au fichier central de la police d'État

Mourir avant le temps de mourir

La liberté pétitoire de la vie inaliénable

Voici le règne de la barbarie légale
Jamais pouvoir plus discrétionnaire
Dans l'histoire dans la main des sicaires
Contre la vie de tous donné sans contredit
Et je ne me reconnais pas dans ce sang
Quand j'ai pris ma vie à tâtons
Sans autres armes que celles du cœur
J'étais pusillanime et naïf je le confesse
Mais pourquoi sanguinaire et fantoche
Soudain inimputable à quelque hérédité
Ah la mort congolaise est sans corps
Sans tonus sans protéine pour d'autres vies
Dans les zones franches de l'espérance humaine

XV.

Il faudra mourir sans le salut de la patrie
Ce soir la pluie est plus noire
Ce soir les odeurs de cuisine ne traînent
Pas dans les rues, bien sûr il y a le
Couvre-feu mais quand même
Ce soir à six heures il n'y aura plus de
Bière nulle part ce soir la nuit est
Sans certitude
Tu as la bouche moins crapuleuse tu as
L'œil moins bilieux ce soir n'écoute pas
La radio mets ton oreiller sur ma tempe.
Ce soir tes seins donnent le vertige
Si ce soir j'ai bien envie de me mettre à la
Place de tes yeux. Au Djoué c'est l'eau
Toujours offusquée qui se cabre qui se
Révolte mais ici à Mongali jusqu'à
Mpila ils gisent sans linceul sans rictus
Sans constat de crime dans l'humus. Ce soir

Le toit de Sainte-Anne est plus vert émeraude
Tu as vu. Les moustiques de l'île Mbamou
Sont plus hargneux ce soir. Ce soir on ne
Dit rien on n'en a rien dit à la radio.
Ce soir ce qu'ils disent du Socialisme
Est moins vrai.
Ce soir la pluie est collante poisseuse
Gluante lancinante pétrifiante fiente
Chiante et navrante.
Ce soir on a moins le goût de faire l'amour,
Il y a trop de paix ce soir c'est bon quand
L'air est épicé et un peu tiède. Il faut
Mourir sans le salut de la patrie. Pas ce
Soir, pas ce soir je n'ai pas le vent en
Poupe. Alors ne bouge pas retiens ton
Souffle respire doucement avec économie

XVI.

La liberté sans peine est une lubie
Les peuples l'apprennent à leurs dépens
Avec des aurores où des cernes collent
À leurs yeux sans sel et sans eau minérale
La liberté est censée ailer leur cœur
D'odeur de naphtaline ou de lavande
Ou d'eau prise d'ivresse le jarret haut
La danse nuptiale succulente à toute lèvre

***

La liberté nègre c'est finalement la mort
Par contumace. Cependant la justice est
Martiale « Juge tu es faux nègre »
Tu n'es plus nègre tu es sorbonnard
Catéchumène prolégomènes et rien de sapide
Qui rende goût de lumière au jujube à la
Caféine à la cocaïne à l'herbe des champs

Que je préserve du péché d'orgueil en ces
Temps dérisoires…
Liberté liberté chérie ma mienne ma mienne
D'interminables menstrues interdisent le coït
Idem la sainteté de sainte Anne et son échine
Frêle et tant d'hématomes à la voilure des
Murs qui ferment à la convoitise sa chasteté lascive

XVII.

La liberté congolaise est mon écharde au
Cœur comme moi après Kin le fleuve
S'étrangle d'agonie
Pour tous deux aucune lumière n'est une
Onction pour l'extrême survie plantigrade
Opiacée, cucurbitacée ou tout simplement
Nègre nègre incolore à quelques kilotonnes
Près de douleur nègre la mauvaise bête
Puante réfractaire à l'idée de la nudité
Du sang à bouche ouverte commanditaire
De vaginites pour pubis en quarantaine
Dans quelque lazaret en bordure de mer
Tiède paludée et la paix chancreuse
Doucement doucement avec économie ne vous
Essoufflez pas. Il faut mourir d'un mal
Dont le siècle tirera quelque vanité : le
Congoléther.
Et pourtant Lumumba le disait le Congo
C'était la splendeur la merveille nec plus
Ultra
Paré de jacinthes d'eau on ne saurait être
Plus coquet que ce fleuve. Anne lange-le
D'humus. Ah le Nègre vous verrez prophétisait-il
Patrice tu ne rêvais pas.
Et pourtant libre il se militarise instaure la paix
Concentrationnaire avec miradors et

Fosses d'aisance pour diarrhéiques et sommeilleux

XVIII.

Ce matin par truchement d'embolie
Mise à mort du soleil dans l'attente
Juvénile d'un destin de clarté imputrescible.
Moi je renonce à cette mort
Je m'en vais
Adieu la fertilité de la lune et son
Regard de momie
Adieu ma peine !
J'ai la bouche rouverte à toutes les
Oraisons
Adieu ma bouche
Je n'empoisonne plus ma vie
Je la reconstruis autour d'un rayon
Celui qui va du cœur au dehors où la nuit
N'est plus plantigrade où la nuit n'est plus que
La nuit
Adieu !

Extraits de *Le Ventre, le pain ou la cendre*,
Présence africaine.

AU SOMMAIRE D'UNE PASSION

La presse — Édition du matin — Incident à Léopold-Ville — Trois cartes de vœux sur ma table exprimant des regrets...

1.

Je prête un jeu de cartes aux mains du passant
Plus fertiles en dialogues que le destin muet
De mon cœur périssable
Qui ne résiste plus au sommet de Damas qu'étreint

Le ventre nu d'une colline d'ombre...
Au sommaire de ma passion me dévêtir...

Ô ma généalogie improbable !
De quel arbre descendre ? Quelles fleurs cet arbre
Fanait-il avant le glas ? qui sonna le glas ?
Un glas comme un pleur d'orpheline dans la nuit !

Un arbre au sommet d'une colline
Lève en chandelle une branche de sang ;
La branche au poing porte une feuille verte
Image d'une flamme à contre-jour jaune et molle :
Les djinns la huant !

La presse — Édition du soir — Des morts et des blessés — Couvre-feu !

2.

Parmi ce pus de choses bien faites,
Pour voir mon meilleur monde,
Je me greffe aux rétines deux fleurs d'oranger ;
Faites qu'elles ne soient des flammes
Faites qu'elles soient blanches à refroidir
Les morts de ma conscience lente...
Puant cette lenteur, je gagne à triche-cœur
Vienne un meilleur tricheur que moi
Me suivant en ce paradis où des hommes
À couteau tiré,
Vivent dans leur sommeil
La meilleure part de leur gangrène.
Et celui-là,
Lèvera-t-il le feu qu'ils éteignent en pillant
Le cœur
Dont le mystère à peine élucidé
Me déshabille m'écorche me crucifie
Au sommaire de ma passion ?

3.

Vos yeux prophétisent une douleur…
Comme trois terrils trois collines de cendre !
Mais dites-moi de qui sont ces cendres ?
La mer obéissait déjà aux seuls négriers
Des Nègres s'y laissaient prendre
Malgré le sortilège de leurs sourires
On sonnait le tocsin
À coups de pied au ventre
Des passantes enceintes :
Il y a couvre-feu
Pour faisander leur agonie.
Les feux de brousse surtout donnent de mauvais rêves.
Quant à moi
Quel crime commettrais-je ?
Si je violais la lune
Les ressusciterais-je ?
Quelle douleur prophétisent vos yeux ?

4.

S'ils revenaient semence
D'arbre à pain de vie noire
Dans les nuées noires
J'aurais la clé des champs ?
Ce nœud dans mon cauchemar
Serait le fleuve bleu
La clé des champs ouvrant
Une certaine porte à tous au vent de feu ?
Je vins.
D'un certain bois on fit une certaine porte
Je sue plus l'essence de mon âme
Pour ouvrir cette porte-là
Comme l'eussent fait les pères de mes mânes.

5.

Prenez mes congres mes oursins
Qu'on pêche à Landana
Ce Guémbo-ci a la chair douce
Et moi
Je suis au bout de cette laisse de haute mer
Parmi vous je pourrais être une plante de pied
Si un puits dans mes villages katangas
Écourtait en la captant
La voie royale de la voix lactée
Le Congo le Congo
Pour sûr pour sûr pour sûr
Ne gainez alors vos pieds
Car je vis de la vue des couleurs
Que prennent certains chemins
Certains soirs de danse
L'ouragan de ma fatigue les liant !

6.

Ce soir
Quel crime commettrais-je ? Si je violais la lune
Dans ce puits d'eau qu'on m'offre
C'est dira-t-on lubie de poète.
Avec trois cors et cent mille sonnailles
Jouez-moi une berceuse
Certains soirs en moi persiste
Le roux de certains feux lares
Quand reviennent les phalènes
Et pour les djinns qui clabaudent
Le sommeil a mille fanges
Où la nuit suce la terre et la glaise congolaise
Allez prenez ma tête
Contre ce qu'il me reste de nuit sur l'âme.

7.

Ces lignes de main sont des signes avant-coureurs
Mettez un couteau face à mon sommeil
Que la trame de l'ancien destin s'y coupe le fil
Je veux être libre de mon destin
Je rends la rosée à l'herbe
Que les lignes de mes mains
M'ouvrent tous les chemins de ce long fleuve.

Extraits de *Épitomé*, P.-J. Oswald.

Amadou Moustapha Wade

SÉNÉGAL

Ce poète de la seconde génération a participé à la grande aventure de la Négritude, au quartier Latin. Il fut un des animateurs du débat *Autour de la poésie nationale*, involontairement suscité par René Depestre en 1956. Poète résolument engagé aux côtés des peuples africains, sa poésie, faite d'espoir, de révolte et de violence contenue, a une grande proximité avec celle de David Diop.

Né le 25 décembre 1923 à Saint-Louis, ancien administrateur de société, Amadou Moustapha Wade vit une retraite paisible à Dakar.

À MON PEUPLE

*T*u m'as donné la force de voir et d'entendre
Attentif aux halètements des villes
À ton silence à tes luttes à ton espérance
Je suis dans tes artères dans tes veines
Je suis debout à tes carrefours sombres
Dans tes crépuscules dans tes ruines dans tes tombes

Chaque goutte de ta sueur
Me courbe vers la terre
Chaque coup de fouet est un dard
Qui me perce de part en part
À chaque goutte de ton sang
C'est mon sang rouge qui ruisselle

Dans la nuit démente
Des marchands de tourmente
Je dirai plus haut ta rage de vivre
Ô le goût brûlant de la liberté !

DES MARES DE SANG

Sous les balles la loi infâme
Ma terre tranquille a rougi
Gorgée du sang sacré
Des morts sans sépulture.

Dimbokro blessure béante
Jusqu'au Congo des mares de sang
Ô la foi vengeresse
Chaque jour poignardée !

QUAND JE REVIENDRAI

Quand je reviendrai
Car il faudra revenir
Il y aura du soleil plein mon cœur
Il y aura des fleurs au seuil de ma vieille maison
Il y aura le rire argenté des femmes
Il y aura la simple joie
Quand je reviendrai.

Quand je reviendrai
Car il faut bien revenir
Il y aura la misère entêtée
Et les mares de sang
Et la terre suintant la mort

Et la douleur des convulsions
Il y aura des tortionnaires
Quand je reviendrai.

Quand je reviendrai
Car il faut bien revenir
Il y aura des sentinelles aux portes de ma conscience
Mais il y aura tout l'or de mes yeux
Avec mes blancs sourires
Et mes bras et mon cœur
Et aussi ma voix pure
Il y aura dans chaque regard
La soif d'être libre.

LIBERTÉ

*D*onne-moi mon cœur
Les sanglots sonores
De mes nuits tropicales
Redonne-moi les pluies d'étoiles
Comme une grande symphonie
Les chansons du vent et du tam-tam !

Africain comme les vieilles douleurs,
Dans ces longues nuits glacées
Dans ces jours sans couleur,
Liberté au cœur de la nuit,
Je te chante avec ferveur

Liberté pour le sang fumant
Des abattoirs
Liberté pour que lève la graine
Dans la paix des champs
Liberté pour le pâtre perdu

Dans la rosée des chemins

Liberté pour l'aube de l'artisan
Et du paysan accordée
Liberté pour le pain, la succulence
Du levain, et liberté
Pour les coups de pilons
Comme le pouls de l'Afrique
Liberté pour l'Instituteur bâtisseur
D'avenir
Liberté pour le Médecin
Harcelant la mort
Liberté pour les séquences
De la lente maternité
Liberté pour la sève montante
Dans les veines de l'Afrique
Liberté pour mon pays que j'aime
Depuis le commencement du monde.

J'AIME

J'aime le message bleu de la mer
Le bruit des pas sur les routes
L'espoir au fond des prisons
Le refus des agenouillements
La dernière balle du dernier traqué de Thiaroye

J'aime le paysan sous le soleil
La solitude verte du berger
Le rêve à la clarté des étoiles
Les voix flexueuses au bord de la lagune

J'aime le velours des cerisiers
Les heures douces sous le tamarinier

Le chevauchement des cauris sur le van
La rondeur des calebasses pleines

J'aime la danse autour du feu
La danse au clair de lune
Les ivresses de « Sandiaye »

J'aime les sinistrés de la dernière pluie
Les infirmes les parias les aveugles
Les veuves silencieuses
Les fous que rien n'étonne

J'aime les enfants pour leur innocence
Les filles pour leurs soupirs d'amour
Les femmes pour leur clair sourire

J'aime l'étendue de l'amour
J'aime la chaleur des mains
J'aime la caresse des voix
J'aime la tension des regards
J'aime l'Afrique tout entière à l'assaut des soleils.

L'EXIL

En face de l'hydre mourante
Les livrées de sang
Les songes rouges de la brûlure
Moi, mangeur d'écumes
Je rythme la danse des eaux
Sur les sables blancs de l'exil...

Extraits de *Poèmes*, Présence africaine, 1966.

Elolongué Epanya Yondo

CAMEROUN

Cousin de David Diop, Yondo a longtemps vécu dans la famille de Alioune Diop, le fondateur de Présence africaine. Sa poésie est hantée par les idées de liberté, de révolte et d'indépendance. Poète engagé, il a chanté en des termes inoubliables son Kamerun natal. Il écrit aussi dans sa langue maternelle ce qui en soi et à l'époque est déjà une révolution. Très tôt il adhère à l'U.P.C., Union des populations camerounaises, qui avait opté pour la lutte armée.

Né en 1930 au Cameroun, Elolongué Epanya Yondo est décédé en 1998.

NGONG-NGONG

*I*ls m'ont arrêté
Parce que j'avais refusé
De payer la dîme
De l'« Indigénat »
    Ngong-ngong
        Ahoya — hoya — hoya

Pour cent francs d'amende
À payer pour mes stigmates pansés
On me flanque trente jours en prison
Et cent francs d'amende
    Ngong-ngong
        Ahoya — hoya — hoya

« Monsieur l'administrateur
Laissez-moi payer votre amende, je vous en supplie

Et rentrer librement chez moi »
« Tu auras maintenant deux cents francs d'amende
Et quarante-cinq jours de prison »
Ngong — ngong
Ahoya — hoya — hoya

« Veux-je payer
Qu'on me jette en prison
Qu'on me colle une amende
Qui représente ma paye d'un mois » ?
Ngong-ngong
Ahoya — hoya — hoya

Et le fouet siffle à mes oreilles
Claque et plaque sur mon dos
Des entailles qui ronflent de sang
Ngong — ngong

Ou la ronde
Des forbans piochant ma chair
À fouet « travaille sale Nègre
Avance bon à rien »
Pour cent francs d'amende
Trente jours de prison
Ngong — ngong
Ahoya — hoya — hoya

J'allumerai de mon corps
Tous les enfers de l'univers
Bête de somme moissonneuse
Je serai marchand des cendres
Des temples en murailles qui s'écroulent.

MON PAYS

Pays ! Ô mon village bien-aimé
J'ai entendu l'écho de ton Nom

Se répercuter infiniment à l'Est
Comme une volée de carillon
À l'Est là-bas à l'Est.

Pays ô mon village tant aimé
Toi qui fus le paradis
De nos ancêtres
Et qui baisses aujourd'hui
Ce front d'hier de majesté altière
Tu deviendras ô Pays
Kamerun de notre fierté…

Kamerun ! Kamerun ! Kamerun !
Tu es comme le régime de palme
Que ni la fumée des champs d'incendie
Ni les ombres fantasques des crocs
Des monstres
Ne pourront jamais étouffer
Dans le silence braillard des conquêtes
Proie épineuse et insaisissable
Tu verras le jour
Kamerun ô mon pays bien-aimé.

KAMERUN

*K*amerun ô berceau des ancêtres
Tu vécus hier ignoré
Mais aujourd'hui
Tu resplendis dans la lumière
Petit à petit tu émerges de l'ombre
Et nom flamboyant
Illumine le vrai visage
De notre pays hier lointain et inconnu
Tes fils grandissent de l'Est à l'Ouest
Du Nord au Sud

Avec au cœur une flamme unique
Te servir gaiement
En te faisant le sacrifice de leur vie
Pour que tes destinées s'accomplissent irrémédiablement
Kamerun ô notre Patrie
Nous vivrons pour te servir et t'aimer
Berceau de nos ancêtres.

RENAISSANCE

Si l'arbre meurt
Si le soleil effleure
À peine la croissance avortée
D'une naissance plénière et robuste
Je sais qu'il naîtra
Du pourrissement du baobab abattu
Les bourgeons empoisonnés de ta renaissance
Et que la mort de nos vies multiples
Enfantera le sexe unique de la Liberté.

NATION KAMERUNAISE

Je te salue
Ô patrie kamerunaise
Vive et perspicace
Bercée par mon cœur
Tu es en vérité
Le pays de mes ancêtres
Et ma patrie sacrée.

Pacifique Nation
Tu es la colombe
Qui étend ses ailes

Sur la terre natale
Pour que demeurent dans ton envolée
Les richesses du patrimoine ancestral.

Colombe kamerunaise
Étends tes ailes
Et ton règne de paix
Pour que rayonne sur toutes les Nations
La lumière vive de tes destinées.

Nation kamerunaise
Réveille tes fils déjà au pas
Qui marchent la tête haute
Le regard tourné
Vers le soleil qui se couche
Et la nuit de l'insomnie qui s'avance.

Nation !
De fête ou de danse au clair de lune
Il n'y aura ce soir
Qu'un tam-tam de feu
Qui éclatera jusqu'au dernier
Battement de sang kamerunais
Cette nuit sera longue
Comme une étreinte métallique
Mais au bout du grand matin
Si la force appelle la force
Et le sang le sang
Tu rayonneras
Comme une aube d'incendie
Incrustée de sueur et de sang
Tu étendras tes palmes
Ô Nation kamerunaise
Toi la Colombe de la Paix.

Kamerun ! Kamerun, Présence africaine.

IV.

La troisième génération : illusions et désillusions ou l'ère du soleil des indépendances

Francis Bebey

CAMEROUN

Plus romancier que poète, Francis Bebey est essentiellement un musicien. Il dit des textes en s'accompagnant de la guitare. Sa poésie illustre « l'oralité » : elle est tantôt lyrique, tantôt comique ou satirique. Francis Bebey comme poète est un « griot moderne ».

Membre du Haut Conseil de la francophonie, Francis Bebey, né le 15 juillet 1929 à Douala, au Cameroun, est décédé à Paris en 1999.

CONCERT POUR UN VIEUX MASQUE

Je me balance dans le vent d'une île sous le vent
Île aimée malade à crier
À péter tout l'orgueil de ses volcans
La lumière
Triste état des choses
Triste lumière emprisonnée au flanc des vagues de l'océan
La lumière
Belle comme le jour qui naîtra peut-être un jour
La ville s'éloigne
Tumultueux silence
L'été brasse encore des millions de vagues
Argent du néant
L'époque continue laide belle je ne sais
Le roc tient bon
Le béton
Que vient-il faire ici demandez-lui
Le béton aïe

L'œil tombe toujours dessus
Au hasard du vert des bois
Morne après morne
Sucer l'âpre sente qui monte en zigzaguant
Alors que l'homme exterminé descend toujours
Vers le merveilleux abîme de l'oubli
Des siècles des millénaires traquent l'histoire
Confinée dans ses puérils récits de livres pour enfants
Île aimée malade à vivre
À mourir à survivre à régénérer à bouleverser
À pétrir l'océan sanglant dans le bleu de l'innocence
Je veux aimer
Tu m'entends Seigneur
Je veux suivre la route multiple du prochain
Mûrir d'expérience
Tendre le bras et ouvrir la main pour donner
Je suis las
Las d'un monde qui s'éloigne de sa force absolue
L'amour
Tu vois Seigneur si tu l'avais construit en béton
L'amour ne se serait pas écroulé
Il ne se serait pas laissé fouler aux pieds
L'amour
Pourquoi l'as-tu fait si frêle
Pourquoi l'as-tu fait si faible
La terre accrochée à un fil
Comme l'intangible musique d'une vie
Comme l'invisible son du destin
Tout sent bon ce matin
Même le puant kérosène se libère de son polluant héroïsme.

Extrait de *Concert pour un vieux masque*, L'Harmattan.

QUI ES-TU ?

Qui es-tu ?
Je suis Mamadi, fils de Dioubaté.
D'où viens-tu ?
Je viens de mon village.
Où vas-tu ?
À l'autre village.
Quel autre village ?
Quelle importance ?
Je vais partout, là où il y a des hommes.

Que fais-tu dans la vie ?

Je suis griot, m'entends-tu ?
Je suis griot, comme l'était mon père,
Comme l'était le père de mon père,
Comme le seront mes enfants
Et les enfants de mes enfants.

Je suis griot pour vivre comme aux temps anciens
Des feux de joie et des danses rituelles
Et chanter les hauts faits du vaillant griot
Et la bonté du riche
Qui laisse son miel couler dans ma calebasse
Et son mil joncher le sol de ma case.

Je suis griot, m'entends-tu ?
Je suis griot comme du temps où mes pères
Ouvraient le cœur à la naissance du jour
Et l'hospitalité au voyageur inconnu
Attardé sur la route de la nuit.

Je suis descendant de Diéli,
L'homme à qui son frère donna

Sa propre chair et son propre sang
Pour déjouer la faim terrible
Dressée sur le sentier brûlant de la forêt
Comme le masque menaçant du squelette de la mort.

Je suis enfant de Guinée,
Je suis fils du Mali,
Je sors du Tchad ou du fond du Bénin,
Je suis enfant d'Afrique…
Je mets un grand boubou blanc,
Et les Blancs rient de me voir
Trotter les pieds nus dans la poussière du chemin…
Ils rient ?
Qu'ils rient bien.
Quant à moi, je bats des mains et le grand soleil d'Afrique
S'arrête au zénith pour m'écouter et me regarder,
Et je chante, et je danse,
Et je chante, et je danse.

UN JOUR, TU APPRENDRAS

À Marcel Bebey-Eyidi.

*U*n jour, tu apprendras
Que tu as la peau noire, et les dents blanches,
Et des mains à la paume blanche,
Et la langue rose
Et les cheveux aussi crépus
Que la forêt vierge.
Ne dis rien.
Mais si jamais tu apprends
Que tu as du sang rouge dans les veines,
Alors, éclate de rire,
Frappe tes mains l'une contre l'autre,
Montre-toi fou de joie

À cette nouvelle inattendue.
Puis cet instant de gaieté à peine passé
Prends ton air sérieux
Et demande autour de toi :
Du sang rouge dans mes veines,
Cela vous suffit-il pour vous faire croire
Que je suis un homme ?
La chèvre de mon père,
Elle aussi, a du sang rouge dans les veines.

Et puis, dis-leur que tu t'en moques.

Car tu sais, ils n'ont rien compris
À la farce créatrice qui donna
Du sang rouge à l'animal et à l'homme,
Mais oublia totalement de donner
Une tête d'homme à la chèvre de ton père.

Vis et travaille
Alors, tu seras un homme.

Extrait d'*Anthologie de la poésie camerounaise d'expression française*, Paul Dakeyo.

Charles Carrère

SÉNÉGAL

Juriste de formation, Charles Carrère est avant tout un poète dans l'âme. Jean-François Brierre dit de lui qu'il est un poète « intimiste et un tantinet confidentiel. Au lieu d'égratigner la page blanche, la plume l'adorne d'une dentelle soignée d'italiques ». Charles Carrère est le coordonnateur de l'Organisation mondiale des poètes dont Senghor fut le président, il est également membre du comité de rédaction de la revue *Présence africaine*.

Il est né à Saint-Louis du Sénégal le 9 décembre 1928.

LETTRES DE GORÉE

*G*rain de pluie posé
Comme un baiser au balcon
De la mer
Calme à la crique
Du rocher
L'océan de sa langue
D'écume
Efface tes rides
Et vient mourir sur tes cheveux
De signara comme aux temps
Jadis les conquistadors
Ocre poussière du temps
Falaise de larmes
Gorée oublie les goélettes blanches
Phalènes de mer

Claquent aux ailes de l'alizé
Les senteurs d'épices et d'alcool
Sur les vagues défile
Le bois sacré des forêts
Débris de cœur sous le soleil
Glacé de midi
Masque bambara
Statuette Baoulé
Cuivre du Bénin
Maisons peintes aux couleurs
Lavées de mon sang
Gorée s'éloigne
Ensemencer le nouveau monde
Du sel fertile de ma liberté
Le tam-tam n'est que ressac
Que cadence les chaînes
De mon angoisse.

GRIOT

À ma femme.

Griot
Griot
Griot
Par trois fois je te nomme
Verbe sous la dune toujours verte
Frisson sous l'espérance des moissons
Tam-tam au cœur des combats
Par trois fois je te nomme
Caresse sur les flancs des gazelles
Vent qui chevauche l'écume
Soleil sur les nuages
Griot
Par trois fois je te nomme

Sanglot sur la fine corde du xalam
Pouls sur la peau du tam-tam
Pagne sur les reins nubiles
Par trois fois je te nomme
Couleur de feu
Lueur de sang
Senteur d'épices
Verbe force
Verbe vie
Toujours
Par trois fois je te nomme
Enseigne-moi la parole joyeuse
Qui donne aux mots obliques
Le sens vertical de la pensée.

Extraits de *Lettres de Gorée*, Silex.

D'ÉCUME ET DE GRANIT

Ce soir je veux danser
La danse des initiés
Sur les chemins d'impasse
Les ombrages de lumières égarées
Les chutes des grands fleuves
Sur les pierres endolories
Et les plaies ouvertes
De grands arbres déracinés
Sous le vent

Mène-moi
Où vont
Les poissons migrateurs

Ce soir je veux chanter
La vigueur des plantes

L'ardeur de la pluie
Du temps hivernal
Danser l'ancienne liturgie
Épouser voûtes et creux
Obélisques et dolmens
Dénouer la terre
Des bras arqués
Des silences suspendus
Aux mots de silex

Donne tes mains
Dans la chaleur de mes poings
Ici est mon exil
Appel d'ancrage
L'anse où le rêve repose
Long cheminement
Tempêtes germées
Carène de vent
Sous les flancs de vaisseau

Voici mes doigts d'ébène
Ta peau d'ivoire
Ton visage de granit
La roche noire.

Extraits de *D'écume et de granit*, Institut universitaire d'études euro-africaines.

Lamine Diakhité

SÉNÉGAL

Cet ancien directeur de cabinet du président Senghor fut ministre de l'Information du gouvernement de son pays de 1962 à 1969, avant de représenter le Sénégal à l'Unesco. Sa poésie s'inscrit résolument dans la continuité de la Négritude. Elle est très « influencée » par celle de son maître Senghor.

Né le 18 septembre 1928 à Louga au Sénégal, Lamine Diakhité est décédé à Paris le 29 janvier 1987.

PRIMORDIALE DU SIXIÈME JOUR

Je ferai le voyage par les routes anciennes…
Le père de Grand-père était maître de science
Il asséchait mers et fleuves
Il pliait les routes à l'ombre
De son aisselle droite
Tu porteras le collier d'argent
Tu ressembleras à nos sœurs de Sangomar
J'admirerai la grâce ancienne
La senteur de ton pays
Inondera mon âme
À tes chevilles les bracelets
D'or de Ghana
La voix du dyâli bercera la solitude de tes pas
Tu illumineras la forêt du silence de son sourire
Et mes désirs se consumeront dans la flamme
Du sang.

Des vies surgiront sur nos traces
Notre volonté d'être éternels
Et les hommes
Parleront de la grande antinomie : Liberté-Action
Nous ferons couler sur leur face
Le lait de l'espoir
Nous leur présenterons la liberté sans borne
L'amour sans artifice
Nous étendrons le rêve à tous les peuples
Écrasés sous les masses de béton
Et initierons les hommes à un langage
Sans équation
Nous chasserons les volutes de leurs lèvres obliques
Et les ferons se comprendre par le regard.

Extraits de *Primordiale du sixième jour*, Présence africaine.

NIGÉRIANES

*L*e maître des Initiés de rouge vêtu
La torche face à la mer
Des adeptes prosternés
Échangent avec les vagues
Des mots d'algues pulpeuses
Telle chair de tiof en hivernage
Aux épousailles du fleuve
Et de la mer de Ndar
La prêtresse adossée à la mer
Invoque les dieux des profondeurs
Elle est de blanc vêtue
Sa torche sans flamme
Son adepte bleu indigo
Endormi à ses pieds
Les teintes plus humides

Plus véridiques
Les vagues plus douces
Dans le lointain
La fumée d'un thonier attardé
La voix de la prêtresse
Sur la crête des vagues
Le maître des Initiés étendus
Ses yeux portent la lune
Sur le front de la prêtresse.

Des jeunes filles-lianes
La chevelure caressant la cheville
Le galbe lisse et flexible
Ces yeux de Nil intérieur
Et d'Euphrate au moment des crues
Et ils vous brûlent
Le sourire les attise
L'intensité du rythme
Le buste ondule
La pression des mots
Couleur de désert verdoyant
La rosée les a recouverts
D'un halo de fraîcheur
Délice des chameliers entre deux oasis
En ce temps-là
Les femmes étaient lignes
Immarcescibles à l'horizon
Les hommes sur les traces du soleil
Était-ce le soleil leur hantise ?
Peut-être ces jeunes filles-lianes
À la chevelure caressant la cheville
Au galbe lisse et flexible
Leur rêve délier cette chevelure
La dénombrer
La tenir une
Peut-être ce buste libre de corset

Liane aux nervures de vie
Rutilante de l'huile de jouvence d'Isis
Suc d'ambre
D'arôme
De fleurs asséchées
Et persistantes
L'huile du flux de vie
D'Euphrate
Et du Nil
Le filet tumultueux
Dompté par le flanc abrupt
De l'Anti-Atlas.

Extraits de *Nigérianes*, N.E.A.

Malick Fall

SÉNÉGAL

Très tôt disparu, Malick Fall fut une des grandes voix de la poésie sénégalaise d'après l'indépendance. En effet, ce diplomate de carrière, romancier de surcroît, nous a laissé un recueil plein de sensibilité et de vérité qui fut fort apprécié à sa parution et qui continue de nous parler, dans un dialogue ininterrompu, depuis plusieurs décennies.

Né le 13 décembre 1920, à Saint-Louis, Malick Fall est décédé le 14 juillet 1978.

LA SOURCE TARIE

Je n'ai plus rien à chanter
Il ne me reste rien à danser

Mes émois mes sarcasmes d'enfant
Mes peines mes larmes refoulées
Mes lumières mes orages fulgurants
Ma hargne mes faiblesses bâillonnées
Mes angoisses mes temps forts
Le temps de mes refus d'homme
La densité de mes retours pantelants

Vous avez tout dit poètes inspirés
Je n'ai plus rien à chanter moi
Vous avez dit tout tout dit tout
Il ne me reste rien à danser

Mes contes mes légendes
Les mystères de Casamance
Les fauves de ma savane
Mes fleuves les brumes mes soleils
Les feux de brousse de nos antres tutélaires
Tout tout dit

Je n'ai plus rien à chanter
Il ne me reste rien à danser
Je vous tends les bras le cœur
Et ma muse fervente
Confondus dans vos chants
Devant l'aurore.

« LES REVENANTS »

Avec tes godillots de conscrit
Ton casque et tes médailles
Tu n'entreras pas dans ma case
Avec ton ceinturon
Tes bandes molletières
Autour de tes reins de mercenaire
Non tu n'entreras pas dans ma case
Ta cuiller ne raclera pas
Le ventre mou de ma calebasse de midi
Ta chaise n'abîmera pas
Un deux trois quatre
Le tapis quadrillé de ma natte du soir
Ton sourire d'hiver figerait mes rires
Soleils au creux de l'ombre
Tes manières d'au-delà les monts
Ta retenue tes convenances
Glaceraient
Le cours impétueux de mes vastes palabres

Avec ton Coran et ta Bible
Tu souillerais
La demeure du génie des tamariniers

Retourne veux-tu à ton crépuscule
Te souviendrais-tu jamais de l'aube qui naît
À la cime des baobabs ?
Retourne
Et laisse-nous danser
Ta prière au bon dieu.

MÂLES

*U*ne femme passe belle à en être certaine
Des hommes se retournent
L'approbation dans les yeux
Une femme passe l'attrait à la taille
Des hommes se retournent
Le regard mouillé
Une femme passe tous cheveux au vent
Des hommes se retournent
La main fébrile
Une femme passe la robe à mi-cuisses
Des hommes se retournent
Le genou engageant
Une femme passe la bouche gourmande
Des hommes se retournent
La lèvre goulue
Une femme passe la cuisse nerveuse
Des hommes se retournent
Piaffeurs étourdis

Une femme passe laide à en être certaine
Des hommes vont leur chemin
Blessés dans leur quête sournoise.

Mbaye Gana Kébé

SÉNÉGAL

Cet ancien militaire est avant tout un dramaturge. Ancien inspecteur de l'enseignement, il a longtemps dirigé le Centre culturel de Thiès. Mbaye Gana Kébé est un chantre de l'identité nègre, au style précieux, ample, déclamatoire et métaphorique.

Mbaye Gana Kébé est né en 1936 à Thiès.

TAMANGO

Voici enceinte mon oreille de rhapsodies,
Voici débordantes les outres de mon esprit
D'histoire redressée reconstruite
Loin des trucages et des partis pris
De narrateurs sinueux.
Ma mémoire, ô Tamango,
Est coursier hardi sur la savane de mon jadis !

Tamango !
Piaffent les syllabes de ton nom
Sur la toison des consonnes de l'aurore !
Elles crient comme un Nègre dégorgeant sa honte.
La liberté se fait pagne épais
Et lamba lourd encensé
Sur le buste rutilant et complexe de l'Afrique !
Voici que devient marée impérieuse
L'orgueil rejustifié du Noir debout
Dont le rire hivernal est flambeau

Sur la face du monde pesante de pénombres.

Tamango !
Les môles se dérouillent sur la vermine calcinée des hontes,
Les capitaines pirates n'épouvantent plus
Gynécées ni cases de l'initiation ni foules d'adultes !
Nos villages ont retrouvé la somnolente succulence
Des crépuscules reconquis !
Les cargos éventrés ancrés dans le banco de l'oubli
Ruminent avec amertume des rêves brisés,
Sous la fulgurance de la dignité recouvrée.
Soleil dans les iris des îles,
Nausée dans la gueule refroidie des canons rouges !

Tamango !
Réveil des tam-tams et des tamas
Sous la frénésie des hanches dégainées libérées,
Symbiose habile du saut virile
Et du cyclone du chant-hymne.
Les portes houleuses des océans
Se sont fermées fermement aux voyages forcés

Tamango !
Voici que se lève, farouche et lumineuse,
La stoïque statue Baoulé sur le cadavre des temps obscurs !

J'AI PEUR

Rassemblée la race,
Rebâtie, au cœur des prouesses et des liesses nouvelles,
Belle la stèle sur le modèle de Méroé.
Mais j'ai peur, grand-peur des élans éphémères,
J'ai peur des contradictions stériles
Comme j'ai peur des ténèbres de la grande Forêt des Morts.

Rassemblée la race !
Rebâtie la stèle !
Versé le lait aigre sur la proue de la pirogue orgueilleuse !
Splendide, l'ébène charrie, comme veine de palmier d'hivernage
La beauté des formes, la magnificence des gestes !

Mais j'ai peur de mes frères qui ne sont plus mes frères
Comme j'ai peur des ténèbres de la grande Forêt des Morts.
Sandang sandang !
Danses cadencées et chants des champions
Au clair de lune de savane
Seins délicieux des fiancées dans le sanglot,
Provocantes les hanches souples
Dans l'euphorie des gorongs rythmiques de Souguère,
Opium les sourires subtils
Aux berges bleues des lèvres susceptibles,
Mais j'ai peur des désordres et des errements,
J'ai peur de l'œuvre suspendue à mi-chemin.

Jeunesse, voici les hennissants coursiers
Aux portes chaudes des itinéraires urgents !
Laissons les bronzes sonores des libations,
Laissons ô laissons les douceurs sans cesse cambriolées,
Suspendons les furies des tamas et de la chair !
Ayons peur des langues ironiques outre-Atlantique !
Ayons peur du serment oublié dès le premier pas d'homme !
Ayons peur, grand-peur des attitudes sans noblesse
Comme j'ai peur des ténèbres de la grande Forêt des Morts !

Extrait de *Ébéniques*, N.E.A., 1975.

Lucien Lemoine

HAÏTI

Antillais exilé au Sénégal avec sa femme, la grande comédienne Jacqueline Scot, Lucien Lemoine fut professeur au CESTI, Centre d'études des sciences et des techniques de l'information. Il a été aussi animateur à Radio-Sénégal. Il écrit avec une rare élégance. Senghor dit de lui qu'il introduit « consciemment la poésie du métis dans la poésie ultramarine de la langue française ».

Lucien Lemoine est né le 19 décembre 1923 à Jacmel et vit avec son épouse à Dakar au Sénégal.

CHANT POUR NE PAS MOURIR

À Léopold Sédar Senghor.

28 août 1955. — *Carolyn Holloway Bryant, une jeune Irlandaise de Money, Mississippi. Belle. Comme elle passait, un petit garçon noir eut en son honneur un sifflet d'admiration, et ils le tuèrent : à coups de poing, à coups de bottes, à coups de crosse de fusil, dans le flanc, au visage… Ils jetèrent ensuite le cadavre dans le fleuve. Louis Emmett Till, dit Bobo, avait 14 ans.* (Les journaux.)

Je ne m'endormirai que si d'autres s'éveillent.
(Paul Eluard.)

Emmett Till ne dort pas
Emmett Till ne pleure pas

Emmett Till j'ai vu ta photo

Un camarade m'a montré ta photo
Emmett Till j'ai vu ton visage
Le visage que ta mort t'a donné

Comme un enfant ne dors plus tu es un homme
Comme une femme ne pleure plus des femmes te désirent
Depuis ta mort Emmett j'ai vu des femmes te désirer
Le regard perdu devant ton regard perdu
De beaux yeux noyés devant tes beaux yeux noyés
    Effacés
Depuis ta mort Emmett j'ai vu des femmes te désirer
J'ai vu des femmes blanches de stupeur
Ou seulement blanches de couleur
Qui du soir au matin
Et de la salle à manger à la chambre à coucher
Changeaient leur vérité contre l'argent d'un soupir
Contre les trente deniers d'honneur du plaisir

    Quel plaisir Emmett

Bien entendu on aura menti
Quatorze ans c'est impossible
Ils veulent que je pleure
Ils veulent que tu dormes
Quatorze ans est-ce que vous imaginez
Pas même le temps d'étudier un baiser
Pas même le temps
Pas même le temps
De changer la pointure de sens ou de ses souliers

Quatorze ans

    Emmett Till ne dors pas
    Emmett Till ne pleure pas
    Emmett Till s'il faut que tu pleures toujours
    Emmett Till je ne dormirai plus

Emmett Till j'ai vu ta photo

Un camarade m'a montré ta photo
Emmett Till j'ai vu ton visage
Carolyn j'ai vu ton ouvrage

Ce que j'ai vu n'était pas un beau visage d'enfant
Ce que j'ai vu n'était pas un clair sifflet d'enfant
Sifflant quand passe un oiseau une femme ou un printemps
Ce que j'ai vu était un dur visage
C'était un dur visage que l'on pouvait désirer
C'était un dur visage que l'on pouvait déchirer
Un dur visage parce qu'on l'avait défiguré
C'était un dur visage
De Nègre
Lynché

Quatorze ans
Emmett Till
Louis

Né à la mort
Avant qu'à l'amour un jour tu ne sois né
Un jour une nuit
Ils ne t'ont pas laissé le temps

Ils pouvaient au moins te laisser le temps
Tu pouvais au moins les rendre contents
Puisque c'était leur nuit
Voie lactée Louis
Tu pouvais au moins épaissir ton lait
Tu pouvais au moins grossir ton sifflet
Jusqu'à cette forme brûlante
        Et allongée
Jusqu'à cette trompette sacrée
Qu'une fois avec Louis Armstrong
Nous avons
    Pour l'amour
        Et pour l'éternité embouchée

Jusqu'à cette crue victorieuse
De ton sang
De ton song
De toutes les eaux nouées du Congo et du Mississippi

Ils ne t'ont pas laissé le temps

Mort vraiment
Tué dans l'œuf
Tout noir
Mort dans ton slip
Tout blanc
Tout neuf
Mort sans swing
Mort sans semence
Tué deux fois
Deux fois exfolié

Emmett Till ne dors pas
Emmett Till ne pleure pas

Comme un enfant ne dors plus tu es un homme
Comme une femme ne pleure plus des femmes te désirent
Depuis ta mort Emmett j'ai vu des femmes te désirer
Depuis ta mort depuis ce jour
Depuis cette affreuse nuit

Quoique tout ceci en vérité raconte
Qu'un homme cette nuit a rêvé

Emmett Till ne dors pas
Emmett Till ne pleure pas

VIENS

Non pas étonnamment couché comme je t'ai vu

Le col replié de ta chemise replié comme une aile

Mais debout

Moi te donnant la main

Emmett Till viens

Viens lynché sans cri et sans sommeil
Sans yeux et sans oreilles

Aveugle et sourd

Muet

Noir

Et lourd

Que l'âme humaine est une chose capable de prendre du feu

Écartez de moi cette flamme
Écartez de moi cet enfer
Que dit-elle mon ciel ma femme
Que dit-elle en montrant ses fers

L'absence elle a ses yeux pâlis
Sa bouche qui plus ne fredonne
Comme à cette femme d'Ulysse et son âme qui s'abandonne

Écartez de moi cette flamme
Écartez de moi cet enfer

Que dit-elle mon ciel ma femme
Que dit-elle en montrant ses fers

Écartez de moi ce bûcher
Et ces mots faits pour mon supplice
Écartez de moi écartez
De moi écartez ce calice

Écartez ce bourdon d'abeille
Écartez de moi ce bourdon
D'abeille cher à mon oreille
Amour je demande pardon

Comment sans risquer tes deux mains
Comment comment oses-tu mettre
Amour oses-tu mettre enfin
Tant d'amour brûlant dans tes lettres

Écartez de moi cette flamme
Écartez de moi cet enfer
Que dit-elle mon ciel ma femme
Que dit-elle en montrant ses fers

Extraits de *Le Veilleur du jour*, N.E.A.

Jean Métellus

HAÏTI

Mathématicien, linguiste et neurologue, il exerce actuellement dans un hôpital parisien. Sa poésie lumineuse est marquée par la répression en Haïti, sous Duvalier, tout en assumant l'héritage africain. Afrique qui désole le poète, avec ses massacres et ses problèmes apparemment sans fin.

Jean Métellus est né le 30 avril 1937 à Jacmel, en Haïti. Il vit actuellement à Paris.

VOYANCES

*L*es soupirs du malheur désolaient la sève
Les émissaires de la mort pullulaient et nourrissaient les cimetières

Le père à cheval contemplait
  Les plantations, les enfants
  Les colères des rivières et du vent
  La santé des rochers grimaçant
Mais les signes de la terre n'annonçaient pas l'abondance
Et le ciel ne s'adressait qu'aux initiés

Qu'elle est loin, pensait le père, cette Afrique
  Volubile et tumultueuse
Là-bas les dieux daignaient s'incarner
À nos cérémonies, de leur souffle,
  Ils brûlaient les gîtes de la mort
Ils acquiesçaient à nos prières

Et le tyran s'agenouillait
    Dieux d'eau et d'amour
    Dieux du vent et du feu
    Dieux des luminaires
Tous chantaient dans cette Afrique où même les chacals avaient un jour de fête
Maintenant sur cette terre, le bras d'un père est armé pour abattre un autre père

Ô terre de massacre, le sang coule chaque jour

Ô la vie triste des villes
L'homme ne connaît plus son nom
Il apporte aux cérémonies du sang d'homme
Ô pays où le matin se couche comme le soleil à son midi, surpris par un cyclone

Enjambée des mots sur les geôles des morts
Ces chants de veille dans la nuit
Ces heures de larmes dans l'ennui
Enjambée du ciel et d'enfer
Ces mots luisants, amers et fiers
Dans le silence de la prière
Apaisent les sillons déserts

Dieu blessé par les conquistadores
Hérissé de montagnes, de plateaux

Ô pays d'Haïti, ô patrie d'Anacaona
Fatale pépinière d'or
    Voyance m'a visité comme une fête du sommeil
    Telle une graine chargée d'arbres

Ô désert paternel
Matrice de mes sens, origine des mystères
Ô ville côtière d'où je suis né

Jacmel, ton destin me hante

Mais voici les dieux

Stridulations encagées
Silences
Je ne craindrai plus l'ombre de ma vie
Temps mesuré

Ô dieux, pétrifiez les soirées diaboliques
Que coule une sève fraîche et aromatique
Sur ton corps ruissellera une immense libation

Ô dieux
Taillez les mauvaises herbes…

Extraits de *Voyances*, Hatier, 1984.

Vumbi Yoka Mudimbé

ZAÏRE

Mudimbé est professeur d'abord au Zaïre puis en Europe. Il enseigne depuis 1981 aux États-Unis. Il est surtout connu comme romancier et brillant essayiste. Sa poésie elliptique est souvent cérébrale.

Mudimbé, de son vrai prénom (avant l'authenticité zaïroise) Vincent-Yves, est né à Libasi ex-Jadotville en 1941.

LES FUSEAUX PARFOIS

Pour autant que nos doigts prospèrent,
Lacis entremêlés, étraves et chimères
Vives galeries forestières,
Des hennissements s'insinuent
En nos antiques déserts
Plus suaves que les buissons interdits.
Tes frissons saignent contre les miens,
Faisceaux de vertiges agglutinés
Au rythme des neuf dimensions !
Une lumière endeuillée fait hurler
Les reliefs martelés des ronrons
De ta main
Et je sens sur tes veines
Les allées et venues d'une moisson
Chaînes écartelées d'araignées précaires.

Les battements
De nos silences

Des gouffres fleuris
Aux senteurs
    D'oliviers

    Le glaive
De nos regards
    Les orages
De tes veines
Sont spasmes d'agonie
Torrents et ouragans
    Sur la jetée

                Dans notre champ
                Les reflets ondulent
                    Retour des échos
                    Ma petite fille
                    Quel sourire
                        Radieux

Au bord de tes mots
    Un carrefour
    Des sonates
    L'aube des flots
    Et l'écume
    De nos nuits

Sur les pas des saisons
    La pénombre
    La pluie
Et les joies de tes yeux
    Ravissent
    Heureux des soucis

À l'ombre de tes ciels
    La cantate
    De nos ferveurs
    Corbeille de fruit
    Offrande

Sacrée des dieux.

Les vœux glissent
Les pierres se mouillent
Belle enfant
Le suc des fruits coule à tes pieds
Belle enfant
La plus belle enfant de mes rêves

Par les champs et les savanes
Tes yeux pleins de soleil
Ton visage plein de sable
Sont un poème à la vie

Les torches gémissent sur un cœur endormi
Belle enfant
Tu accordes la nuit aux couleurs de la lune
Belle enfant
La plus belle enfant de mes songes

Les fuseaux parfois
    Lames bleues ou seuils donnés
Muses d'occasion et objets usés
    Dès le parvis des cris de feuilles
Ils entaillent, violentes caresses d'un autre monde.

Voilà une eau calme au creux d'un miroir
Et des yeux vibrant des âmes multipliées
Et des rêves en fougères cernés de part en part
Et des mots qui glissent et s'envolent dans l'orage

Les fuseaux parfois
    Poutrelles ou enseignes
Aux portes des grottes-sièges
    Présences enroulées de trop vivre
Au cœur de riches et inutiles impatiences.

Extraits de *Les Fuseaux parfois*, Éd. Saint-Germain-des-Prés.

Cheik Aliou Ndao

SÉNÉGAL

Cet ancien professeur d'anglais fut d'abord un dramaturge. Sa pièce de théâtre *L'Exil d'Albourry* connut un immense succès quand elle fut créée par le Théâtre national Daniel-Sorano du Sénégal. Cheik Aliou Ndao est fasciné par l'histoire de l'Afrique : sa geste et son épopée. Il écrit avec le même talent en français et en wolof, continuant ainsi ce qui a été amorcé par le Camerounais Yondo.

Dramaturge donc, poète, romancier, Cheik Aliou Ndao est né en 1933 à Karthiack, dans le sud du Sénégal.

MOPTI TU FAIS LA ROUE DEVANT TON MIROIR

Mopti tu fais la roue devant ton miroir
Ville éponge qui épouse tout liquide
Plus belle que l'ombre de l'onde salie
Par des sciures de soleil
Tu es une larme au bord des cils

Le fleuve te frôle sourit et mue
Oubliant ses écailles dans tes bandeaux
Quand tu t'étires les gouttes de perles ruissellent
À tes orteils

Reine du Massina
Assourdie par la rage des armes
Se disputant la joie d'un battement
Soyeux de tes paupières

Le Targui à l'animal fabuleux

Le Peul plus droit qu'un Danakyl sur le Nil
Le Torodo impatient de répandre
La découverte de son Dieu

Mopti j'ai marché sur la mousse des rizières
Vers Séwaré
J'ose prétendre à l'Aînée
Elle tient de son Ancêtre régnant sur les rides
Du Djoliba
Ses amazones princesses invisibles
Qui lui apprirent à pourfendre
Les flots sans être prophète d'Israël
Il gouverna la flottille d'Askia

Ma dot la somme de mes ethnies
Diallobé Mandingko Ndao Kounda
Je suis mon pieux hautain grand-père Toucouleur Bayla
Kadjâli Cissé animiste puissant
Bagal insouciant tiedo cruel
Que d'embûches sur le chemin de mon sang

Le Fouta m'a donné l'absence
Le Badibou la Parole
Le Saloum le mépris des lâches et des parjures

Je danse le tam-tam au rythme des versets
J'escorte le mansa quand m'ébranle la kora
Mbossé connaît le goût de mes libations

Djoliba je mérite la main de l'Aînée.

AFRIQUE (II)

*T*u n'es plus ma Sombre Reine
Aux mains de songe
Dévidant mes rêves de Neige
Tes pagnes de Ségou sur mes angoisses
Du soir
Mon sommeil sur le tapis
De tes paumes bleues d'Ispahan

De tes moignons d'Angola
Tu essuies le sang des roses de Rhodésie
La honte de tes restes d'orteil
Sous les roches du Cap

Tes vertus dorment au fond des Lacs
Sans Victoire
La porte fermée à la sébile
De l'honneur
Ay la pestilence de cette charogne
À ton nombril
Et ta chevelure
Où nichait l'aube à l'aurore de l'Univers

Princesse Prostituée
Bois tes larmes de colère tardive
Je cherche tes enfants qui frémissent
Encore
À l'appel muet de tes entrailles
Maternelles.

NÈGRE PERDU

À Claudie V.

Nègre perdu dans ces brumes
D'Europe
Les poches pleines des miettes de soleil
Pour tromper ta faim en hiver
Tu moissonnes la complainte des bouteilles
Dans les bars
Pèlerin vers les pleurs des quartiers
Aux cheminées borgnes
Demain
Quelle science semer sur les sentiers
Pour la soif des habitants lagunaires
Libérant l'espoir sous l'aile des oiseaux
Tu ne sais que le poids des mots
Qui brisent les cages
Nègre
Perdu dans ces brumes d'Europe.

Mogariennes, Présence africaine.

Pius Ngandu Nkashama

ZAÏRE

Professeur de littérature au Zaïre, en Algérie, en France puis aux États-Unis, critique littéraire fécond, Pius est surtout connu comme un écrivain prolixe : il a écrit plusieurs romans et pièces de théâtre, il a collaboré pendant longtemps avec les éditions de L'Harmattan. Sa poésie est oppressante, angoissée, tourmentée, elle charrie la souffrance et la solitude dans l'exil. Il a connu les prisons de Mobutu.

Pius Ngandu Nkashama est né le 4 septembre 1946 à Mbujimayi au Zaïre.

LA MALÉDICTION

*C*omment t'offrir dans ce matin de brumes
Des larmes pétries de boue
Les cris ensablés de katekelayi
Sous le banc lourd du sable rouge

Tu avais l'âge de la terre
Cet âge où la terre est terre
Pleine de terre pleine de toi
Tu avais l'âge du soleil
Explosant dans un ciel de sable
Recouvert de la boue de ton sang

Sur les routes désertes tu t'en es allé
Dans les grottes de la boue rouge tu t'es enfui
Tu as dormi sous le linceul de la terre effondrée

Et la nuit n'a pas eu pour toi un regard de pitié
La nuit pleine des cris ensablés de katekelayi

Des puits béants glauques
Le soleil abandonné là-bas
Sous les cailloux blancs
Sous la terre de ta peur
Qui engloutit nos espérances
Et nos yeux qui glissent
Nos yeux humides poisseux
Terre rouge de notre sang
Terre rouge de notre honte
Terre rouge de notre malédiction
Ne le savais-tu donc pas
Que nous avions une terre infanticide
Terre labourée de tes ongles de tes mains
Tu creusais dans son ventre desséché
Te voilà renégat sur les crachats de la nuit
De la terre qui n'oublie pas l'offense

Ces pierres ne sont pas à nous
Le sable est une réserve de mort
Un tas de folie un tas de honte
Il n'y a pas de rythme sanguin
Ni dans les buissons ni dans les serres
La source de la douleur jamais ne tarit

Il ne nous reste que la complainte

Ne m'attends pas ce soir
Les rossignols s'en sont allés

Les écuelles de nos espoirs
Se renversent sous la pluie

Les lucioles s'éteignent

Au bord du bourbier

Ne m'attends pas au coin du soir
Je ne mourrai pas le soleil

Les tonnerres se sont tus
Muetu mu tshidiendela mu tshilamba.

Extraits de *La Malédiction*, Silex.

Amélia Nene

CONGO

Cette grande dame des lettres a longtemps vécu à l'ombre de son mari, le grand poète congolais Tati Loutard. Ainsi c'est seulement dans les années 80 qu'elle commence à publier des textes poétiques. Sa poésie est discrète, intimiste et pudique. Elle chante la mère, l'épouse, la vie, la mort avec une rare sobriété : c'est une poésie pessimiste ou trop lucide.

Née en 1944, Amélia Nene est décédée brutalement le 10 septembre 1996.

TERRE DES HOMMES

Toute terre
Appartient à l'homme
Aucune
Ne peut le refouler
Le renvoyer à ses frères
Toute terre
Accueille l'homme
Où qu'il se trouve
L'engloutit
Et le draine
À travers
Ses entrailles.

BERCEUSE NOIRE

Chante
Chante ta meilleure complainte
À l'enfant
Frappé à mort
Qui s'endort à jamais
Berce
Berce-le tout doucement
Pour que son petit corps
Meurtri par les balles
Puisse connaître
Un léger soulagement
Avant de rejoindre
Nos héros.

NOSTALGIE

Par un jour de soleil
Drapée de vert et d'orange
Elle fut d'une beauté sans pareille
Mais
De son corps splendide
S'évanouit
À la vision des restes
De sa peau sa chair ses os.

À JEAN-BAPTISTE TATI LOUTARD

Y a-t-il une terre
Que les vivants
Ne convoitent
Aurai-je une terre

Qui me permette d'oublier
Mon séjour parmi les miens
Une terre
Pour recevoir
Ma peau meurtrie
Par les griffes de la vie
Une terre
Autre que MVOUMVOU
Qui
Me fait monter
Du plus profond
Un soupir.

Perles perdues, Présence africaine.

Charles Nokan

CÔTE D'IVOIRE

La poésie de Nokan est une poésie militante, violemment engagée. D'où l'extrême dépouillement du style, les refus de toute recherche esthétique qui lui donnent parfois des airs de slogan. Fortement marquée par le marxisme, la poésie de Nokan est dominée par des intentions nobles et respectables : l'indépendance des peuples, la fin de l'exploitation de l'homme par l'homme.

Docteur en philosophie, professeur à l'université d'Abidjan, Charles Nokan est né le 28 décembre 1936 à Yamoussoukro.

*P*artir et revenir,
Ce n'est pas revoir
Tout ce qu'on voyait
C'est voir ce qu'on
Ne voyait pas et qui naît.
Les voix se taisent,
Et on entend une seule voix
Les voix se sont tues.
Et l'on écoute d'une seule voix.
Voici la rivière et son sempiternel chant,
Voici quelques visages couverts de la fumée des temps écoulés
Voici les riches fumant des cigares et buvant du whisky ;
Mais voici le paysan trimant et mangeant peu,

Mais voici l'ouvrier mourant de faim.
Les voix se taisent,
Et on entend une seule voix.

Mon pays vient
D'accoucher d'une certaine indépendance.
Est-ce le crépuscule des colons et leurs collaborateurs ?
Est-ce une aube nouvelle ?
N'y a-t-il pas des nuages
Dans le ciel clair de la liberté ?
Mon pays vient
D'accoucher d'une certaine indépendance,
Et déjà son ventre porte une révolution.

Je suis un Nègre.
J'étais esclave sous César.
J'ai bâti les pyramides, les châteaux et les gratte-ciel.
Je suis noir comme une nuit sans lune.

Mon sang a fertilisé les plaines de l'égoïste Europe
J'ai trimé dans les plantations,
Les usines des colons et des Yankees.

Je suis un Nègre qui se souviendra toujours de
Multiples chaînes.

Je souffre au Congo.
Au Mozambique, en Angola,

Les balles du colonialisme et de l'impérialisme
Ont brisé mon crâne et déchiré mon cœur.

Je suis le prolétaire tombé devant son taudis à Saint-Domingue,
en Algérie et au Viet-Nam...
Je suis un Noir fier qui dresse ses poings
Contre toute oppression.

Je suis Toussaint Louverture, Lumumba, Ben Barka

Je ne chante plus
Je crie.
Quand des enfants meurent de faim,
Je ne veux pas savoir que la lune est belle,
Que la fleur a un parfum exquis.
Je ne chante plus ;
Je pousse des cris séditieux.

Extraits de *Abraha Pokou ou une grande figure africaine*, P.-J. Oswald.

Élie Stéphenson
GUYANE

Ce Guyanais, de par son style, est l'héritier d'un autre illustre Guyanais, Léon Gontran Damas. Sa poésie est une longue quête d'identité, comme son aîné, mais dans l'angoisse et la déréliction. Onirique, elle veut encore croire que tout espoir n'est pas forclos.

Docteur en sciences économiques, Élie Stéphenson est professeur à Cayenne au lycée Félix-Éboué. Il est né le 22 décembre 1944 à Cayenne en Guyane.

JAILLISSEMENTS

*U*n profil
  Se tait
          Et les autels
Ont raison
De brûler.

Un soir de chair et de parfum
Entre le vent tes paupières
Les paraboles du sable
Les péristyles des vagues
Et les falbalas des arbres
Une guitare
Clair-de-combat éclat brisé
          De sabre
          Avoua
L'obstination des miséreux

La patience élimée du peuple
Un ajour de mon désarroi
Et mes anciens testaments.

Plus rien n'appartient au soleil
    Ton visage
            Sur mon rivage
Plus rien n'appartient au ciel
    Le vent du large
            Porte nos âges
Et la terre a tout refusé
Des yeux qui voulaient sa conquête.

Il y avait les théories
Les Lois et les définitions
Autrement d'étranges prisons
Pour confondre l'avanie
Comme on redoute le couteau le sang le feu
Et le fusil
Le peuple joue l'insomnie dans les carrefours
D'alcools.

*N*ous écrivons nous effaçons
C'est un principe du fleuve
Un idiome de la mer.
La feuille écume sous nos pleurs
L'oiseau marche sur nos doigts
L'araignée tisse nos cheveux
Hamac... ombrelles... katouri
Tout mon peuple est en exil se déracine et ne sait pas
La musique a fait son nid où délire son sourire
Tout mon peuple est en rébellion en explosion

Et ne sait pas.

Un profil
Se tait
Je perpétuais l'incandescence
Comme je t'attends
Les autels
Ont une raison de brûler
Et je sais ta douleur ancienne
J'étais déjà ton espérance.

Jadis… et plus tard
Je t'aime
Comme la nostalgie des oiseaux
Comme une intervention de fleurs
Une émigration inattendue de plaisirs.

Partout la mort est discours
Les urnes et les mitrailleuses
Le peuple avance
Et je vous aime
Comme la Liberté.

AUTOUR DE YOLANDE (I)

L'amour a l'habitude d'aller toute nue
Sur les presqu'îles
Verticales et chantent nos pas
Sur le tapis de coquillages miroitant
Sous les flambeaux
De la mer
Jetée telle une cape sur tes épaules de fraîcheur

Alors qu'à la dérive les doigts d'épaves

Se brisaient
Sur les dents des rochers et s'échouaient
Au creux des lèvres closes sur les poèmes inutiles
Et l'éclosion
Des bouquets de colombes…
Voyageurs de l'avant
Nos yeux montaient toujours pour encore
Nous explorer
Et accrocher les cloches de larmes au
Fil du vent
Des rires de naguère…
Et mon cœur s'installe dans ton ombre
Et mon corps
S'installe dans ton cœur.

Extraits de *Terres mêlées*, Akpagnon, 1984.

Théophile Obenga

CONGO

Ancien disciple du regretté égyptologue Cheikh Anta Diop, Théophile Obenga est avant tout un savant reconnu. Il est actuellement, chez les Africains, le meilleur égyptologue. Plusieurs fois ministre de son pays, il est actuellement professeur aux États-Unis. Sa poésie témoigne d'une véritable fascination pour l'Égypte, dont le passé brillant constitue pour l'Afrique une source intarissable de méditation et d'inspiration ; elle milite pour une Afrique réconciliée avec elle-même, avec son histoire pour la construction, demain, d'une cité panafricaine.

Théophile Obenga est né le 2 février 1936 à Brazzaville.

L'ŒIL DU SILENCE

Sous l'œil du silence
Le miroir de nos corps en floraison
Organise notre aveu
Ô nuits charnues
Nuits aiguës de trop de présences
Nuits hautes bras-de-minuit
Pour apaiser nos rêves
À égale distance
Des éléments soumis
Accordés au poids du temps
L'épieu demeure
Avec des pleurs inachevés
À droite l'Absence

À gauche l'Attente encore
Fleuves à caresser au haut de notre passion
Avec les mains de notre aveu
Sous l'œil du silence
Quand cesse la saison
Au bout de son ombre.

CHEMINS D'ÉGYPTE

À Cheikh Anta Diop.

Voici. Un grand-prêtre officie, crâne rasé, peau de léopard en bandoulière, sans chairs inutiles, donc circoncis. Il invite Pharaon de pourpre vêtu, auprès de la Barque du Commencement du Jour : la Barque de la Nuit et la Barque du Jour. Au moment précis de diriger la Nacelle vers les Étoiles impérissables, les hiéroglyphes, Osiris consulté, escaladent les bas-reliefs de cette Haute Invocation :

— Dis-moi ton nom, Maître du Double Pays ! dit la Rive.
— La main d'Isis.
— Dis-moi ton nom, Maître du Double Pays ! dit la Barque.
— Les doigts de Horus l'Aîné.
— Dis-moi ton nom, Maître du Double Pays ! disent les Rames.
— La Brise du Nord qui sort d'Atoum.
— Salut à toi, mon ka, mon temps de vie ! Je suis pur. J'ai été proclamé heureux dans l'empire des Morts devant Osiris.
— Monte ! Je connais la porte septentrionale du Ciel. Je suis celui qui pagaie dans la Barque du Râ. Sois bienheureux, tel Hotep, ô Maître du Double Pays !

Au moment où les cynocéphales sont en jubilation, annonçant la lumière dans les ténèbres, la Beauté prend place comme un pilier de Ptah et le grand-prêtre forme une aire de fête et de joie.

La momie de Ramsès est sauvée, de toute éternité. Acclamations de partout. Les pays, leurs villes et leurs montagnes, recommencent l'année. Le blé de Haute-Égypte amène l'événement. Un arpent de terre de la vallée suffit... Les temps primordiaux de l'Égypte ont failli maîtriser la mort de tous et de chacun.

LIBERTÉ POUR LE CAP

À Dennis Brutus,
poète de l'ère de Sharpeville.

Les voici
Brutus
Nos certitudes
Sans couture
Sur cette hauteur de Rome
Lorsque tu parlais de ton peuple :
« Mon peuple est torturé
« Mon peuple est mort. »
La cendre de ton discours
M'est restée depuis
Sur les lèvres
Les filles romaines
Elles-mêmes étaient tristes
Ta poésie fait alliance
Avec le corsage du Cap
Toute cette Colère
Claustrée
De trois siècles
Voici Soweto
Terre haute
D'avant midi
À toute heure debout
Et vous Sharpeville

Encerclée par le désespoir
La peur et la révolte le sang
Et vous îles de Robben
À la souche
De cette respiration
Où n'arrive
Aucune patrouille
Brutus
Tu connais ce feuillage
Ton salaire d'exilé
Face à la mer
C'est la mort
De tant de vies
Au milieu des sanglots crépus
Du Congo
Syntaxe de la liberté
Je te transmets le relais
De mon Espoir
Et le vent qui a mauvais nez
Appelle à la naissance
La baie de ta douleur
La Liberté s'établit
Sur ces noms d'état-major
Alexandra
Manenberg
Sada Ilenge et Dimbaza
Frondaison de nos martyrs
La mort impossible
Décoiffe les collines
La roche crache
Sautent les bidonvilles
Le soleil tremble
Sauf la Patrie
Brutus
Plantée au cœur
De Johannesburg

Le Jaune pour l'Or
Le Noir pour le calvaire
Le Rouge pour la révolution.

CONGO

*F*leuve essentiel
Me voici
Debout
Entre deux âges
Tu épouses toujours
Cette terre
Ensemble avec la foudre
Ton nom n'a pas vieilli
Tu me connus
Espiègle à la pêche
Debout sur ton dos
Tes allées de roseaux
Escortant ma pirogue
Dans le parc de tes eaux
Les écoliers de Poto-Poto
Ont grandi
À te voir
Au bout de leur raison
En ce temps-là
Nous aimions vivre de ton corps
Tes cils s'étendaient
À l'infini
Au-delà de l'île-rônier
Maintenant
Que ton nom
Se confond avec la Liberté
Fleuve essentiel
Trop tôt parti à l'Océan

Tu deviens
L'écriture
De notre soleil
Tout reste fondé sur toi
Ton annonce invente
L'espoir en nous
Tu occuperas toujours
Tous les temps
Et tous les âges
Fleuve de mon pays et don de mon enfance.

L'OFFRANDE DU PAYS

*T*erre muette
Je vous connais
Souffrances qui saluez en chœur
Un siècle nouveau
Je vous interpelle
De ma voix de sable
Sur la route clouée au corps de la nuit
Sans spectacles
Sinon cet astre de la faim
Dans ce visage d'enfant
Voici la faim
Sans colère
Sans versants
Sans enclos
La faim qui nage
De cette berge à cette autre
À la lisière de nos idées
Ces lieux de tant de science et de poésie
Sinon ces ouvriers foudroyés par des rats
Sinon le fleuve paré pour la mort
Auscultant les souffrances calcinées

Face à la pluie qui rit
Sans souvenirs d'enfance
Croyez-vous que ces femmes-falaises
Mentent
Sur les plages des savanes
Mal peuplées
Leurs enfants morts
Marées mal rivées
Sur des taudis apeurées
Ô pays fort
Souverain et beau
L'Offrande vraie
À l'envolée des étoiles
C'est nous-mêmes
Les clameurs du sous-développement
Éteintes.

STÈLES

*P*renez l'avenir
L'ombre éclaircie
Dans ce rire de sable
Ce chant sur les roches partenaires
Tout l'avenir et ses emblèmes
Dans les cils de l'aurore
Arrêtez ce vent qui voyage
Au bout du pays Mbéti
Jusqu'au rivage des femmes
La courbe des hanches de la Likouala
Sur la gorge des forêts de ce pays
Ce sanglot qui renaît
À la première heure des rires fous
Au large de la Sangha
Née de cet espace ivre

Aubes debout et sel sur ce fleuve
Qui nage qui nage
Sans péage
Porteur de son nom
Ce cri de berges effervescentes
Par quoi l'argile noue
Les eaux à l'avenir
Face aux clameurs du Niari
Les beautés
Les cannes
Les fruits
Suivent légions
Enfin l'œuvre de l'homme accomplie
La femme danse à la proue de la mer
Pour la Fête de l'Arbre-Voyageur
Les pas des Gens-du-pays
Avancent
Dans le lointain
Stèles
Que déjà cisèlent
Les siècles à venir.

Extraits de *Stèles pour l'avenir*, Présence africaine.

René Philombe
CAMEROUN

René Philombe est un militant actif et passionné pour la renaissance des cultures africaines. Sa poésie révoltée et parfois « crue » est une poésie de l'espoir, qui refuse le fatalisme, l'afro-pessimisme. Elle est volontaire, visionnaire et souvent lyrique.

René Philombe est né à Ngaoundéré, au Cameroun, en 1930.

*L*a vie est-ce une torche
Qui éclaire ou qui incendie…
Engorge-toi cannibale
De mes multiples viandes
Dans tous les cheptels du globe
Le nourrisson au seuil de la vie
L'adolescent à califourchon
Sur le cheval de l'avenir
L'adulte sur l'escalier du soir
Engorge-toi cannibale
Afin que « matineux » tu dures.

La vie est-ce une torche
Qui éclaire ou qui incendie…

Tombe des morts !

Tant de ténèbres pour tant de cœurs
Alors qu'il brille tant de soleils
Pour tous les cœurs
Et tant d'insomnies pour tant de ventres
Alors qu'en paix
Peuvent dormir tous les ventres
En paix
En paix.

Hier
Pas plus tard qu'hier
Un seul bataillon de cœurs battant en chœur
Et rugissant à perdre haleine
Un seul credo de solidarité
Contre mille ogres banquetant sur
Mille négrocides.

Hier
Pas plus tard qu'hier
Rappelle-toi mon ami mon frère
Cette indigeste nuit de colcotar que nous
Broyions-broyions-broyions
Dans la fraternité carrare de nos chairs de poule
De nos golgothas et de nos fours
Crématoires.

Puis cette soif de vache.
À grands coups de langue lamentables
Elle lampait une larme de thallium vendue
À l'encan.

Éteinte
Cette fleur ardente
Plantée là
Dans nos cœurs par le souffle immortel des Martyrs.

Hier
Pas plus tard qu'hier.
Que de merveilles accouchées dans la chair crue
De nos rêves.

Extraits de *Espaces essentiels*, Silex.

SUR LA TOMBE DE MON PÈRE

Je n'ai pas bougé
D'un pas
Quand le feu m'a surpris
Sur la tombe de mon père.

Non pas ce feu de brousse
Africain
Grignotant
Sous sa dent
Ortie chaume et sissongo
Pour les moissons
Futures
Mais le feu des crachats
Le feu des razzias
Et de la mort.

Je n'ai pas bougé
D'un pas
Car homme aux cheveux brûlés
À la peau brûlée
Au cœur brûlé couleur de brûlis
Je brûle de refaire l'âme
L'âme noire...
L'âme noire !

Cité par Lilyan Kesteloot in *Anthologie négro-africaine*, Edicef.

William Syad

SOMALIE

Léopold Sédar Senghor a dit des poèmes de William Syad qu'ils « sont les fleurs naturelles d'une terre de poésie, de la terre du nord et de l'encens : des orchidées parfumées ». William Syad est un poète majeur de la Somalie.

Il est né en 1930 à Djibouti.

QUI SUIS-JE...

Je suis
Pour Toi
Ce que tu voudrais être
Au fond de Toi-même
À l'instant
Où ta pensée arrête
Sa course

Je dis
Ce que Tu voudras
Dire
L'instant
Où ton âme
Animée
Voudrait dire des mots

Enfin
Je suis ton autre
Toi-même
Dans l'intimité
Où se rejoignent

Deux pensées
Deux êtres
Toi et moi

HIER

*U*ne oreille
Penchée
Vers des siècles
Somnolents
Sur le chemin
Obscur du temps

Et comme
Ce sable fin
Au creux
D'une main
Tu glissais
Dans le passé
Où l'esprit
Seul
Peut glaner

EFFLUVES

*M*on amour
Est palpable
Comme la
Nuit chaude
D'un été
Tropical

Et comme
Cette chaleur

Qui couvre
Ton souffle
  Comme
Ton haleine
Dont tu me
Recouvres

Cet amour
Est palpable
Comme cette
Chair
  Chaude de désir
Insatiable
Que tu m'offres
  Lorsque
Mes doigts
S'attardent
Aux creux de tes
Aisselles

Et que tes lèvres
S'entrouvrent
Pour accueillir
  Mes lèvres
  Et qu'alors
Souffle coupé
Chair vibrante
Nous célébrons
Sur le divin
  Autel
L'HYMNE
De nos désirs
  L'adieu
De nos instants
  Raisonnés

Extraits de *Harmoniques*, N.E.A.

Frédéric Pacéré Titinga

BURKINA FASO

Ancien fils de chef, avocat à Ouagadougou depuis 1973, Frédéric Pacéré Titinga est un poète des sources et de l'initiation. « Griot », sa poésie exalte les valeurs d'hier pour aujourd'hui. Il est le chantre du pays mossé dont il est originaire. Il a beaucoup travaillé sur la littérature orale comme Hampaté Bâ au Mali ou Djibril Tamsir Niane de la Guinée.

Frédéric Pacéré est né Titinga en 1943 à Manéga, près de Ouagadougou, au Burkina Faso.

Mais moi Titinga
Je sais que l'homme
A beau être grand,
Il ne peut être plus haut
Que sa coiffure.
Ne médise pas ;
Dès lors
Que le connaisseur
Ne médise pas
Parce que le surnom
Du nouveau-né
Malgré ses quatre pieds, est
L'incertitude et la chute,
Pour qu'on tire,
Les yeux sont tout blancs
Mais les yeux
Ne voient pas loin.
Dès lors
Que l'homme de l'âge
J'implore le Dieu de Zida
Pour que là où s'insère l'erreur,
Vienne redresser,
Parce que
L'oiseau de la rivière
Ne chante pas seul ;
C'est sauterelle par sauterelle
Que la gourde se remplit.
C'est toujours une foule

Qu'il puisse courir
Et venir tirer son père.

Qui soulève le toit,
Afin que l'ombre rentre dans la case.

Cité par Lilyan Kesteloot in *Anthologie négro-africaine*, Edicef.

Je souhaite
Ce jour,

Père,
Je veux être heureux ;

Demain
Le soleil,
Se couchera peut-être ;
Un Blanc
Est
Sur la montagne ;
Ils sont trois ;
Je pensais
Au chiffre UN ;

Père,
Je souhaite
En
Ce début de saison ;

Ma mère priait
Près de la tombe
De NABA ZIDA.
Le fils apparaît
Et s'inquiète ;
La mort

Toujours au Sud,
Frappe sur un frère ;
De loin
Je vois
Qu'une plaine
Où gît
Un panier de crabes ;
Mon frère
Courant,
Dans l'eau qui ruisselle,
Lance
La phrase
À la terre des Aïeux :

« Le Sud
Souhaite
Faire
Ta connaissance »

Les tam-tams
Et
Les clairons
Le tam-tam
Et
Les radios
Tirant
Sur
Des oreilles tendues
Lancent
Dans les airs
Le son
D'un repos.

Le fusil
Doit
Retourner
Dans la case ;

Et
Tibo
Doit écouter
Le langage du silence ;

L'oncle Sam
Ou l'oncle Tom
A vu
Sa face déchirée
Par les éclairs du jour.
Demain
Nous nous retrouverons
Sur les plages du Sud.
Et Blomington
Qui rassemble les élus
A oublié
Les cœurs déchirés.
Le complément
Est toujours de l'humain.
Et sur la terre de Manéga
Mon petit frère apparaît
Tendant
La lettre
D'un soleil couchant.

« Il faut
Il faut
Descendre dans la forêt
Il faut
Il faut
Frapper dans le silence. »

Extraits de *Poèmes pour l'Angola*, Silex.

Bernard Zadi Zaourou

CÔTE D'IVOIRE

Docteur ès lettres, professeur à l'université d'Abidjan, Bernard Zadi Zaourou est d'abord un homme de théâtre. Créateur de la troupe K.F.K. rebaptisée Didiga. Il a écrit et publié plusieurs pièces de théâtre. Ancien ministre, il est actuellement dirigeant d'un parti politique. Sa poésie est en guerre contre l'arbitraire et ses oripeaux et chante sans répit les grandes voix nègres de l'Afrique et de sa Diaspora. L'écriture est virile, violente comme celle de son compatriote Charles Nokan.

Bernard Zadi Zaourou est né en 1938 à Soubré en Côte d'Ivoire.

DIDIGA

*C*hante Doworé
Chante après moi
Chante et glisse vers main qui te nomme
Longue et longue la nuit qu'il me faut dévorer
Qui saurait fausser ma langue forgée de mains divines ?

Il mourut Toussaint
Toussaint de Saint-Domingue
Et son ombre marcha jusqu'aux rives du Bénin

Il mourut Toussaint
Dès mon premier soleil

Brillent encore sur son front les trois griffes de fleurs de lys
La paume de l'épée et le fer sanguinaire
L'épée des Francs

Il mourut Dessalines
De mort noire et blanche — mort blanche —
Dès mon premier balbutiement
Pèse encore encore sur mon nom
Plus lourde que le Mont-Nimba
La conjuration du silence

Il mourut de même Chaka
De mort bicéphale — le dard du criquet —
Nul parc, nulle effigie dans mes cités reines
Et mes villes claironnent les exploits des bourreaux

De siècle en siècle la mort étrange allogène
Sur mes princes valeureux :

Babemba
Samory
Gbeuli de Galba
Séka Séka de Moapé...
Il mourut de dague haute
Le dernier de mes preux
Patrice Aymeri Lumumba
La flamme
La flamme indomptable comme un glaive
Sur la gorge de l'Occident chrétien

Elle mourut aussi la foule anonyme
Du dard des criquets — mort blanche —
La foule éventrée à l'appel de l'autre
Diena
Diena-bourg-héroïque-du-Mali
Comment piétiner ton sang répandu

À l'aube des temps nouveaux ?

Nous voici, Doworé
À la racine de la nuit
Et la foule est compacte
La foule (son cœur son corps et son âme en rut)

Tiens ferme, Doworé mon frère et porte au loin ma voix
Ma voix des profondeurs
La fine et douce chanson fluée de ma gorge

Tiens ferme ce bissa, Doworé
Tiens-le ferme et dis et redis après moi :

Didiga
Yakôloa Didiga
Didiga
Dakôloa Didiga
Didiga Zara
Didiga zara
Guidohoa Didiga
Didiga zara
Nawabréa
Didiga
Didiga
Didiga zara…

Et lui le maître, gardien de nos orgues secrètes
Lui seul et moi, Doworé,
Moi Dinard Nawayou, l'œil du jour et patience aux fesses de pierre

Il y a une couronne à prendre
Prenons-la
Je la tiens.

Mon droit ?
Te voici
Fer de lance :
L'aiguillon du soir
Dard insoupçonné des sentiers déserts
Burin
Burin retors
Vilebrequin
Fer de lance — ô ma griotique surgie des replis de la ruine
Parolière — tu es le petit jet de venin destiné au talon du passant
Le suc aussi
La sève de vie qui ruisselle gaiement pour le passant…
Il y a une couronne
Mais l'autre diadème ne sied guère à mon front
Ma tête d'ombre forte —
Je la forgerai moi-même
Je la reforgerai
Et elle se pliera pour se discipliner à mon commandement
Je la forgerai de mes doigts
De ma main forge enclume et soufflet
Mes doigts de Nommo !
En seize jours je la forgerai (quinze jours blanc et rouge rouge pour le seizième)

Les diseurs de symboles ?
Mes rivaux ?
Okpô !
Que d'épines et de ronces dans le charme de leur voix !
Ah ! soleil
Dominons !

Doworé
Saluons en cheminant cet autre diseur de symboles
Gbazza Madou Dibéro :
Le maître de la fine et douce parole jaillie de la bouche
L'accompagnateur du mélodieux pédou

Dazôt Wueudji, maître du chant parmi la race des oiseaux
Spécialiste du chant sifflé
Dazôt Wueudji dont la voix ne s'enroue jamais !

Que je te salue en passant
Ô pluie diluvienne.

Extraits de *Fer de lance*, P.-J. Oswald.

V.

Poètes d'aujourd'hui : intimisme, révolte, universalisme et chaos

Jean-Marie Adiaffi

CÔTE D'IVOIRE

Jean-Marie Adiaffi est à la fois écrivain et poète, cinéaste, philosophe, professeur certifié de lettres. Sa poésie faite d'éclairs et de foudres est engagée, militante, se fait constamment l'écho de la situation de l'Afrique, de la liberté et du développement nécessaires. Plus fondamentalement, sa poésie, au-delà de la constante dénonciation de l'arbitraire, est une quête de la dignité humaine. Une humanité qui n'exclut aucune de ses composantes.

Né le 1er juin 1941, Jean-Marie Adiaffi nous a quittés en l'an 2000.

*E*n épitaphe à ma naissance
Ci-repose mon village de volcan
Enfoui sous les montagnes des siècles sans repos

J'usurpe aux siècles un linceul de foudre
En acte de naissance funéraire
Pour le voyage-éclair

Dans ta main déchirée de travaux de temps banal
Jours sans
Gloire… Ô ma mère !… La longueur des champs dans tes reins
Le soir et la nuit la camisole de force dans ton cœur serré

MÈRE

Toute la terre regerme de tes flancs imputrescibles
Nous ferons la cueillette de ton sexe vierge de luxure
Ton sexe lancinant que le soleil de ta ferveur a mûri
Ainsi que les épis que dore notre espoir de vivre

De vivre de vivre de vivre libres

Libres libres libres avec nos frères nos frères
Nos frères aimés
L'homme l'homme l'homme
Tous les hommes tous les hommes qui avec nous ont
Sillonné l'enfer dans nos rangs le purgatoire dans nos
Rangs...

Plus ils seront colorés mieux cela réjouira nos cœurs
Plus ils seront rouges mieux cela réjouira nos cœurs
Plus ils seront noirs mieux cela réjouira nos cœurs
Plus ils seront jaunes mieux cela réjouira nos cœurs
Plus ils seront blancs mieux cela réjouira nos cœurs

Une seule race sera au pilori : celle des vampires de l'homme...
Et la tempête une terrible tempête vagira la nuit à la fête du jour...
Une terrible tempête violente mais violente...
Soufflera soufflera soufflera... souffle souffle vent
Violent chargé d'annoncer le changement des saisons,
Le souffle le souffle nouveau ressouffle ressouffle le
Soufflet de nos gorges qui forge la source menstruelle...
Frais frais frais sera le sang qui jaillit de tes cuisses
Forgeronnes... Fraîche fraîche fraîche sera l'eau...

JE SUIS

Blanc
Noir

Rouge
Jaune
Je suis toutes les couleurs que je vous fais voir
La vision spectacle des couleurs arachnéennes

Les couleurs c'est la toile à mélanger pour suspendre
En bas des musées dans l'oubli salé du temps incolore...
Rouge indigo orangé vert bleu jaune... L'arc-en-ciel
De mes rêves d'enfant à chérir la vieillesse des jours
Infinis de ma limite indéfinie et l'odeur de nos femmes
Sera pétrie par des nouvelles palettes aux miraculeuses
D'une seule teinte
L'odeur de nos femmes chères à mes mains câlines
Les oiseaux ensemencent le ciel de leur duvet de soie
Chantonnante en s'accompagnant de refrains de flamants roses
Des couplets d'étangs
Des chapelets de lacs
Et doucement se balance le monde en flots chimériques pleins
D'argent
Et de velours cramoisis
Un voyage de tortue
Lent

NU

Sans carapace puisque l'homme à sa naissance n'en
Était guère protégé... à la différence des tortues...

Un voyage tortueux
Sans but à la manière des torrents qui roucoulent
Vers la mer

JE SUIS TOI

Tu es moi
Et nous sommes ensemble le ciel et la terre que nous
Regardons nous voir... Si tu n'es pas devenu mon frère

À la fin de ce voyage… C'est donc que tu l'étais déjà…
Reste-le plus jamais à présent mon frère
        Ma sœur
        Mon cousin
        Mon oncle
        Ma tante
        Mon grand-père
        Ma grand-mère
        Toutes mes belles
        Tous mes beaux
        Toutes mes brus
        Tous mes gendres
        Tous mes neveux
        Toutes mes nièces

Reste-le plus que jamais à présent
Puisque aujourd'hui était demain
Demain est aujourd'hui
Hier sera demain
J'ai une passion unique
    L'HOMME
J'ai une faiblesse
Ma force
    … L'HOOOMMME

Vous serez donc indulgent pour un homme
Qui a une faiblesse : L'homme
        TOI MOI LUI

Après tout, la logique et la passion n'ont jamais été
Sœurs siamoises… « La déraison est la raison
De la passion »… Je m'en fais aisément une excuse
De tendresse juvénile pour un voyage frémissant
Maladif au cœur de l'homme malade qu'est
        L'homme
    L'homme dont je procède

GUÉRILLEROS GUÉRILLEROS
GUÉRILLAS

Guérison guérison guérison
Miracle miracle miracle
Guerre guerre guerre
Peuple peuple peuple

Extraits de *D'éclairs et de foudres*, Ceda.

Tanella Suzanne Boni

CÔTE D'IVOIRE

Tanella Suzanne Boni, docteur ès lettres, est professeur de philosophie à l'université d'Abidjan. Elle est la présidente en exercice de l'Association des écrivains de la Côte d'Ivoire. Romancière et poète, sa poésie est en quête d'un fil d'Ariane pour sortir les femmes africaines du labyrinthe dans lequel elles se trouvent. Elle est également une poésie de la douleur et de la dénonciation, parfois tendre, tantôt oppressée, suave et rythmique, elle témoigne de la condition de la femme africaine, et au-delà de la nécessité de l'action et du combat qui seuls sont salvateurs.

Tanella Suzanne Boni est née en 1954 à Abidjan.

*I*ci il n'y a pas de parole heureuse
Il y a des rires et des larmes qui marient
Leurs rythmes ensemble
À la tombée du matin
Il y a la bêtise humaine qui n'est plus un mot
C'est l'air qui tue sans en avoir l'air jamais
L'homme et la femme
        À coups de bombe insecticide
Il y a la
        Foutaise
        Ce cri de victoire
Sur les forces occultes du silence

Car une peau de femme
Est un conte inattendu
Que les savants du monde entier
Ne sauront jamais déchiffrer

Aujourd'hui
Nos chemins de traverse
D'Abidjan à Koupéla sont recouverts
De cendres et de larmes
Le revers de la poussière de brume qui part
À la chasse au bon grain et à l'ivraie
Nos chemins de jeu avec leurs haltes improvisées
De Bouaké à Korhogo de Ferké à Bobo
N'étaient-ils qu'un leurre

Aujourd'hui
Les yeux du Pays ont peur des herbes folles
Il faut les arracher au plus vite
Il faut couper au carré
Il faut mettre le feu aux cendres
Afin que la jachère perde à jamais le lien
De la sève nourricière à la terre sans frontières

Extraits de *Il n'y a pas de parole heureuse*, Le Bruit des Autres.

Sur le chemin de ta vie il y avait
Lézards tracés comme une main sur
Le sable innombrable corps préhistoriques
Égarés dans la brume matinale c'étaient
Des dinosaures gardiens de la Loi posés
Sur le sable comme des vigiles entre le
Passé simple et le futur

Et sous tes pas le sable de la terre sans eau
L'air sans vie peuplés de missiles comme
Des fossiles nucléaires quelque part dans
Le désert aux fleuves de fuel insondables
Comme des passions humaines

Pendant ce temps ton pays ton beau pays est
Un vacarmeun fleuve une tempête ton
Pays ton beau pays un tam-tam une fête
Une marche immense à reculons

Sur le coup de midi tu entames ton périple
Sans fin tu descendras comme un ovni
Sur cette terre qui te tient pour un objet
De musée sans nom alors tu descendras
Sur cette terre comme un messager des
Galaxies-avenir comme un cerf-volant
Au milieu du Labyrinthe

Alors tu viendras comme une pluie
Matinale tu viendras avec tes mains
Souffle de nuages avec tes cils arc-en-
Ciel tu viendras troubler la fête
Des maux toi l'inattendue de l'espace
Inhumain toi qui n'es pas encore Toi
À la rare densité

Viens ! Il est temps de t'évaporer viens !
Traçons le lieu de ta présence l'espace de
La transmutation immédiate des nombres
Rationnels des équations planétaires des
Jeux politiques des passions préhistoriques
Voici le temps de la métamorphose vers la
Vie majuscule avant que la Terre ne parte
En fumée quelque part dans ce désert
Mémorable l'horizon sans fin du cerveau
Inhumain

Extraits de *Grains de sable*, Le Bruit des Autres.

LES RÉFUGIÉS

À
Emmanuel Dongala,
Théo Karabayinga,
Abel Kouvouama.
Pour
Mélanie la Rwandaise,
rencontrée en mai 1994
« sans pays fixe ».

Car chacun de vous m'a conté les atrocités de la guerre hors de tout cinéma.

L'heure de la fin du siècle avait sonné
Et nous inventions les jeux de la préhistoire
Avec les effets du septième art
Ici tissaient les guerres des ribambelles de morts
Comme pour saluer le siècle
    De la volonté de puissance
Là-bas dessinaient les puissants
À grands traits de l'avenir du monde
Mais nous ne sommes pas au monde
Ici nous implorons le silence des morts
Afin que le cinéma découvre sa vérité en Afrique

*I*ci court le soleil les rues de misère
Mais combien de temps nous faudra-t-il dérouler
Combien de nuits en plein jour
    Sur la blessure de la guerre
Combien de silences nous faudra-t-il déclarer
Parmi nos rêves nomades réfugiés
À la frontière de l'émotion délaissée

*L*a parole fête sa victoire sur le mur du silence
La parole s'ajoute à la parole
Comme le fil embrasse le fil pour tisser
Le pagne de la vie commune
Ici part en lambeaux le sourire de l'hôte
Comme les pétales de la guerre
Effeuillent la marguerite de l'amour

*C*ar le temps passe mon frère mon ami
Mais combien de temps nous faudra-t-il arracher
Des mains de guerre infinie
Afin de construire cœur par cœur
La citadelle de l'Humanité

*N*ous avons apprivoisé
        La marche qui accompagne
Sur le chemin de l'exil impromptu
Nous avons érigé le soleil et la lune
        En guides éclairés
Parmi la faune et la flore
Où nous traînons nos blessures intarissables
Là-bas tombent les obus sur la ville des fauves
Et nous comptons nos pas de nulle part
D'ici vers un ailleurs sans lendemain

*N*ous étions des milliers de poussières
Pulvérisées à l'entrée de la nuit
Nous étions le camp des réfugiés
Une joie de pacotille nouée à la place du cœur
Éclairait le chemin rocailleux de nos vies de terre
Nos ancêtres buvaient nos paroles éphémères
Au rythme des vins et des danses d'ailleurs

*I*ls avaient des noms
        Venus des rives du jeu d'enfant
Ils étaient des héros de dessins animés
Ils traversaient des montagnes de chair humaine
Qu'ils réchauffaient
        Au feu de leurs armes immondes
Ils construisaient des ponts de têtes
        Et des bras détachés
Des ruelles de cervelles
Ils inventaient des rizières de sang
Alors ils passaient impassibles
Afin que la Terre entière leur tresse
Des couronnes de gloire éternelle

*N*ous admirions encore le périple du soleil
Inventeur des saisons arpenteur du temps rieur
Les rues de nos pas
        S'emparaient des avances de la nuit
Qui distillait les heures

En grains de sable multicolores
Les murs de vents
Gravaient aux couleurs de la guerre
Le restant de nos énergies rescapées
Des entrailles du monstre rampant

Alors le sang de la nuit nous auréolait
De ses bouquets de lucioles-étincelles
Car nous avions semé des paroles de vie
Et nous récoltions des poussières d'étoiles
Nous étions des femmes et des enfants
Livrés à l'air de la faim
À qui nous avions tout sacrifié
Jusqu'au dernier sourire
Qui cachait encore la nudité de nos yeux
Ne restait que la lumière des poussières d'étoiles
Seule confidente de fortune
Distribuées par Dieu sur les chemins de nulle part

Extraits de *Il n'y a pas de parole heureuse*, Le Bruit des Autres.

Paul Dakeyo

CAMEROUN

Paul Dakeyo vint avec une fougue extraordinaire renouer avec vigueur avec les poètes de la deuxième génération de la Négritude. Sa poésie, passionnée et virulente, dénonce inlassablement l'oppression au nom de la liberté. Très marqué par l'apartheid en Afrique du Sud, Dakeyo est le poète qui a inlassablement dénoncé ce crime contre l'homme en terre d'Afrique. Ce n'est pas hasard si *Soweto, soleils fusillés* est préfacé par Mbeki, l'actuel président sud-africain. La poésie de Dakeyo est un cri : celui de l'angoisse et du désespoir de la jeunesse africaine. Si sa poésie est donc révolutionnaire, elle ne tombe pas dans les clichés ou les slogans : l'écriture est maîtrisée, animée d'un puissant souffle, avec un véritable univers poétique. Son mot d'ordre : dynamiter tous les espaces carcéraux dans un impitoyable chant d'accusation ; ce qui ne l'empêche pas de parler de ses douleurs, « des femmes où il a mal » avec un lyrisme certain.

Docteur en sociologie, Dakeyo est également éditeur (Silex, Nouvelles du Sud). Il est né le 18 février 1948 à Bafoussam au Cameroun.

J'appartiens au grand jour
Avec ma parole fidèle
J'appartiens à ma terre
Avec mon chant qui résonne
Par les rues silencieuses

Avec le soleil porté sur ma tête.

Je veux la force des vents
Dans la profondeur de ma terre
Contre les assassins de mon peuple.

J'ai cherché ton souffle
Jusque dans les entrailles
De ma terre vorace
Portant au fond de moi
L'écharde de l'exil
Mon univers constellé de meurtres.

Je reviendrai comme une lave bleue
À l'aube parmi les récifs
L'essence de ma parole dressée
À la dimension de mon souffle
Sur mes pieds calleux
Par-dessus tes montagnes feutrées
Avec des mains qui referont le jour.

J'ai joint mes mains terreuses
À l'insomnie virile
De ma terre devant l'aube
Et ma parole chargée de souffle
Et de villages clairs debout
De symboles de lucioles
Et d'air parfumé de flammes
A surgi de la grande nuit.

Je me saignerai jusqu'à la moelle
Comme un fier palmier du Sud
Dans l'indifférence altière
De ton égoïsme larvaire
Assumer mes nuits sans sommeil
À l'ombre de ton humeur.

Je sortirai de la nuit lente
Et avec moi l'homme
Les morts sans sépulture
Avec leurs seuls profits
Comme des frises élancées
Sur les rives du temps.

Je pleure quand tu meurs
Avec l'inflexion de ton rire acéphale
Qui me frappe de son épaisse larme
Avec l'impulsion essentielle de l'homme
L'exode indicible
Avec ta gueule si abjecte
Le long de la terre profonde
Chargée de chaînes

Je prendrai l'instant à bras-le-corps
Hors de l'insoumission glaireuse
De la nuit qui trame ma peine.

Je suis ton homme
Rebelle couleur de la nuit
L'étreinte chaude qui torture
Le silence.
Rien qu'une étreinte du soleil
Qui appelle le jour
Je suis ton homme
Rebelle couleur de nuit
Qui porte l'horizon clair.

Je cherche l'or de ton profil
Le sourire
La foule
Qui reviennent dans mon chant
Comme le pollen qui traverse
Les sillons avant de féconder
Comme le silex qui traverse

La nuit
À travers les contrastes viscéraux
Comme le ressac qui gifle
Ma terre en silence
Avec des mots triturés
D'abus et de délits.

J'ai vécu mon enfance
Dans les rues délabrées du Sud
Frappant de porte en porte
Au fond de la nuit éternelle
Traversée de cris de part en part
Insurgé
            Contre l'espace équinoxe
Parlant seul à moi-même
Avec ma peur inexacte

Je suis un long cheminement
Où la forme rythme
Les pulsions du vent aride
Je suis forêt avec mon ombre
Je suis air racine mousse.

J'ai flirté avec le sable clair
De nos plages côtières
À l'ombre de ton image
Dressée de mille soleils
Et dans la multitude de mes rêves
J'ai parlé à l'arbre cossu
Et aux pierres millénaires
De nos montagnes rebelles
J'ai parlé à l'arc-en-ciel
Qui porte mon chant
À l'océan, l'aube, l'histoire
Au jour chargé d'espérance.

Je suis un autre homme

Mais même le ciel
Dans une autre géographie
Je suis le silence débridé
La parole par-dessus les mines
Le fracas qui brise l'aube
À la cime de ma ville.

Je veux donner rendez-vous
À la tempête
Avec l'angoisse qui se dresse
À la charnière du jour.

Je veux entendre chanter
Mon peuple
Mon peuple oublié
Aux quatre coins du monde.

Et toi ma terre amalgamée
À la misère
Je porte ton refus
Hissé virilement à hauteur
D'homme
Face à la nuit qui t'enveloppe
Dans son linceul de nuages
Avec l'éclat du jour fier
Avec tes pas qui vibrent
Dans mon âme incertaine
Comme un chant d'hirondelles
Au crépuscule sur les oriflammes
De l'horizon
Découvert
Libre.

Extraits de *Chant d'accusation*, Éd. Saint-Germain-des-Prés, 1976.

À Soweto
Le vent a gercé l'espace
Comme un long solstice
Et mon corps las
Et mon rêve traînant
Inlassablement mon angoisse
De porte en porte
Mais voici venu l'instant final
Où mon cri s'additionne
À ma douleur
Et brusque la nuit
Et brusque le silence
Nos fraternités saignées
L'absence l'absence
L'immanence
De nos interrogations
Éternelles
Mon chant escaladant
L'aurore primordiale
La rigueur l'exigence
Mon chant de forces vitales
Et de feu substantiel
Mon chant
Au creux des journées
Pétri de matière initiale
Mon chant
De l'aube originelle.

Que seul parle mon poème
Viscéralement fraternel
Et non plus les bruits
De la nuit excrémentielle
Et non plus les mots

Les mots éméchés
De la haine
Qui ceinture mon âme

Et nous reviendrons
Avec nos fleuves secrets
Pleins de jour
Et de lumière

Nous reviendrons
Changer de géographie
Et parler à la nature
Lui appartenir sans mesure
Comme un immense baiser
Comme l'eau le silex dur

Nous reviendrons
Revêtus de tempêtes
Avec les vagues et les pierres
Et la terre debout

Nous reviendrons
Mettre des noms
Sur les tombes anonymes
Pour affronter la nuit
Avec le vent
Infiniment pur

Nous reviendrons
Avec nos bras ouverts
Pour embrasser l'espace
Et le soleil déployé
Par mon chant

Nous reviendrons
Avec tant de non certains
Avec mille couronnes indicibles
Avec la joie le pain

Et la parole
Habillée de fraternité

Nous reviendrons
Sans trêve
Là où notre peuple a plié
Là où Son Excellence a fusillé
L'homme
Dans la nuit le silence
Nous ressusciterons tous nos morts
Et ensuite
Nous rebâtirons la cité
Avec l'amour
Sans symétrie ethnique
Sans castes
Sans souffrances
Jusqu'à ce que la lumière
Ait la dimension
De nos longues années d'exil
De nos peines
Et de nos vies brisées
Entre aujourd'hui et hier

Mais que valent les mots, les mots
De ma peine couleur de brume
Et ma vie obscure
Comme l'espace déguenillé
De ma géographie enténébrée
Ma race oubliée
Ma race parquée
Et marquée le long de la nuit
Comme des bêtes sauvages
Les femmes seules
Pleurent leurs enfants morts
Seuls avant d'être nés.

Mais que valent les mots
Les mots de mon exil
Couronné de haine
Les mots de mon exil
Comme mes mains calleuses
Fouillant les profondeurs
Et mes yeux rouges
De larmes pestilentielles
Défiant l'espace
Et les murs, les murs, les murs
De ma terre asilaire
Mon chant pluriel et fraternel
Mon chant s'insurgeant
Contre la prison, les chaînes
Le silence
Sur ma terre mutilée
Mon chant
De rancunes
Et de colère.

J'écris pour l'aurore prochaine
Un poème de fleurs et de soleils
J'écris pour ma terre en ruine
Dont les montagnes fières
Éclairent le matin
Sorti de la nuit de l'abîme
J'écris pour l'homme
Dont le cri brise l'horizon
De mon hémisphère cellulaire.

Je marche seul
Seul avec l'air indéfinissable
Je marche seul
Sous le soleil mis à l'encan
Sur ma terre
Sous la lune
Le long de la grève
Semée de quartz
Je marche seul
À travers le vent de l'aurore
Comme mille flèches
Comme un volcan
Cheminant son écume
Sur le sable obscur
De l'espace insaisissable
Comme un chant de syllabes dures
Comme un chant secret
Armé de mon cri musculaire
Je marche seul
Sous le désert de ma terre
Semence séminale
Semence minérale
Je marche seul
Avec la permanence
De nos montagnes rebelles
Avec la cicatrice profonde
De la nuit

Et Soweto en marche
Dans le vent dans la pluie
Soweto en marche
Dans la nuit
Les mines le sang l'aurore
Le temps qui blesse le temps

Et les mots hérissés de ma haine
Qui montent montent montent
Comme d'immenses fusées
De feu, de forêts de métaux
Obscurs
Et mon peuple sans sépulture
Mon peuple seul
Maltraité le long de l'exil.

Je veux épouser l'aurore
Aux fastes de ma ville
Comme un souffle ardent
Qui porte le calice de mes liens
Déliés de larmes et de sang
Mon exil battu de sueurs
Et des mains d'hommes
Couleur de ma peine
Mon enfance de tourments
Qui traque l'instant ténébreux
Comme le vent pur
Qui me rive à ma terre.

*V*ous qui m'écrivez si bien
De Dakar de Lima de Boston
Envoyez-moi des bouquets de fleurs
Et dites-moi sur quelle terre
Me fixer comme l'humus
Paré de soleils et des vents
Un coin de terre
Où changer l'air, la géométrie
Et l'homme solidaire
Vous qui m'écrivez si bien
Avec des mots de pleurs

De sang, de trique
Maculés de mon enfance
Qui se dresse comme une écume
À l'horizon
Dites-moi sur quelle terre
Me fixer hors de ma ville grise
Semée d'épines vénéneuses
Ma ville hissée de révolte
Comme une pluie d'éclairs solaires
Sur les sentes de la nuit
Dites-moi sur quelle terre
Me fixer ce soir
Avec mon âme de solstice
Qui frappe à mes veines
Comme le reflux ténu
De mon sang volcan

Que vienne l'heure
Et dans ma demeure
L'entente seule
Qui se noue à ma taille
Comme un seing de soleils
Dans la nuit fusillée
Par mon chant
Qui se dresse
Aux dimensions du jour
Final.

Extraits de *Soweto, soleils fusillés*, Droit et Liberté.

Hamidou Dia

SÉNÉGAL

Docteur ès lettres, Hamidou Dia vit en Europe depuis plus de vingt-deux ans où il enseigne la littérature négro-africaine et la philosophie. Romancier, critique littéraire, conférencier et préfacier, il fut secrétaire de la revue québécoise *Études littéraires* et rédacteur en chef de la revue *Présence africaine*. Il est également romancier et représente l'association des écrivains du Sénégal en Europe. Hamidou Dia est le poète de la mémoire, du fleuve et de l'exil. Sa poésie est très enracinée dans la culture peul dans laquelle il a grandi. « Les remparts de la mémoire sont comme une barque glissant sur l'océan des douleurs. De l'enfance à l'âge adulte, le poète s'offre en gardien de la liberté et de la justice », dans un monde libre et fraternel.

Hamidou Dia est né le 29 août 1953 à Saldé, dans le Fouta, au Sénégal.

Je voudrais de nouveau fleurir
Sous le fleuve d'hibiscus
Et les sépulcres sacrés
Le passé oublié
Le long des ficus…
Fleurissant le murmure perdu
Des gazons émus du souvenir

***

Je voudrais de nouveau fleurir
Sous les remparts de la mémoire...
Fleurir à flots de rire
Sous les hautes racines du banian
Tapissant les rues sonores
La fragrance des lamantins

⁂

Fama Dikkel aux sourires de maïs
Je me rappelle
Tes cheveux insulaires
Le long des brumes
La ferveur silhouettée de tes pas
Tous les jours
Le rythme des graines hivernales
Sur le chaume des toits

⁂

Je me rappelle
Les rires cadencés
De tes perles d'abandon
La tendre complicité des vagues
Abreuvant la nostalgie des rivages
L'arpège du fleuve l'écho des falaises

⁂

Souveraine impératrice
Berce mon cœur écarlate
Primordiale Fama
Au rythme du fantang
Que je danse pour toi alaamari
Berce mon tressaillement
Mon premier clair de lune
Moi qui suis parti

Le premier
Où le fleuve est plus haut que le zinc
Habiter le diery me désaltérer au walo

***

Tu es ma fête
Amie frangée de lumière
Tu es l'aube rutilante d'un vol de colombes
Au printemps miraculeux de mes rêves

Je suis de Diaranguel-les-tamariniers
De Saka
Haraw
Helloum
Hélas
Je suis de béélel Sam Penda
De Toulel-kédélé
Des marigots qui bordent
La gloire de mon nom

Je suis de Diaray-Diamoulé
En moi chante Lamarana l'exquise
L'échine du soleil sur son dos, curvée
Pleurent en moi tous les pluviers
Les fleurs enceintes
Les hautes racines du banian
Dans la turbulence des paroles
Rebelles aux mots
Dédits mais dits
Et nulle main pour ramasser le verbe
En son épicentre répandu
Parmi la fureur des maux

Dans leur sarbacane étoilée

Voici l'enfant implorant à la mort
La pitié des vivants
Du chant du coq à l'appel du muezzin
Du Bosséa au Toro
Avec mes mains maladroites
J'ai ânonné mes joyeux hiéroglyphes
Pour sûr j'étais fort
Et mon émerveillement ravissait…
Promis
Je l'étais
Aux hautes feuilles de l'herbe mathématique
N'avais-je pas fait mon fagot
Des deux bois énigmatiques ?
Telle fut l'épreuve
Les preuves lettrées

⁂

Les chevaux se baigneront dans la Falémé
Plus jamais de jeune fille victimaire
Pour ses flots mugissants
Wooro Falémé où le vent cuivre toujours
Quand hippopotames et lamantins
Effeuillent les rosées du matin
Arrachent les étoiles au ciel
Culbutent les racines sèches de la lune

Les cauris danseront
La véhémence des tamariniers
À l'heure du zénith
Pour me rendre, claire,
La parole crépusculaire
Au seuil de l'ignition

Je n'ai jamais parlé que de
Ma souffrance
Jusqu'aux rives du sanglot

Comment dirais-je des maux
Le poids de l'angoisse
Quand tout rempart est forteresse
Toute nomination traîtresse
Comment déprendre le mot
De la concurrence des choses
Pour conforter au-delà des silences
Sans vaine métaphore
La fragilité des êtres

***

Tenir à distance de l'hérésie
L'œil courroucé du poète
Laisser
Aux mots
Leur initiative
Verticale
Depuis Babel
Et Nemrod qui blêmit
Hommage aux faiseurs de mots
Des mots durs des mots panthères
Des mots lions aux mots durs

Alors
L'oreille
Accoudée au cœur
Entendra
La sourde rumeur
Des paroles archaïques enfin

Et la pythie des temps burlesques
Délivrera son paisible oracle
Comme jadis dans Ghana ressuscité
Et la véhémence hirsute des pleureuses
Délivrera les seins aux mains nues
Du miracle du regard à la jointure des cous
Qui annoncent les séditions futures

La terre sera glaise bleue la latérite
Et ce sera le temps des mages
Et ce sera le temps des prophètes
Et ce sera le temps des sorciers
Pour caresser la croupe des savanes
L'enfance lyrique
Pour écouter la saveur ambroisée
Au loin les palétuviers
La surenchère du fleuve
L'assurance mâle des rivières
La brusque véhémence du jour
Dans une abdication crépusculaire
Pour qu'éclose le poème
Susurré à la lisière des oreilles
Délivrée de l'hypocrisie des nuits surfaites
Pour que soient reconnus les ancêtres prémonitoires
Partout restaurées les espérances oubliées
Et se déchire l'abrupte clairvoyance de l'ellipse

*L*e poète n'est pas une voix
Mais un désert de clameurs
Attentif aux échos aveugles
De ses propres vagissements
Pourtant depuis deux mille ans
Bon an mal an

Ce malentendu tragique
Lui fait croire
    À l'éclair des roses
    Au fard des lèvres
    À la transfiguration des lamantins

Plagiaire de l'Éternel il pleure l'instant
Dans l'infini de son irrévocable solitude
Quelquefois
La soudaine intrusion
De quelque regard oblique
Le fait tituber d'espérance
L'exalte de la boursouflure des remparts…

*S*ur les remparts de la mémoire
Le poète atavique ne sera pas
Oublieux
Des lustres d'anti-mémoire
Qui fulgurent sous le terrorisme
Des flamboyants
Mais au seuil du passage
La brisure…
Et se brise le miroir de la métamorphose
Future
En ma résurrection prophétique
Au-delà des temps
L'éternité aux abois
L'instant aux semailles
Et encore au-delà
L'aride turgescence de mon entêtement

*F*antômes qui peuplez ma mémoire
D'arc-en-ciel
Gardez-moi des rainures de marécage
Des gazons et des fleuves
Que je grandisse
Dru
Sous l'éclair des flamboyants
Sous l'ombre bleue des kaïlcédrats
À l'abri des remparts de pierre
Que je recueille
Entre mes mains argileuses de terre battue
Le bouquet multicolore
Des cœurs en gésine
Que je m'envole
Ivre de paix et de liberté
L'âme joyeuse
Vers la prairie des visages qui m'attendent...

Je bannirai
Demain
De la plus intime racine de mon cœur
Tous les tam-tams de jadis
L'enchantement des rythmes
Qui me retinrent captif
Je bannirai de l'horizon de mon regard
Tous les masques rétifs
En leur impassible forclusion
Pour la fécondité sans rémission
De mes veines jugulaires

Je détruirai les remparts patiemment tissés
Dans le cœur des hommes
Je ferai de leurs mémoires tyranniques

Des auvents de basalte pour soleils futurs
J'étancherai ma soif à la source de mes fleuves
Dans la confluence bleue des mers de patience

Demain la surrection fertile
Des nouvelles mémoires
Tracera le cercle vert
De mes rouges espérances
Comme autant d'épousailles véridiques
De toutes les fleurs telluriques
Bouquet d'or des fiançailles à venir

Extraits de *Les Remparts de la mémoire*, Présence africaine, 1999.

Mamadou Traoré Diop

SÉNÉGAL

Pétri de culture et panafricaniste convaincu, Mamadou Traoré Diop est venu très tôt à l'écriture. Ancien secrétaire de Doudou Diop, il fut parmi les premiers fondateurs des centres culturels africains. Il est également secrétaire général de l'Association des écrivains du Sénégal, membre de l'Union des écrivains afro-asiatiques. Sa poésie, à l'image de celle de Paul Dakeyo, est une poésie incandescente, somptueuse. Elle est un cri continu de révolte et d'amour, avec un sens certain de l'image.

Né le 14 mai 1944 à Dakar, Mamadou Traoré Diop est actuellement le conseiller culturel du président de la république du Sénégal.

MÉMOIRE DES TAMBOURS

Je veux une terre
Où solidement planter mes pieds d'homme
Une terre avec des lambeaux de soleil
Où tisser l'arc-en-ciel
Sur la marche des plages lumineuses.

Sans gris-gris ni tambour
Je serais vraiment sans dieu
Je serais une pierre avec dans ma tête
Le poison tenace de vos parchemins
Je veux briser mon cœur artificiel
Voyez j'ai convié tous les peuples au festin

Je viendrai avec mes pieds nus et plats
La tête bourdonnant du chant de l'offrande
Je viendrai avec dans les mains
Le sang de la tribu.

Ni barbe ni queue
Mon sang est nouveau
Je suis refus.

Pourquoi le pain
Pourquoi le vin
Pourtant je veux croire
Dire ma prière sous l'arbre-gardien
Dans le sang des poulets.
M'a dit le sorcier aux yeux-foudre
Mon dieu est noir
Son trône est caché là-bas
Dans les profondeurs de mon Afrique.

Ce soir je veux retrouver mon dieu
Dire ma prière sous l'arbre-gardien
Dans le sang des poulets

***

Et me parviennent des voix.
On dirait la flûte des dieux au fond des bois.
Mon cœur dans l'ombre exulte.
Et c'est la pluie des étoiles sur toute la terre.
Ah me remonte le rêve
Comme l'hymne profond des fils du lion !
J'ai la fièvre jusque dans les reins
Et je me rappelle !
Je me rappelle le flambeau des marches graves
Et les tambours majestueux
L'océan des fastes

Et le sang
Et les chants
L'ombre secrète des dieux
Dans le mirage
Des temples du soleil.

***

Le serpent réclamait le sang
Sous l'arbre-gardien
Sang pour la soif des champs
Sang pour la soif des bois
Sang pour la joie
Sang pour l'amour
Sang pour tout le clan.

***

Et l'ancêtre rôdait autour du village
L'enfant dansait dans le cercle des pythons
Et le caïman parlait à la jeune fille
Dans le murmure des nénuphars
Ah l'amour dans la fécondité des moissons !
Feu et chants au cœur de la demeure
Dans le foisonnement des tambours.

Manière de sauvage
Le fétiche au centre du village
Manière de sauvage
L'ombre de l'ancêtre autour de la demeure
Les pas de l'enfant dans le cercle des pythons
Le caïman sacré au bord du fleuve.

Manière de sauvage
Le culte vieux de mille ans
Et la voix du sang

Et les feux
Et les danses

Manière de sauvage
Le tambour au fond des bois
Ah manière de sauvage
Le cri primordial
À l'ombre trouble des gris-gris !

***

Au nom du Christ
Vous avez porté la main sur le dieu de notre foi
Et violé les gardiennes pacifiques du Temple
Jeté la foudre de vos canons sur les pas de l'ancêtre
Et brûlé le cercle des pythons
Et fusillé le caïman sacré
Vous avez coupé le lien séculaire
Exploité la tribu
Et réduit en esclavage les hommes de bonne volonté
Vous avez interdit le tambour
Et vos lois ont proscrit le sorcier
Ah plus de paix !
Pas même une messe mandingue
Pour le repos des mânes !

***

Peuple révélé
Qui avez porté Amma
Comme ces frères Bantous
Le grand Zimbabwe
Et comme les fils d'Égypte
Qui avez lancé le cri primordial
Au matin de la faune et de la flore
Dans le souffle viatique du soleil

Vous qui avez gravé l'amour sur la pierre
Et chanté l'espérance
Dans le chant rituel de la peuplade
Vous êtes la voix de l'opprimé
Vous êtes les damnés de la terre.

***

Et l'immaculée
Chantre et Prêtresse
Maîtresse des crépuscules fiévreux
Quelle autre voix a étouffé ta voix.
Tu n'as plus la grâce des gardiennes du soleil
L'on t'a ravi la féminité des maîtresses de ballets
Tu n'es plus la flamme
Dans la nuit des mânes
Quel poème rituel scander
Sur la fuite des crépuscules
Quel dieu porter en triomphe
Sur nos tristes épaules
Pleure le désespoir sur ton cœur meurtri
Pleure le silence que l'on enfonce
Dans la gorge des sanctuaires
Pleure ô toi ma sœur
L'arbre séculaire se meurt
Pleure
La chute d'un grand dieu nous angoisse !

***

Pleurez la fuite du soleil
Que l'on assassine
Le temple écartelé
Dans l'étouffement des dieux
Ils ont volé le fétiche
Pleurez le fusil dans vos entrailles

Que l'on déchire
Et vous tambours des Initiés
Tambours des sacrifices
Pleurez sanglotez
La bible vous assassine !

***

Par le culte du serpent
Par le crâne blanchi du Vautour
Par le chien enseveli sous l'arbre-gardien
Par le verset du Sorcier aux yeux-foudre
Libérez Amma !
Sur la terre froide
Sur la terre rouge
Sur le tabouret des sacrifices
Sur la marche du soleil
Brisant la chevauchée des mânes
Libérez Amma !
Toi aussi tu as porté la croix
Dans le sombre carnage des disciples fervents
Tu es le Christ
Et tu es le sauveur Suprême
Toi aussi sois ressuscité parmi les crucifiés
Dans l'amour des peuples frères.

***

Tu as perdu tes yeux
Et ta mémoire est vide.
Tu n'es plus le dieu vertical à la taille de cynocéphale.
Tu es le masque bien ciré
Et qui luit tendrement
Le masque figé dans l'anxiété
Des salons climatisés.
Pour le marchand de bois qui ne sait pas

Que mon dieu est noir !

***

Tu ne parles plus le langage lyrique
Tu es plus muet que le tambour poignardé de part en part
Et tu es un dieu sans verbe
Et tu es un dieu sans pouvoir
Réveille-toi
Écoute ton peuple en prière au bord des enfers
Écoute la voix lointaine
Écoute la cloche des Temples
Debout ! Voici l'Afrique des crépuscules
L'Afrique des élans féconds
Écoute le souffle viril
Dans le sillage des tambours millénaires
Debout ! Guide-nous vers le jour plus clair
Salut Afrique mère !

***

Donne-moi de croire
Dans le cri du sang
Et le vin noir des palmes
Donne-moi de voir et d'entendre
Le cœur ouvert au soleil de la foi
Donne-moi de mettre mon cœur à genoux
Devant le vide de tes yeux ô mon dieu !
Ceux-là qui inventent le cauchemar
À la lueur des torches de violence
Et jettent la foudre au crâne des ancêtres
Ceux-là sont fascinés par le cri du fétiche…

***

Ah de nouveau les fibres de la terre
Aux accents des tambours de bronze !

Voici le souffle qui remonte des crépuscules
Ah l'oubli des années de solitude
Et paix sur le visage de notre soleil
Dans la sève des bois lyriques !

⁂

Protège la faune et la flore de mon Afrique
Crache le tonnerre sur les têtes hostiles
Donne-nous l'âme des Almamy
La raison des grands refus
Ah les chemins de l'honneur
Dans la rigueur des Bâtisseurs des nations !

⁂

Et pauvre le fusil
Et pauvre la bible
Et pauvre la tête de l'étranger
Salut Afrique mère
Et paix sur le chemin des continents !

⁂

Tu reviendras parmi les paillotes
À l'ombre des buildings
Le chemin sera de soleil
Sur la marche des aurores
L'homme qui sait redira le message
Dans le chant rituel de la peuplade
Le tambour ressurgira des profondeurs
Nous rebâtirons le Temple
Dans le schéma des rêves grandioses
Nous referons la tribu
Dans la flamme des crépuscules
Il y aura les processions
Il y aura des incantations

Afrique des élans féconds
Afrique des racines profondes
Nous prendrons le bain viril
Dans les sources originelles
Afrique mère dans la montée des sèves !

Ouagadougou, septembre 1966.

Extraits de *Mon dieu est noir,* N.E.A., 1975.

À la mémoire d'Ernest Ouandié, chef de l'Union des populations camerounaises, exécuté par l'État camerounais.

Ce soir
En pays bamélíké
Sous le ciel blafard
De nos soleils truqués
La marche
Des pelotons
Serviles.

Dakar, 1971, inédit.

Noël Ébony

CÔTE D'IVOIRE

Journaliste, fonctionnaire, rédacteur en chef de l'hebdomadaire international *Africa*. Comme David Diop, il n'aura publié qu'une œuvre, *D.é.j.à. v.u.*, qui le place tout de suite comme une grande voix, comme le poète le plus prometteur. La poésie de Ébony, polyphonique et symphonique, se caractérise d'abord par un extraordinaire travail stylistique qui n'occulte pas le propos révolutionnaire de dénonciation « des siècles meurtris » et des assassinats politiques constitutionnalisés en Afrique, sans faiblesse et sans compromission. Tous les poètes africains s'accordent à reconnaître que Ébony est une forme de génie qui aura traversé la littérature africaine comme un météore.

Né en 1944, à Tanokoffikro, en Côte d'Ivoire, Noël Ébony est décédé, dans des circonstances encore non élucidées, en juillet 1986 aux Mamelles de Dakar.

(QUELQUE PART) cette afrique n'est pas afrique n'est pas afrique cette afrique miroir mirages de toutes les ombres de tous les zombis au-delà où se projettent les désirs insoumis parade de putschs paraphrase de discours qui se cassent la gueule cette afrique est sombre son histoire est nôtre (apprentis) sage tapisserie du temps dur exercice du sang sacrifice humain parole infernale afrique miroir brisé bris collé rêver de soi de toi parler d'amour aux éclairs dire ses noms à l'étoile gifler les tanks à la volée penser les cibles on y perd son savon (à blanchir un nègre) on y perd son rythme (à danser avec un toubab) danse de ce continent perdu désaxé pantin cette afrique occidentée accidentée je dis ailleurs que je suis venu dire qu'à se libérer par les armes de caliban l'on n'y gagnera que de nouvelles chaînes (l'esclave est son maître le pire) cette afrique n'est pas afrique pas afrique est miroirs mirage rage (QUELQUE PART).

Nina, quelque part, Notre Librairie, cité par Lilyan Kesteloot.

*N*ous avons écrasé sous nos pas
Les millions de bornes qui nous séparaient du jour
Portant dans nos bras chauds la tribune apaisante du soleil
Nous
Tempêtes anonymes
Franchis les siècles et les terreurs
Le mépris et l'exil
Nous revenons à l'histoire
Témoigner de notre soif et de notre faim
Pendus les pleurs les peurs
Pendus la honte des pogroms
Pourquoi ne fera-t-il pas jour
Passée la nuit

*N*ous
Tempêtes anonymes
Les grilles de la nuit se sont refermées
Sur nos colères et nos humiliations
Arrachons à notre volonté la vie qui coule
De nos doigts ensanglantés

Et tuons
La mort
La virgule sera notre devise
Plus de vie entre parenthèses
Point de point final à notre parole
Virgule
Virgule
Rien que des virgules
Car
Nous
Tempêtes anonymes
Apportons la paix majestueuse
D'une vie de rire sans
Fin.

*N*ous
Tempêtes anonymes
Évadées des poubelles de l'histoire

*C*hargées de tous les rires
De toutes les lumières

*N*ous réclamons l'écho de notre voix

Alors l'homme se baissa précautionneusement
Rassembla les débris de verre éparpillés
Qui portaient chacun un poème inachevé
Un chant dont la mélodie vous le disais-je
Resta prisonnière de l'âme rebelle désormais envolée

L'homme serein
Celui à la voix d'airain
Qui brisait le désert
Faisait jaillir de sa bouche d'or
Le fer
Et montrait du doigt
Les dévlop-peurs dépeu-pleurs bri-colères
L'homme à la voix brisée
Celui qui passait notre mémoire en contrebande des décennies
Re vassalisées
Redévalisées
Redéboisées
Refroidies
L'homme aux mains irréelles transies de pouvoir
S'écroula et
Ne s'éveilla point

Les poussières de l'homme à la voix forte et calme
Furent éparpillées à travers les contrées
Où son nom pût signifier
Afin que tous comprissent

Que l'accroupissement demeurait la seule alternative
L'homme
(celui qui parlait de la sérénité des jours)
S'étala de son corps asséché
Sur les mains offertes à sa bénédiction
S'insinua par les pores

Portes ouvertes
De ses neveux orphelins
Pour subvertir les âmes anémiées
L'homme
(qui parlait des jours que l'on mène-t-à-l'abattoir)
S'anamorphosa
Pour devenir
Loin là-bas
Une île au soleil dormante
Mais poète quel mérite étant île à n'être point mouillé.

Extraits de *D.é.j.à. v.u.*, Ouskokata, 1983.

Fernando d'Almeida

CAMEROUN

Journaliste, rédacteur en chef du *Cameroon Tribune*, critique littéraire et conférencier, Fernando d'Almeida définit lui-même sa poésie comme « une poésie de totalité, la voix de la conscience des générations actuelles, sans pour cela s'enfermer dans un cocon de racisme à rebours, car le temps en est révolu ». Senghor a dit de lui « qu'il avait cette vertu majeure des poètes qui est d'être en puissance d'imagination ».

Fernando d'Almeida est né le 19 juillet 1955 à Douala, au Cameroun.

LIMINAIRE

J'écris le mot Peuple
Sur les murs du monde
Pour que l'aube piégée
Par l'aventure des mots
Soit l'intégrité
Et la conscience autonome du poème
J'écris le mot enfance
Pour la fascination du lointain

J'ai toujours marché
Sur l'asphalte des rues
Pour atteindre l'ailleurs
Qui suscite l'inquiétude
Écrivant à l'écart des modes
J'ai toujours pris le parti

Des hommes qui épongent
En accord avec eux-mêmes leur souffrance

Je voudrais que mon poème
Se déploie lyrique
Au-delà des limites
De mon pays
J'ai foulé la rive littorale
De l'écriture et voilà
Que rassasié d'images
Je cherche les coordonnées de mon chant

[...]

Comme un homme de savane
Comme un casseur de cailloux
Je voudrais rameuter la subversion
Quand le poème s'accorde à l'envergure des choses
Je voudrais à l'heure de l'épreuve quotidienne
Extirper des entrailles de mon peuple
Le cancer du désespoir et de la misère
Afin que demain j'avance dans la démence de la parole

Comme un éclaireur du matin
Allant à la coupée des continents
Aujourd'hui mieux qu'hier
Je veux vivre au voisinage de mon peuple
À l'heure de la Conjonction du Feu et de l'Eau
Je veux m'avancer dans le vertige de l'écriture
Pour retrouver jusqu'au bout de la nuit
Les mots accordés à la rébellion

L'IMMUABLE PRÉSENT

Le jour renaît de ses cendres :
Déjà mes pieds s'enlisent
Dans les sentiers obscurs des ancêtres
Dans la nuit bavarde des générations
Qui se tirent la langue au coin du mépris

Je questionne la vie qui chavire
Auréolée de contradictions et de certitudes
Un oiseau ivre d'espaces
Ramène vers la terre le songe des cieux
Et le jour acclame ses prouesses

La solitude émerge du désert
Qui renouvelle les rites de l'espérance
Aucun rosaire pour égrener
Au chevet de cette nuit
Qui est écluse ouverte à l'angoisse

Mais dans mon regard pétille l'illimité
Et j'invente au relais des saisons
Les mots qui désormais s'accorderont
À la vie accoudée à l'arpent du réel
Pour à souhait enlacer l'imaginaire

Ma bouche maintenant s'adresse
À la terre rêveuse des contrées fertiles
Car depuis qu'en moi
L'exil a su prendre corps et esprit
Je chemine vers l'ardeur de mon peuple innombrable

Extraits de *L'Espace de la parole*, Silex.

DEPUIS TOUJOURS DÉJÀ

J'atteste. Depuis toujours déjà
Nous n'avons répété
Que des mots de clarté
Pour dissiper l'amertume des rues
Et redonner espoir aux peuples
Exclus de l'orgueil de vivre

Natifs de terres exténuées de sorcellerie
Nous avons hélé nos divinités
Et dévêtu nos ancêtres
Près d'un fleuve outré de chimères

Et toujours à notre bipolarité courons-nous
Pour prendre pied dans la Transcendance
Et réinventer le lieu où se fragilise la vérité
À l'homme acquis à l'angoisse de l'en-aller

Nos mots suspendus dans l'évidence
Ont longtemps fait naufrage dans la durée
Quand le jour vendait
À la criée ses certitudes figées

Et le temps gisait sur la latérite
À deux pas de l'éphémère

HARANGUER L'ESSENTIEL

Je veille au perron des mots
Et des images ravinées d'insolite
Un oiseau crie mon nom dans les prés
Tandis que sanglote l'instant

Terre où tant de fierté s'exprime
Il est tard pour tenir entre les mains
L'arrière-vécu qui grommelle dans les mangroves
Il est tard pour laisser les mots émigrer vers l'absence

Mais de s'en aller seulement est-il temps
Quand les nourrices du songe se vêtent
De braises pour éclairer nos sentiers grenus
Nous laissant à nos pensées sans lit

Depuis que les patriarches du regard
N'affrontent plus l'orage des générations
Que de choses remises à plus tard
Ont longtemps retenu notre muette adhésion

Parce que les mots ne savent plus
Danser sur la page maculée d'énigmes
Ni tenir en haleine ceux qui se maintiennent
Au fût du langage pour haranguer l'essentiel

ÉGRENER L'EXIL ET L'AILLEURS

*M*ais il n'y a que dans l'embrasure du jour
J'égrène l'exil et l'ailleurs
Ayant repris aux gardiens des temples
La torche du migrant
J'épouse l'écriture heurtée du poème

Mais il y a aussi qu'il me faut
Nouer l'écrit aux pistes des devins
Afin de retrouver un jour le relief
Des choses et des êtres
Qui s'accommodent de l'éclaircie du temps

Désormais en friche sont les mots
Qui gouvernent la terre retournée
Voici l'essentiel jouxtant le poème
Hagard il n'a pu s'établir
Que sous la pierre veinée du jour

En ce lieu privé de dogmes
Se greffe l'inaugural poème de l'Immense
Chaque poète s'accorde épiant la nuit et le jour
Chaque poète s'affirme près du foyer morganatique

Extraits de *L'Arrière-Pays mental,* Écrits de la Forge.

Kiné Kirama Fall

SÉNÉGAL

Kiné Kirama Fall n'a jamais fréquenté l'école française. Comme Sembene, elle est une pure autodidacte. Son premier recueil, *Chants de la rivière fraîche,* l'a subitement révélée à un public ébahi et charmé. Sa poésie, pleine de grâce et de simplicité, parfois mystique, raconte avec élégance les choses de la vie. C'est une poésie d'amour et de paix, de la terre et de la nature, une poésie de rédemption.

Kiné Kirama Fall, qui nous a quittés très tôt, est née à Rufisque, cette ville qu'elle a tant aimée, tant chantée.

L'ASSAUT DES VAGUES

*E*lles ressemblent à un vol de neige
Triomphant
Elles se tendent comme un hymne vers le ciel
Le grondement de leurs flots se rue
Cavalant et dansant
D'une cadence endiablée
Pour se calmer au bord du Rivage

Elles pénètrent le cœur du sable
Qui attendait comme une esclave son maître
Et s'en retournent en leur propre cœur
En leur propre corps, à la source des vagues
Elles s'en retournent en murmurant tout bas
Je laisse mon sourire courir sur elles
Et donne libre cours à mes yeux

Fascinés par leurs jaillissements

Vous faites vibrer mon cœur
Par vos chants intarissables
Qui pénètrent les coins
Où je garde ma lassitude

Dites-moi je vous en prie
Où puisez-vous le renouvellement
De vos fougues jusqu'au crépuscule
Je voudrais avoir mille voix
Pour répondre en échos à vos chants
Je voudrais mieux être
Pour chanter vos Gloires.

J'AI RÊVÉ DE TOI

J'ai rêvé de Toi toute la nuit
J'ai rêvé de Toi les yeux
Grands ouverts dans le noir
Étendue mon bras te cherchait
Je voyais partout ton visage
Et tu n'étais nulle part
Privée du refuge de tes bras
De ton corps de ta chaleur

Il m'écouta en silence
Il caressait le tronc de l'arbre marqué
Il caressait ses branches ses feuilles

J'avais envie de hurler
Donne-toi à lui
Parce que je porte cet amour
Pour lui depuis toujours

Il m'était aussi nécessaire
Que le cœur ou le sang qui coule
À travers moi dans moi
Sans que je puisse dire
Où était sa source

Depuis qu'il m'a prise dans ses bras
Depuis qu'il a embrassé ma bouche
Je le sentais renaître à chaque seconde

Entre mes bras
Il me murmurait
Pas un jour
Pas une heure
Pas une minute
Pas une seconde
Je n'ai cessé de penser à Toi.

TERRE BLESSÉE

Laissez-moi prier
De toutes les forces de mon être
De mon cœur de mon sang
Pour les pays du Sahel

Six millions de Nomades avancent
Rongés de famine jusqu'aux entrailles.
Vingt millions de bêtes meuglent
De faim de soif
Fouillent la terre
Les squelettes des côtes collées à la peau
L'herbe rare qui s'envole
Emporte leur plainte
Au vent passager

Et ils demandent où
Va le torrent de leur destin ?
Va-t-on les laisser mourir de faim ?

Inexistants misérables de misères
Ils ressemblent aux pierres dures
Secs sans vie
Pesants et lourds
Dans leur démarche de désespoir
Ils implorent comme suprême bonheur la mort
Tout le long du Sahara
De l'Afrique à l'Asie

Et
Impuissante je ne puis effacer
Chaque jour
Chaque douleur
Chaque plainte
Impuissante je suis

Dans la vie sans vie
J'implore comme suprême bonheur
Ô ma Gloire
Dans ces aubes futures où rampent
Des rayons de jours
Des murmures de l'eau qui tombe
Efface la fêlure de leurs sanglots
Inonde et mouille cette terre
Efface sur leur visage au regard perdu
Cette intense douleur
De ceux qui ne demandent plus rien

Après ces jours de misère
Nombreux comme les palmes
Fais, ô ma Gloire
De leurs nuits sans espérance sans joie
Qu'ils connaissent le bonheur et rayonnent

Comme l'éclat du Soleil de midi

Ô que l'eau soit
Que du ciel descende
La grâce des pluies
Que jaillissent puits sources et fontaines
Que boive celui qui a soif
Mange celui qui a faim
Que verdisse et fleurisse
Toute ma terre blessée
Ô Seigneur
Nos cris
N'éveillent-ils plus
L'écho de Ta miséricorde
De Ta pitié
Pitié Seigneur
Pitié pour ma terre.

Prends libre essor
Ô ma terre
Par-delà le Cosmos l'Univers
Mille bienfaits
Ô ma Gloire
Je t'implore avec l'énergie du désespoir
À l'Afrique à l'Asie.

ENFANT DE MON PEUPLE

Si tu pèses les querelles du monde
Tu verras qu'elles sont plus lourdes
Que les sables de la terre
Alors garde-toi
Pour l'amour de Dieu
De remuer des flammes

Pour des jours de misère
Quand la détresse égare ton cœur

Je voudrais être foudre et éclair
Avoir pouvoir de mettre
L'espoir où l'espoir manque
Ô Puissance du temps
Que tout respire en elle
Même l'herbe des cimetières

Après ton sommeil
Suivi de ton réveil
En tes jeunes années de croissance
Que profonds soient tes attraits
Ne pleure jamais
Mais souviens-toi seulement
Le Néant seul ne peut être
Mais toi tu existes

Ô mon Océan
Flamboie comme le soleil
Et que ton rayonnement soit
Dans les nuits de mes rêves
Je te façonne un seul cœur
Un seul corps une seule voix
Ô enfant de mon peuple
Je veux chanter toujours ton nom
Avant que les jours ne joignent leurs soirs
Dans toutes les langues
À toutes les races.

Extraits de *Les Élans de grâce*, CLE, 1979.

Nadine Fidji

ÎLE DE LA RÉUNION

Nadine est une voix de la génération nouvelle de la poésie féminine. Sa poésie est marquée par la quête des racines et le désir irrépressible de jeter un pont entre l'Afrique et sa diaspora. Lyrique, sa voix charrie les malheurs tus et l'espérance presque messianique d'un monde noir rédimé.

Née à l'île de la Réunion, poétesse, romancière, dramaturge, membre active du théâtre noir, elle vit à Paris.

LE VOYAGE DE L'ÉTOILE

L'homme blessé :

Là où palpitait jadis la fleur de lune
j'ai vu déferler de longues marées humaines,
elles avançaient comme des mers éternelles
résolues à retourner la terre,
obstinées à broyer chaque soleil imminent
qui naît dans le haut ciel.
Lovés dans leur cruel orgueil,
les hommes des deux rives
s'affrontaient, s'empalaient à coups de haches et de lames.
Deux peuples aux coutumes identiques
nés de la même fibre, du même élément
se sont laissé piéger par l'enfer de la haine.
Atteint au flanc par des crachats de plomb,
j'ai couru longtemps sur les pentes labyrinthiques,
près des lacs ballottés j'ai enjambé des morts

qui poussaient sur les rives en herbe dérisoire.
La terreur me poursuivait
mais je voulais atteindre la plaine étoilée de ton regard,
car avant de mourir, je voulais pour mémoire
entendre ta voix,
goûter à tes baisers,
et entendre l'écho de ton amour fidèle.

La femme :

Mourir ?
Mais nous avons promis de bâtir des mondes
et d'accoucher avec l'aurore des moissons embaumées.
Comment peux-tu, avec l'aube et la foi,
penser à mourir ?
Nous ne changerons pas hélas
le cours de ces vents répugnants
mais je sais qu'il sortira des champs
le germe d'un temps nouveau.
Le temps qui vient et qui s'en va
se déploie autour de nous
afin de souder nos deux mains
et la mort si cruelle soit-elle ne saura défaire ces liens.

L'homme blessé :

Ma tête déborde de ces visions de mort sans pardon.
L'odeur de la souffrance me fait glisser
vers cet abîme sans horizon
habité d'ombres noires aux rires crus et insanes.
Je ne verrai plus jamais il est vrai
ces roses blanches et rouges qui poussent dans nos jardins
et je ne boirai plus au sein blanc de la lune.
Le soleil qui nous épie est la prunelle d'un aigle
qui vient comme la foudre ébranler notre terre.

La femme :

Vois l'étoile émerger de la nuit
elle est l'esprit de l'âtre qui veille à la tiédeur du sang.
Flamme de la saison fidèle que la terre a perdue,
elle force les angoisses que provoquent les loups blancs
qui hurlent depuis des âges entre les bambous et les steppes.

L'homme blessé :

Le monde est ruiné
harcelé de germes d'épouvantes,
de haines attisées.
Des cendres innocentes de la mer et du ciel
je vois apparaître une âme perdue
sortie tout droit du froid,
rongée par des vers repoussants.
J'entends ses cris secs de branches assassinées.
J'entends parmi les sanglots forts des peuples au désespoir,
les pas cinglants de l'âme crucifiée
dont la vivante passion fut jadis la sincère liberté.

La femme :

Que dis-tu ?
Je ne vois aucune âme,
et je n'entends aucun bois pleurer la mort.
C'est la fièvre qui t'envahit et te fait délirer,
tes membres tremblent,
ta plaie ouverte scintille
comme le chancre d'un condamné à mort.

Le revenant :

Mes os sont brûlés par les feux forgés des violences infâmes,
le monde ou du moins ce qu'il en reste
est resté sourd à mes appels.
Guerres et combats entassent les vies
dos à dos sur les berges d'un silence noir,

prises aux prismes de l'orgueil
deux rives embrasées sont venues offusquer
la fierté du grand fleuve,
balafrant de sang pourpre son ventre ricaneur.
Mes cris, mes gémissements lunaires
reviennent au crépuscule pour crever la fourrure
de la bête inconscience
de peur que mon âme pourrisse dans l'oubli
et que mon sang serve à nourrir les pourvoyeurs de mort.
Mais sur la plaine gelée des haines reconquises,
quelle bannière renaîtra de ma mort,
puisque l'on crie encore gloire et patrie
en faisant tomber des corps.

L'homme blessé :

L'étincelle triche par-delà des collines.
Il y a autour de nous des tambours endeuillés,
des enfants étripés
livrés en pâture aux pluies et aux vents.
La guerre est une marée d'entrailles
qui possède un rire de vieil halluciné.
Je dis que mitraillettes, soldats
et toutes les armes répressives
rompent le monde avec lui-même
et le font vieillir dans une très courte distance.

La femme :

Viens,
je connais l'espace qui se confond aux songes
et qui appelle à la paix dans un dernier naufrage.
Il te faut boire la vie avec force.

L'homme blessé :

Les canons libérés,
le Soudan misérable,

Kosovo cerné de peur,
comment oublier l'enfer de ces morts inutiles ?

Le revenant :

La terre est vieille et froide comme une tombe stérile
les roses rampent sur des murs millénaires,
elles ne tiennent plus debout.
Les substances dans leur gorge ont un goût de poison,
l'insecte lui-même refuse de s'en nourrir.
Nous avons transfusé le sang de notre haine
dans les tiges tenaces des forces terrestres.

La femme :

Il ne faut pas perdre espoir,
l'essentiel est que nous soyons ensemble...
Viens avec moi, je te soignerai d'amour,
nous vivrons dans quelque ville intime et secrète
aux nuits longues rafraîchies de musique.

L'homme blessé :

Les murmures de l'agonie coulent dans mes veines,
même la science la plus grande ne saura me guérir.
Ma blessure est une croûte infecte, une tache d'horreur,
nourriture quotidienne des mouches funéraires.

La femme :

La spirale qui t'attire au fond de l'abîme
doit être combattue par un puissant courage.
Dans l'aube indécise et si noire est la nuit,
il te faut rester dans le pays des hommes,
fignoler avec rage et noblesse,
les armes qui serviront un jour à rompre les détresses.
Vois l'étoile,
elle brille sans limite pour l'ensoleillement du monde
autour de sa lumière s'incurvent les cornes aiguës

des maux et des silences
qu'elle a su, par sa belle résistance, réunir et convaincre.
Aux confins des cœurs las,
l'amour poussera telle une île dans la mer,
et fera reverdir ces vastes cités sombres
que nous avons détruites.

Le revenant :

Les aigles fleurissent plus vite que les arbres
je vois le ciel qui s'ébroue au milieu de rapaces.
Même après l'hymne de paix que tous ont chanté,
les flammes ont couvert les neiges du nord,
dans les plaines du sud
des étalons sauvages ont creusé dans le vent un passage de secours.
Il n'y a plus hélas une seule route que n'a souillée le sang.
Viens, quitte ce monde,
c'est une planète de canons déchaînés,
aux nations puissantes qui nient l'humanité,
et qui prônent le crime comme un bien fait aux hommes.

La femme :

Jamais la mort ne t'arrachera à moi.
J'allumerai tout le feu de mon corps
pour réchauffer tes rêves
et nourrir de lait tendre ton cœur qui s'éteint.
Car que ferai-je dans ce monde sans toi ?
Moi aussi je mourrai,
je labourerai la terre de mes os émiettés,
je serai prisonnière de mes larmes gelées,
que serai-je sans ta sainte odeur d'homme,
la nuit livrera ma conscience à des ombres affamées,
car d'un simple souvenir je respirerai ton parfum.
Reste dans la vie, pour l'homme et ses lumières…

L'homme blessé :

Ses lumières ?
Mais jamais la science n'a été si souveraine
que pour détruire le monde,
les inventions de guerre ne cessent d'être glorifiées,
la jeunesse dépérit, faible et solitaire,
la vieillesse a des souffrances
plus grandes qu'aux temps anciens,
jamais les veuves n'ont été aussi sombres,
et les drapeaux d'été aussi déchirés,
l'art dégradé pour avoir servi à peindre l'espoir,
et comme si la lumière cherchait à tuer la lumière
tout progrès n'a servi qu'à décapiter l'homme.
Ne pleure pas, c'est pour ne pas être enfant de la haine
que je choisis de mourir.

Voix off de l'homme blessé :

La guerre a mangé tous mes rêves.
Je suis l'arbre dépouillé qu'achèvent lentement
ces heures blanches et voraces.
Mais je ne veux pas gémir dans la boue de l'amour sacrifié,
et je préfère mourir plutôt que de maudire
ces frères de l'autre rive que j'ai jadis aimés.

Autre voix off :

Si intense est le soleil, il n'est plus qu'une légende
pour ceux qui glissent vers l'absence éternelle.
Nouez vos lèvres
comme le vent et la mer tressent leur désir.
Il est mort
et il part là-bas vers l'arbre du repos
dans la froideur de l'ombre.
Il chuchote ton nom, vos chansons d'insomnie.

Extrait de *Soleil coupé*, inédit.

GORÉE

Ma douleur est aux sources de mon exil
Il y eut sur cette île sang brûlé herbe brûlée
Et tout un ciel bleu chaviré en tristesse
Je fus un nègre sans vertèbres
Rampant parmi les timbres de mes os
Je puais l'odeur des comètes
Tellement je les priais
Car Dieu s'était soustrait de mes chemins
Il m'avait offert moi et ma denture parfaite
À leurs gueules obscures

L'île flambait rouge comme l'œil de Vénus
Sous l'ombre lunaire qui claquait comme un fouet
Ils mirent ma chair au frais dans l'impasse minuscule
Du cri et du chaos

Terre vent paradis de fruits amers
Il n'y a ici qu'une saison magistrale
Celle du sel et des falaises
Il y a la fleur noire
Voix des femmes peintes d'aurore
Qui chantent pour la poussière des morts
Et même si les mânes ne reviennent jamais
L'île est cernée de faunes violacées

Au pied du village tourné vers l'hymne de paix
Il y a tout un rivage de hontes sulfureuses
Un palais ardent de ciel et de lumière
Dilué dans la brume du nord et du désert

Tant de pierres baignées de larmes de désertion
Polluées de crimes
Mâchées par l'horreur

L'île sans le dire est cicatrice du monde

Personne ici n'a encore vu le ciel
On n'a fait que frôler des lueurs jaunes
Trop de branches entichées ont caché les blessures
La mort les tremblements de flammes
Menacent de tout détruire
Car l'île est habitée d'horloges obsédées
Par la conquête des dignités humaines

Il n'y a ici que jambes d'hommes
Pour rallier les chemins
Après ces temps si durs
L'île réclame enfin sa paix lunaire
Elle ne connaît ni mouvement de fleuves
Ni soir plénier d'étangs amoureux
Il n'existe aucune cité blanche
Aucune arcade maquillée de mystères
Vitres et façades sont de couleur d'Afrique.

Extrait du recueil *Timis*, Éditions Le Carbet, Sarcelles, 2001.

FEMMES D'AFRIQUE

*F*emmes d'Afrique
Femmes aux cils frileux
aux corps vernis
par la beauté du feu
Des lianes luminescentes s'emmêlent
sur vos routes d'infortune
Hautes comme des tours
vos souffrances dressées
tissent le berceau de la nouvelle essence
Préparez les boissons

Agitez l'oriflamme
La main du grand désert
tendue en charité
a pris en otage l'arbre fleuri
pour se faire écouter

Belles de nuit de juin
encadrées de l'été du jasmin
Vos lampes d'émeraude
dansent dans le vent
Et vos pensées furieuses
comme l'océan profond
éclatent en fleurs sereines
en corolles du soir
Fermez vos poings durs
Ouvrez vos yeux collés
Que la terre puisse se teindre
de vos lumières dorées
Une neuve matinée vous regarde en miroir
Un souffle nouveau embue la vitre
de vos maisons d'espoir.

Extrait du recueil *Timis*, Éditions Le Carbet, Sarcelles, 2001.

*I*l faut se fortifier d'avance, regarder derrière soi les champs et toutes les étendues merveilleusement vastes, en une seule goutte réunis…

Ainsi donc, êtres fragiles, pauvres individus, pauvres nègres, ainsi donc vous regretterez de ne pas avoir laissé vos têtes d'argile se dissoudre lentement dans l'eau acidifiée de leur pouvoir.

Et si le jour du jugement dernier est repoussé, si cela se produit, vous serez seuls à penser que la race humaine est noble, car vous serez seuls à y croire.

C'est dans sa fragmentation que l'homme entier se fait, car chaque fragment est une pièce du corps pris d'un infini vertige. L'ère de vie qui s'y dessine est immense, au point qu'elle vous angoisse et vous effraie... Et c'est cette peur qui blanchit tout : les murs, les gardiens, les autres prisonniers. Cette peur est le désert désolé du désir, du désir de vivre pour toujours...

À chaque report de mort, le prix de la peur augmente. Il est l'étoile de préséance qui se dessine claire et limpide comme un cristal où a osé entrer le minutieux insecte qui en a fait une pièce rare en y taillant sa mort...

Extrait de *Paroles d'un condamné à mort — Fragments I et II*. Récit poétique dédié à Mumia Abu Djamal. Éditions Le Carbet, Sarcelles, 2001.

Nayé Théophile Inawisi

TOGO

Membre de l'association Arts et Lettres de France. Originaire du Togo où il s'est établi comme professeur. Sa poésie est une poésie de l'exil où solitude, mélancolie et tristesse se mêlent.

Inawisi est né le 20 décembre 1953 à Boroda au Ghana.

AFRIQUE : MÈRE INFORTUNÉE

Mère Afrique
Toi dont les fils parlaient
Sous les lunes explosées,

Mère Afrique !
Afrique de la pierre secourable
De bienheureux fils vénérables
Afrique de la forêt des mystères
Où la nuit, flotte le souffle des Esprits
Les esprits de tes enfants morts
Qui ne sont pas morts
Où est-il ton visage d'antan
Ton visage éclatant
Ton visage de miroir ourlé de perles ?...
Je veux m'y mirer, Afrique
Je veux m'y mirer
Pour vivre aujourd'hui
Sous ton Soleil de plomb

Et marcher solitaire un arc à la main
Jusqu'à la plage lointaine
Où nagent malheureux
Dans les Eaux insondables
Tes enfants éperdus.

Mère Afrique !
Non, je veux le traverser, l'océan de la mort.
Non, Afrique !
Crie mère infortunée ;
Souffre ton amertume de Roche
Et ton cœur de fiel
Lève ta tête, Afrique,
Et regarde à l'horizon
Monter cet océan de houle
Où sombre la barque de mes pères.

Extrait d'*Anthologie de la poésie togolaise*, Akpagnon.

Albert Issa

NIGER

La poésie de ce Nigérien est dominée par la fascination du désert. Souvent allégorique, elle charrie fantasmes et rêves. Albert Issa se veut chantre de son pays et de l'Afrique, surtout l'Afrique du Sahel soumise à toute sorte de calamités naturelles.

Albert Issa est né en 1943 à Zinder, au Niger, où il vit.

SAHEL

Cordon de terre du centre de l'Afrique,
Toi qui m'as reçu dans ton nid, emmailloté,
Et caressé par un bout de ton feuillage,
Je t'ai vu décrépir de tes fleurs
Et l'amour s'éteindre en bourgeon.
Impuissant, je t'ai pleuré.
Jadis vert,
Le vent issu des naseaux du désert
Fait sécher les feuilles et flétrir les herbes.
Ta peau pelée porte encore quelques arbres rabougris
Témoins de ta gloire d'antan.
Une paysanne aux pieds nus,
Accablée de marche et de fardeau,
Se repose sous le maigre ombrage
De tes timides piquants.
Ton sol dépecé se coiffe par endroits
De touffes et d'arbustes chétifs.
Triste sort que le tien !
[...]

Partout ce sont monceaux d'os blanchis
Et cadavres frais, dont les vautours
À cœur joie foncent sur leurs proies.
La misère se sème partout,
Terrifiante image d'un tout.
Est-ce là le fruit d'une dévotion altière ?
Est-ce là le châtiment d'un crime souterrain ?
Mais le ciel clément,
Le Saint-Siège du Tout-Puissant
D'où les étoiles t'apportent quelque lumière,
Par sa miséricorde divine
Et la grâce aux innocents,
T'asperge dru de son eau bénite,
Ensemble, ta gaîté et ton velours.
Déjà, des enfants au torse nu gambadent ;
Une vieille édentée, à la peau plissée, me sourit au passage.

Des femmes criaillent aux besognes
Assistées de leurs filles aux seins découverts ;
Et les hommes, quant à eux, vont et viennent
Comme pour remettre de l'ordre
Dans les reliques retrouvées ;
La vie enfin renaît sur toute ton étendue.
Les arbres et les guis s'embrassent fièrement ;
Des fleurs se bercent à la surface d'un marécage
Au bord duquel des roseaux dansent allègrement ;
Des oiseaux s'envolent en froufroutant.
Le papillon d'un bout à l'autre
Porte inlassablement la nouvelle :
« Tout renaît, tout resplendit. »
Ô ! Sahel ! Je t'aime encore, et davantage.

Extraits de *Ballade poétique*, La Pensée universelle.

Mukala Kadima-Nzuji

ZAÏRE

Kadima a longtemps exercé d'importantes responsabilités à Présence africaine. Docteur ès lettres, il a enseigné en Belgique et au Zaïre. Critique littéraire, Mukala est aussi un poète. Sa poésie, sensuelle, fine, exprime l'attachement du poète à sa terre natale, à l'Afrique mère, mais aussi les conflits, les angoisses et les espérances de notre temps.

Mukala Kadima-Nzuji est né à Mobayi, au Zaïre, le 23 novembre 1947.

*G*orgé de sang, de sang, du sang
Des milliers d'âmes innocentes
Couchées silencieuses inertes sans souffle
Sur tes mottes de terre calcinée
Mon peuple aux flancs poignardés
Aux côtes brisées dans le carcan de la haine
Ces soleils crispés qui tombent tombent tombent
Sur ta face tatouée, dans tes yeux qui interrogent
Si jamais reviendra
La paix des brousses natales !
Ces soleils crispés qui roulent éperdument
Sur tes tempes brûlées
Sur tes joues griffées
Seraient-ils des perles de rosée en déroute
Ou des larmes d'enfants sans père, ni mère

Seraient-ils bruine ou averse,
Ou goutte de sang qui tremble tremble tremble
Sur nos faces et nos paumes écorchées ?
        Là, dedans les forêts obscures bat encore
Le sourd tam-tam le tam-tam sourd de la mort
Éclatent des cris d'épouvante
Enchevêtrés aux lourds nuages noirs
Qui pèsent sur les villages.
Ah ! me revient toujours la triple mélopée
D'hommes morts, de cases en feu, de caillots de sang
Et ces soleils crispés qui crient crient crient
        — Lubila !
Je les vois encore rouler éperdument
Sur nos corps défigurés.

AMOUR PLURIEL

*N*i cette mer en sanglots
Dans la lune de ta voix qui s'élargit
Ni la bouée laiteuse
Sur la vitre de mon réveil
Ni cette houle d'hommes
En marge de mon ombre
Qui se cherche un sûr abri
Ni les ressacs à dos de chameaux
Dans le désert de ma solitude
Ni les embruns ni les algues
Taies pour ma tête d'orage pleine
Ne pourront déchiffrer
L'envers des miroirs
Où je regarde en vain.

POST-SCRIPTUM INTÉRIEUR

Ne dites pas que je susurre.
Ne dites pas que je murmure
Dans le secret des nuits
De douces confidences.

Ne dites pas que je crie, que je râle
Comme ouragan qui se déchaîne
Comme innocent que l'on fusille
Comme vierge que l'on viole.

Mon poème n'est que susurrement
Mais sang mais sève qui dégoutte
Des tempes tatouées du tam-tam
Au dernier soir des noces.

Ne dites pas que mon poème est chant
Mais grincement de porte rouillée
Que l'inconnu force et referme
Sur sa misère et son agonie

Ne dites rien !

Mon poème n'est pas vase serti d'or
Mais calebasse récurée où je lave
À chaque instant
Mon visage d'autrefois.

GUITARE

J'ouvre la porte à la marée haute
Un cri jaillit
Du repli d'un ressac en colère
Ô chant venu d'outre-naissance

Pour l'assomption de ma Terre en éveil
Mais au ras de mon sang
J'augure du poème
De mon moi qui se refait
De mon reflet qui se défait
Je tranche de l'index
Le sperme échancré
De toute la mer
Debout sur mon visage.

FÊTE

L'orage somnole
Sous les buissons en fleurs
L'herbe renaît au recoin de la Parole
Et dans les marais profonds de tes yeux
Mon pays ma femme
Vêtue de lune et de pans de ciel
Espace rendu à ma faim à ma soif
Je redécouvre
L'antique amitié
Des sources taries ailleurs
Et le doux silex aiguisé
Des voix chères que je n'entends plus.

Extraits de *Redire les mots anciens*, Éd. Saint-Germain-des-Prés.

TES YEUX CALMES

Tes yeux calmes de lassitude,
Deux fourmis surprises par la tempête,
Un rire d'enfant,
Une chute le long des terrasses infinies,

Le scintillement d'antiques mosaïques
À la chaleur noire des calvaires tropicaux.

La clarté y est bonheur affectueux
Sur l'écran d'une harde en vœu ;
Les étoiles s'abolissent
Le long des avenues de gypses ;
Et sur tes doigts couleur de brise,
Tes yeux sont cercles menus d'une lueur d'escale.

Ils sont trèfles blancs et pièges frétillants
Dans l'éboulement de grandes orgues ;
Le miel glisse sur leur ombre,
Palissade couverte d'empreintes au sang
De tes yeux si calmes de lassitude.

Extraits de *Entrailles*, Éd. Saint-Germain-des-Prés.

Amadou Élimane Kane

SÉNÉGAL

« Dans la lignée des poètes nouveaux, Amadou Élimane Kane est cette voix de la totalité. Il a mis au centre de toutes les métaphores, l'arbre de l'immortalité : le baobab. Non pas le réel botanique fait de feuillages et de scrofulaires, mais l'élément qui transcende les saisons et qui affronte le temps en un défi permanent — celui qui réconcilie la sève avec le bois, la racine et les nervures, l'ombrage et l'immensité » (Pius Ngandu Nkashama).

Né le 3 mars 1959 à Dagana, au Sénégal, Amadou Élimane Kane vit en France où il est professeur.

J'accours vers le baobab
Où tant d'humanité s'exprime
Il est trop tard
Pour exiler la parole
Il est trop tard
Pour tenir en otage la lumière

J'accours vers le baobab où j'interroge
L'oasis des souvenirs
Pour capter
Les soleils essentiels
Réchauffant de toutes parts
Les recoins affaiblis de la terre
Pour rompre les palabres de la nuit

Je suis un petit
Baobab de lumière
Pour ruisseler dans tes paupières
Et je vois les étoiles revisiter

Mon histoire, l'histoire
Dans tes paumes
Comme un pêcheur de liberté
Sur un océan d'espoir

J'entends dans la cadence giratoire
De tes hanches rebelles
La musique de ta sérénité
Affiner les mots

Comme une berceuse originelle
Qui anéantit l'orage
Et les soleils orchestrent
La mélodie des crayons sur nos épaules

Pour conter l'histoire mon histoire
Pour écouter le mugissement

De ceux qui sont les héros
Du continent de la pleine lune
Où la mémoire de Gawlo
Emplit les cases lunaires !

Maintenant je vois des baobabs pousser
Sur ton front luisant d'ébène

Comme un continent de lunes
Je sais je suis la foudre
Pour n'avoir plus
Rien à crier

*D*es armes à feu
Gardienne de la royauté financière
Je suis le trouble-fête
L'élan de la Femme-Horizon
Pour fixer les soleils de minuit
Dans ma calebasse humaine
La calebasse humaine
L'important est d'entrer
Dans la danse des rivières abyssales

Seul l'amour l'emporte
Regard d'éternité
Sur le rêve... écarlate
Portons l'amour jusqu'aux désobéissances

La joie deviendra océane
Et la terre harmonieuse
À la naissance de l'Être humain
Offre le sourire !

UNE CULTURE SOUS MON BOUBOU

*A*vec l'œil des ancêtres
Je pénètre dans les profondeurs
De l'indomptable terre
Et de magnifiques lianes de soleil

Me projettent

Sur le carrefour arc-en-ciel
Où la brume se déchire
Et j'entends même la parole de la petite graine de sable

Qui pulvérise
Toutes les commodités
De l'exploitation de l'homme à homme
Pour donner voix à l'universalité.

Dans la forêt dense d'humanité
D'où je suis initié
Kaye ! Viens !
Je veux rencontrer ta main gauche

*D*ans les eaux primordiales
Ni loi ni autorité
Ma parole est nouvelle
Je suis rebelle
Pourquoi la misère
Pourquoi l'exil
Pourquoi la guerre

Dans la forêt dense d'humanité
D'où je viens
Le regard se hisse
Comme une pleine lune
Et l'oiseau mange encore
À sa faim

Sur chaque cime de baobab
Existe la nourriture invisible

Que les nervis
Ne perçoivent nullement
Je veux nommer
La beauté chez l'être-là.
Je veux retrouver mon baobab
Et conter mon histoire
Tout est injuste
Tout est bêlement

Je suis rebelle
De votre civilisation
De votre éducation
De votre religion

Pourtant je dois croire
Et chanter des chants
D'oiseaux païens
Avec des musiques de baobab
Pour danser
Avec ceux que j'aime
Les damnés les exploités

Sur la terre craquelée
Ma parole est omniprésente
Où la vie est liberté
Où la terre est étranglée

J'exige
La pleine lune initiatique
La liberté infinie

Extraits de *La Parole du baobab.*

Wéréwéré Liking

CAMEROUN

Wéréwéré Liking, c'est d'abord une femme qui voue entièrement sa vie aux activités culturelles. Chercheuse à l'université d'Abidjan, Wéréwéré Liking est romancière, dramaturge, peintre, journaliste et poète. Artiste, elle pense que le renouveau de l'esthétique africaine passe par une prise en charge totale de la tradition africaine qu'il faut sans cesse réinterroger. Or l'art africain est contaminé par des richesses pérégrines néfastes, véritable « venin » qu'il faut d'abord expurger. Aussi sa poésie, qui ne constitue pas l'essentiel de ses activités, est, au-delà des genres et des modes, habitée par une recherche esthétique permanente : par le mélange des genres, elle pourrait interloquer de prime abord, il faut donc aller plus loin pour découvrir l'originalité et la profondeur de cette authentique femme de lettres.

Membre du Haut Conseil de la francophonie, Wéréwéré Liking est née en 1950 à Bondé et vit depuis de nombreuses années en Côte d'Ivoire.

POUVOIR

*I*l est des mots comme des baumes
Ils adoucissent et laissent un goût de menthe
Il est des regards comme de la laine d'agneau
Ils enveloppent et réchauffent dans la caresse
Il est des sourires comme des pleines lunes
Ils illuminent avec intimité.

Pouvoir !

Pouvoir regarder
Pour déceler
Pouvoir deviner
Pour sentir
Et être heureux !

Il est des promiscuités enivrantes
Et des frôlements comme des caresses de soleil
Furtives et discrètes et excitantes
Elles laissent un goût d'attente !

Pouvoir
Pouvoir sentir
Et être heureux

Il est des caresses alarmantes
Qui laissent sur le qui-vive !
Il est des noms qui augurent du destin
Et des phrases comme des décrets

Pouvoir déceler
Pouvoir
Et être heureux !

Il est des visages comme des proverbes
Énigmatiques et symboliques
Ils appellent à la sagesse
Parce que la vie c'est l'avenir
Et que l'avenir c'est toi

Ah pouvoir
Pouvoir deviner
Et être heureux

Il est des beautés merveilleuses
Présentes et nombreuses là

Sur le nez là sous nos yeux

Pouvoir
Ah pouvoir regarder
Oui pouvoir voir
Car voir c'est comprendre
Que l'amour
Que le bonheur
C'est aussi vrai
Et aussi près
Que tu es là.

Leurs écuelles ont des doubles fonds
Il habite dans leurs têtes deux cerveaux
Et dans leur thorax deux cœurs
Ils mangent dans un plateau
Et encore dans un autre
Ils goûtent aux oranges
Et ils aiment bien les figues
Leurs voix chantent en trémolo
Leurs langues sont un roulement de tambour…

Extraits de *On ne raisonne pas le venin*,
Éd. Saint-Germain-des-Prés.

Clémentine Madiya (Faïk-Nzuji)

ZAÏRE

Philosophe, Clémentine Madiya est docteur ès lettres de l'université Paris III Sorbonne nouvelle. Sa poésie inspirée de la tradition orale, érotique et souvent voluptueuse, chante le pays natal, la femme, la mère, l'amante et l'épouse.

Professeur en Belgique, Clémentine Madiya est née le 21 janvier 1944 à Tshofa au Zaïre.

KASSALA

Je suis une fille à la peau noire
    Fine et luisante
Je suis une négresse au grand cœur
    Cœur d'eau fraîche
    Cœur d'hirondelle en vol
    Cœur souffrant et pleurant
    Cœur timide d'un oiselet malade.

Je viens de ce pays étrange
    Qu'on ne peut définir
Ce pays étrange où l'homme
    Est l'être suprême de l'univers sensible
Ce pays où l'animé parle à l'inerte
    Et l'esprit à l'ombre
    Par le vent crépusculaire
Je viens du pays noir et lumineux

Pays du soleil et des eaux.
Chez moi, les arbres parlent aux poètes
La brise aux amants
Et l'ondée aux aimées
Chez moi, la harpe a existé
Avant que David fût
Je suis du pays où les mains travaillent
Et le cœur parle
Chez moi, les enfants ramassent du bois mort
Pour en faire des feux
Je suis du pays où en haut souffle le vent
Et en bas résonne l'harmonie
Le pays où coule une eau toujours nouvelle
Depuis nos ancêtres
Et de générations en générations
Chez moi, l'aquilon apporte des sons d'au-delà
Et les oiseaux des messages
Je viens du pays à quoi rien ne ressemble
Le pays où l'ami se fait frère
Et l'amie sœur
Le pays où l'art est avant toute chose…

Extraits de *Kasala et autres poèmes,* Mandore.

*N*e pars pas mon chagrin
Tant que périront ces enfants
Sous le déferlement des crachats
De leur fusil.
Ne taris pas ma larme
Tant que pleurera cette mère
Sur ses morts escortés
Ne te tais pas ma voix

Tant que voleront les éclats
De leurs bombes atomiques
Ne cligne pas mon œil
Tant que défileront les mendiants
Devant ma porte
Barricadée !

À la chute des feuilles
        J'avoue ma crainte

De voir cette mort
        Qui déshabille les arbres

Le bruit des feuilles qui tombent
        S'accorde aux cadences de mon cœur
Car les pas inattendus de l'Innommable

Que l'on me pleure déjà
        Dis-je
Je suis plus morte que vive.

Extraits de *Lianes*, Éd. du Mont Noir.

Daniel Maximin
GUADELOUPE

Daniel Maximin est essayiste, romancier et poète. Son livre *Soufrière* le fera connaître du grand public. Après trois romans, *L'Invention des désirades* est son premier recueil poétique. Comme la plupart des poètes antillais, sa poésie est une quête de l'identité antillaise, à travers la famille, l'histoire, l'insularité. Fils spirituel de Césaire et des grands noms de la Négritude dont il se réclame expressément. Sa poésie est vivante, toute d'intériorité, vivace mais inspirée par une âme remplie d'inquiétude, de détresse maîtrisée et d'espoir.

Daniel Maximin, né en 1958 en Guadeloupe, après une longue collaboration avec la revue *Présence africaine*, est retourné vivre dans son île natale où il occupe d'importantes responsabilités culturelles.

ICARE DÉVOLU

À tout poète
Nourricier des réserves d'élans
Sept fois merci
Pour oser t'avancer sans déplacer le monde
Et combattre les murailles avec des graffiti
Exposer ta présence
Entre l'enclume et les maîtres du marteau
Pour songer à ta dette envers toute solitude
Pour apprendre à la chair à démasquer sa peau
Pour éclairer les soleils blessés
Et nourrir de ta nuit de l'intérieur de l'avenir

Sept fois merci
    Poète
Horizon vertical

CATALOGUE

À Christiane Diop,
pour cinquante ans après trente ans.

P résence des *Orphées noirs*
R ésistants enchaînés au cou du soleil
É claireurs du manège amer de cadastres d'ethnies
S olidaires griots d'une Afrique et demie
E n péages de soifs des sagesses désertées
N ations en floraisons aux pétales de sang
C hamps d'ombres au soc des déraisons d'états
E t les souffles d'ébène sous le masque des pigments

A insi parlent les oncles d'aventures ambiguës
F eux de brousse tigrant les Négritudes
R êveries d'antidotes au mauvais sang
I nsoumis gouverneurs des rosées sous l'orage
C oups de pilons déchaînant les villes cruelles
A lioune, totem majeur, les morts ne sont pas morts
I ls sont le minerai noir du soleil partagé en balles d'or
N évralgiques marronneurs des enfers de Sahel en Soweto
E nracinant tes rêves aux sécheresses pour initier les fruits

DAMAS, FOI DE MARRON

À Lucile Bibas.

Vieux-corps sec
Beau cœur limbé de racines cambriolé
Ta bouche pirogue en silence vers la septième enfance
Outre mer et forêt vierges à ton désir malade
Pour accoucher ta voix afro-amérindienne

Puis
L'arme blanche des nuits de Seine
Pigment ton masque nègre
Ton cœur de chauffe trop mal flambé
Se distille entre jadis et aujourd'hui entre la faim et la
Nausée entre le sang et l'eau entre black-out et Black-label

Et mine de rien
La clé de ta tendresse
Sous le paillasson des départs névralgiques
Tes graffiti grillent les murs sans oreilles
D'amour et de révolte
Foudroyant mot à mot à coups de rêves sauvages
La mort au téléphone dans ta langue bagnarde

Damas
Étoile marronneuse des voies lactées
Tu fréquentes ce soir les quartiers mal famés de la lune
Rebelle à ton exil
En ELLE
Fille des minuits de sangs mêlés

Et l'avenir barque indécise
Au fil d'un seul vrai rêve recréé jusqu'au bout du sien propre
Remonte les trois fleuves
Entre la mer et l'Amazone
Loin de tout rivage prématuré

DÉSIRADE

*L*a poésie, elle, demeure avant tout cette île merveilleuse
Toujours hantée mais vierge éternellement, univers d'un
Être échappé de l'homme : le poète en état d'innocence

Fernel Maximin, père et poète

Une goutte de désert jetée à l'eau
Recrée nos désirades
Sur la mer des Antilles
Procession de grains d'or au cou de l'Amérique

Îles presqu'îles
Îles défis

Fidèle pour sa part
La poésie enracine aux boues du matin
La soif d'une vaste pensée
Plus large qu'une idée juste
Plus sincère que la magie
Caliban crapaud Ariel colibri

Fidèle pour sa part
Le colibri trois fois bel cœur
Tambour battant contre la peur la défaite la honte
Cœur tambour battu pour la fin de la mort
Le colibri féconde le paysage dans la mémoire du pays

Fidèle pour sa part
Chaque cyclone déchaîne l'esclavage du destin :
Les fatalités se couchent, avec des provisions de silence
Et d'immobilité
Les couleurs et les parfums reprennent provisoirement le
Chemin des racines ont résisté

Et la mer vient rajouter son sel à coups de canots :
Le Sidieuveut le Quandbienmême le Malgrétout

Dérader les rêves des pêcheurs dans un bris de saintoises
Et des yoles
Puis la mer se retire
En fleurissant le désastre de couronnes de lambis

Mais sur chaque morne des ruines de moulins relèvent la
Garde nocturne des espérances décasées
Et la lune pleine révèle les îles sur mer en camouflage de
Moissons

Alors
Fidèle pour ma part

J'écoute ton silence : une embellie de confidence
En lisant dans tes lucioles
Tout ce qu'il y a de ferveur dans une désirade
Ce qu'il y a de justice dans une mémoire bonne
Ce qu'il y a de fertile dans nos frissons
De fontaines dans ta forêt
De sentiers dans nos destinées

Mère fertile
Île définie

L'EXIL ET LA GENÈSE

Aux six frères et sœurs.

*N*ous sommes la création de mondes émigrés de la mer et
De la fin du monde
Peuples trouvés nous savons ne pas nous perdre dans les fissures du temps, durer pour endurer, fuir vers d'autres armes à forger dans le répit des héroïsmes et des frayeurs,
Plutôt déménager que couler le navire et capituler devant la récolte : meurs où tu dois, mais va où tu veux, en familier des cataclysmes, toujours en avançant

Le cyclone nous fait racines : on ne bouge pas du tronc des cases, on laisse passer des arc-boutés, seule la case peut bouger le raz de marée nous fait rhizomes : herbes et banians couchés sous la lame pour survivre sans respirer, bien amarrés aux liminaires

Le séisme nous fait feuilles : on tremble avant d'avoir peur,

La pesanteur se dérobe, on évacue la case, on cherche à s'envoler les bras au ciel, et pouvoir trembler, c'est preuve de pieds sur terre, donc de terre sous les pieds

L'éruption nous projette sous les cendres les yeux fixés sur la route des rêves déracinés qui supplieraient la mer de

Refluer et de les embarquer

Et moi, je dis que nous sommes descendus des enfers en canot à la mer héritiers d'ouragans légataires de déluges et d'éruptions

Nous n'avons pas maudit la sécheresse de la mer et du ciel

Nous respectons le feu, pour que la maîtrise des cendres

N'entraîne pas la fin possible du soleil

Car l'existence précède l'errance
Et l'incendie ne nous a pas éteints

Oui notre île est un arbre, poteau-mitan d'un jet de sève jusqu'au volcan
Et notre île est une tortue, la patience la force et la sagesse du toit
Et notre île est un foyer de sept couleurs en quête de l'arc-en-ciel perdu

Un pays d'enfants nés tout grands par manque de temps
Pour l'innocence nue
D'enfants sans origine par manque d'espace pour trier les couleurs
Riches de tout et de rien beaucoup un peu à la folie pour enraciner l'avenir déménagé

PORTRAIT DU SOLEIL

*D*ès l'aube
J'ai reconnu l'appel des flamboyants
Ils m'ont donné force et courage de me relever

J'ai ouvert les persiennes pour habiller la vue

J'ai vu désaccorder les rêves et les réveils
Les actes et les paroles
Pleurer sur la sécheresse critiquer l'hivernage
J'ai déserté les terres d'inhumanité
Et offert mon zénith aux pays de misère

Sur mer, j'ai dessalé la soif

J'ai éclairé l'amour qui rayonnait ma nuit
J'ai goutté dans ses larmes la sueur des sentiments

Le soir, j'ai fait semblant de me noyer

Lorsque le fil des jours suit l'aiguille de l'espoir
Je raccommode le destin

Extraits de *L'Invention des désirades*, Présence africaine.

Mame Seck Mbacké
SÉNÉGAL

Mame Seck Mbacké est assistante sociale, diplomate. Elle est venue à la poésie en 1987. La poésie de cette musulmane pratiquante est très marquée par les rites initiatiques et le bois sacré de la Casamance animiste ; elle se veut aussi de dénonciation. Jean-François Brierre, son préfacier, écrit : « La voix de l'auteur se veut sourde mais la traverse à chaque strophe, un frisson d'alizé. Si elle s'exalte parfois, c'est, dans une sorte de transe sacrée, pour transmettre au ciel le message de la terre, donner de la rosée de melliflue à boire aux ancêtres sur la rose des vents, dans le calice resté vierge de la mémoire inconsciente. »

MARO

Je t'aime tant
Que j'ai tourné le dos
Aux richesses futiles
Pour mourir du frisson de tes mains
Éventail d'aurore

Maro !
Je voudrais marcher avec toi
Sur la terre ocre du Ferlo
Respirer jusqu'aux étoiles
Le silence sucré des nuits du Djoloff

Maro !

Je voudrais traire avec toi
Le pis énorme de la déesse-vache
Me saouler de lait mystique Maro
Devenir ton Eurydice éternelle
Sous le rythme d'une samba à robe diaphane.

Maro !
Dormir loin des contraintes fallacieuses
Quand la nuit se fait chant
Sous mon chapelet de rires nacrés
Vivre la fantasmagorie de la fleur de vie
Ouvrir les prisons de l'âme
Pour que volent les colombes.

Maro !
Chanter l'hymne des nouveau-nés
Dans l'horizon vert des soucis endormis
Ne pas croire pour croire Maro
Rire à gorge déployée
Pour l'idylle éternelle de nos essences.
Dieu des dunes fils de l'Eau
Au regard des pâturages
Le ciel s'est agenouillé devant
L'Arc-en-ciel de notre union
Mille soleils couchants le sourire de l'Aimée !
Dix mille soupirs contenus la bouche de l'Aimée
Ma flûte mélodieuse de ta voix
Prends ma main, Maro !
Guide-moi hors des chemins d'épines.

Mon pied la mer
Ma tête le ciel
Je porte le réceptacle infini de la nature
Mon charme secret… Moi-même, Maro !

Nos rires confondus Maro !

Indicible beauté
J'ai sauté jusqu'aux cieux
Pour danser sur l'étoile du berger.

Sans effroi Maro !
J'ai crié ma passion à la tête des dieux
Sans effroi Maro !
Je braverai les tempêtes millénaires de ta race
Sans effroi ma traversée vers les aubes au goût de miel

Maro !
Pour ma supplique
Les damnations bannies
Pour ma supplique
Le ciel en odeur de sainteté
Les étoiles prosternées devant la pureté de mon cœur
Qui chante des lendemains pleins de lumière.

MARTYRS

À ceux qui n'ont pas vécu Thiaroye.
Pour Ousmane Sembene.

Thiaroye à l'aube !

Dans un grand silence
L'Afrique endeuillée recueille ses fils

Thiaroye à l'aube !
Une aube où l'Afrique a porté sa robe de nuages.

Orphelins mossis de Nouna
Bambaras Dogons des grottes de Sanga
Lébous des rivages de Ngor

Orphelins du Levant et du Couchant
Orphelins des bords du Bénin
Orphelins des lagunes
Tournez la face !

Thiaroye à l'aube !
Le sang pleure d'avoir souillé la terre mère.

Thiaroye à l'aube
Quand le sang rouge a giclé sur la peau noire
Le grand baobab a frémi
Ont vagi les crocodiles du Djoliba
Et le sabre du Moro Naba a sué dans son fourreau.

Thiaroye à l'aube !
Les armes ont craché leurs flammes
Les hommes ont craqué
Ces hommes qui
Laissant froide la cendre du foyer
Incultes les champs
S'étaient écriés d'une seule voix
Vive la France !

Aux armes citoyens
Citoyens noirs Tirailleurs d'Outre-mer
Reposez sous le sceau des baïonnettes.

Thiaroye à l'aube !
Les veuves se sont décoiffées
Pour ne plus regarder
Les médailles gagnées « au champ d'honneur ».
Dans les rizières de sang
Sillonnant les routes de ma chair
Cent canons ont tonné
Pour rejoindre la clameur du jazz à l'agonie de l'aube.

Et les fils de Rufisque
Chantent encore ces hommes du grand sommeil.

PRÉMICES

À Jean-François Brierre le poète.

Un bruit lointain allant mourant
Puis le calme emplit l'atmosphère
Les arbres ouvrent leurs bras dolents
Au ciel lourd engrossé d'orage
La marmite ronronne sur le foyer
La cendre grandit de l'agonie des brindilles
Bébé au dos de sa maman se confie au pagne indigo
Tout chaud de la touffeur des étreintes nocturnes
Des bouffées d'effluves montent
De la terre opulente
Un voile de mélancolie
Confond êtres et choses
Pénétrant d'une nostalgie poignante
Les cœurs avides d'amour
La brise d'hivernage taquine les troncs dénudés
Tandis que brûlant sans brûler
Les flamboyants majestueux
Tendent au ciel soyeux leurs calices pourprés
Et du sol humide blessé par ces arbres royaux
Une senteur sucrée vous monte jusqu'à l'âme.

Monchoachi

MARTINIQUE

Ce professeur martiniquais, métis de Noir et d'Indien, est un poète absolument original et poète jusqu'au bout des doigts. Le grand professeur et critique littéraire Lilyan Kesteloot dit de lui : « Voici une grande voix, elle nous vient des Antilles. Le lyrisme de Césaire ; puis l'amour du créole. Monchoachi écrit en créole et publie en bilingue : le résultat est spectaculaire. Nous ne saurions trop encourager ces expériences encore trop rares, qui exaltent la langue de départ, tout en enrichissant la langue d'arrivée. Le créole se trouve ennobli et le français est son héritier émerveillé : tout le monde y gagne. »

J'ai dans la bouche un écho qui chemine, tonnerre
Enseveli, âpre tambour de pierre,
J'ai dans la bouche un défilé de bourdons survenant
Et s'évanouissant comme des ombres vides,
J'ai la bouche pleine d'une gueulée de masques obscurs
Bouches ouvertes dans un néant,
J'ai des capsules dans la bouche, un galop de marées,
La mer en rut et en ruée, la mer en harde et en haillons,
La mer dépenaillée, mer engravée…

J'ai dans la bouche l'anneau d'or et le rouge pavot,
J'ai des spectres couverts de longues tresses vertes
Et des fleuves de sources insurgées, fleuves nés de canne et de filao,

J'ai le miroir, j'ai le cristal,
J'ai l'eau, j'ai la goutte d'eau,
Dans la goutte d'eau est l'oiseau ara, l'ara de feu
Est dans la goutte d'eau. Le soleil ara est dans la goutte d'eau.
J'ai l'eau, j'ai la goutte d'eau…
J'ai dans la bouche le Dieu ara, Woy !
Il n'est que de parler pour que tout naisse en nous.

Et ce chant que l'on redit, ce chant que l'on redit
Dans le même essentiel rituel de ses syllabes…
Et ce ne sont que rêves égrenés comme colliers d'îlets noirs,
Et ce ne sont que des rondes d'astres infranchissables, spirales nocturnes, boucles d'ivoire, entêtement de vagues à l'accès, enlacements de lunes germinatives, ceinturons de vents roués
J'ai vu, oui ! toute l'éternité tourmentée
Dans les mains lumineuses d'un potier. Et quand, devant moi, un enfant passe, poussant le tintamarre de son cerceau battu, chaque fois, je vois tourner la roue inlassable des lunaisons —
Woo ! il n'est que de parler, il n'est que de parler…

Et ce chant soudain qui semble si ténu,
Ce chant si las,
Si las peut-être de ne tenir à rien…
Et ce chant si ténu
Qu'on le dirait promis à la déshérence,
Ce chant déjà où s'épuise la plainte d'un peuple en déshérence,
Ce chant que l'on reprend, ce chant que l'on redit
À l'instant même de dire, dans le balbutiement encore,
Ce chant que l'on redit dans le mouvement même du dire,

Hélé de morne à morne
Comme une exhortation d'outre-mort.

Extrait de *Nostrom*, Éditions Caribéennes.

Maxime N'Débéka

CONGO

Après des études en France et en U.R.S.S., Maxime N'Débéka fut arrêté en 1972, condamné à mort avant d'être gracié. Ce n'est donc pas un hasard si sa poésie est une poésie de combat qui retentit de sa douloureuse expérience personnelle et se veut le héraut de toutes les souffrances anonymes sous le soleil des indépendances tronquées ; elle se veut, comme dit Césaire, « la bouche de ceux qui n'ont pas de bouche et dont les voix s'affaissent au cachot du désespoir ». Son style vif use avec bonheur de métaphores et d'antinomies.

Maxime N'Débéka est né en 1944 à Brazzaville.

XVII.

*U*ne puce de saison sèche
Joue trop bien du pipeau
Sur un doigt de mon pied
Cet air semble connu de tous.
Les avenues qui s'ouvrent
Ont des ecchymoses multiples
Et des trottoirs de mensonge
Voyez les thalwegs sur mon cuir
Et les pelouses vertes d'orties.
Qu'est-ce qui donne à ma voix
La saveur de viande faisandée

D'énormes cigales mécaniques
Renvoient un parfum désagréable
Et de la chair de ma voix
On taille des matraques.
Tout va très bien. Personne n'en doute
Mais le brillant des fêtes
Fabrique toujours des mirages.

Ce jeudi saint le petit Jésus
Fit un placement important
Dans les caravansérails de la nuit
Qui goûte un morceau est pris
Dihu bi dihu — futu bi futu
Les calices des églises effraient :
N'oubliez pas le pacte de sang.

XVIII.

Rien ne peut plus rien sur tout
Tout peut tout sur rien du tout
Dieu a la carte maîtresse
L'immense territoire de rien
Dans son registre de cadastre
Dieu a le pouvoir alchimique
Une minuscule phalange
Avec le soleil sur le toit.

Une rôtisserie sinistre
Fait l'embonpoint de la fête
Voyez les nappes bleues blanches
Sur le monstrueux buffet de ciel
Et le parasol d'arc-en-ciel
Les cuisinières d'étoiles n'ont
Point besoin de bouteilles à gaz
Mais — voyez à travers la vitre
Une femme avec un bébé au dos

Se dore dans le four de la lune
Bien loin de la vérité la terre
En vérité je vous le dis
Est une chambre froide
Dans l'auberge du bonheur
Dieu prépare du fufu
Mais cela ne suffit pas
Il ouvre son livre de comptes.
Ce jeudi saint le petit Jésus
Mit au point le texte d'un cheptel
Qui goûte un morceau est pris
Mahungu est viande de Dieu
Les seins des femmes clapotent
Dans les étangs de la douleur
Personne n'y peut rien c'est vrai
Mahungu est viande de Dieu
Un bâton de sang frais court
Sur l'ardoise de son amour
À écrire le menu quotidien
Méchoui ou brochettes de viandes
L'eau des mers et des rizières
N'étanche pas sa soif
Les savanes et les forêts
Tous les légumes de la terre
Creusent sa faim dévorante
Les poissons et les animaux
N'est-ce pas l'hors-d'œuvre entre
Les rostres et les gémonies

XIX.

Kinkunguna Dieu n'est pas seul
Cannibale kinkunguna
Les cheptels bénis du jeudi saint
Ont des textes neufs kinkunguna.

Les aéroglisseurs modernes
Nous n'inventons rien de neuf
Voyez les os se désosser
Voyez-les remonter leur cours
Le fleuve conte son histoire
Et les années à qui mieux mieux
Défilent dans le salon de modes
De l'immense cuvette du Pool
Leur faune cadavérique
Les fouilles au sous-sol du temps
Remontent des momies étranges
Et des questions aux cheveux blancs
Dans des limons de silence.

Le gémir du fleuve Congo
Parcourt les murs de l'hôtel Cosmos
Sa station spatiale domine
Les manguiers et les palmiers
Des muets se voilent les yeux
Avec la mousse de bière
Et le film du fleuve à charrier
Ses jacinthes de cadavres
Ses Kongo ya sika de cadavres.

Les aéroglisseurs modernes
Nous n'inventons rien de neuf
L'œil qui glisse sur l'équateur
A une oreille à la nuque
A un bras sur la pupille
Une glissière autour des reins
Il passe extrêmement vite
C'est vrai personne ne veut plus
Du vieux sabre sans manche
L'altitude et la vitesse de Nzondo

Qu'il faut pour égaler les dieux.

XX.

La poésie souvent surprend
Avec sa langue géométrique
Aux déplacements divers
Translations et rotations
Retournements qui créent
Des illusions de liberté.
Les fêlures des cloches du jour
La poussière qui se lève
Sur les versants de chaque visage
Les nuages noirs sur les soleils neufs
Dans le grand ring du ciel
Les tintamarres des goûts du jour
Avec rires métal de poignard
Tout cela garde le nez de mes chiens
Dans les aisselles du pays
À mordre l'os des voix mouillées
Est-ce ma faute la lumière
Dans la chambre à coucher de mes rêves.

Mettons d'accord tout le monde
Le pays sans défaut va très bien
Les sables mouvants des chants de cigales
Ont des gaines pour les bouches
Mais il faut tout de même
Des branchies sous-marin
Pour se maintenir en vie
Sous les marécages des échecs.
Nous avons la bouée de sauvetage
L'air des cimes de la lumière
Dans les vessies de nos catalogues.
La sonde qui part de mon front verdit
Parmi les végétaux de paludisme

L'avenir tant promis ces jours-ci
À des nuages de moustiques.

Et que ça me fait bien du bien
D'être dans le wagon de queue
Une ruche dans les narines
Et de voir par-dessus mon épaule
Locomotives de l'avenir
Couper le fil vieux de l'horizon
Derrière bien derrière moi.

XXI.

Y a de la poésie qui s'amuse
À m'imaginer réel partout
Déplumez le vol des mots
Cassez les vitres des pages
Qui croient encore me trouver
Dans le paysage du cerveau
De mon monde imaginé
Voyez déjà Moi n'est nulle part
Dans cette voix qu'on voit.

Quand règne le mensonge
L'argent a l'odeur de fauve
Sur l'argile de mon livre
Y a des champs glissants
La pluie dépose du verglas
Aucune prise à tenir
Aucune bouteille d'oxygène
À saisir dit-on encore
Les mots n'ont pas le vol ample
À dresser la tente d'arc-en-ciel
Entre le déluge de feu
Et les troncs calcinés du pays
Le vol des mots n'apporte pas

La carte à grande échelle
De l'étoile polaire de mon cœur.
Qui a cherché ne m'a pas trouvé.

Me voici à ce moment spécial
Un séisme a retouché
L'écorce de mon cerveau
Ma poitrine hisse ses monts
Sur les mâts de la lumière
Les poumons ont pris un grand bol
De mes présences multiples.
La couleur de celui-ci vient
Des écailles d'argent de la mer.
Et le temps sacré temps
Transpire un sel de la lumière
Qui vient mollir l'os du silence.
Je loue un peu tard je loue tard
Lou-tard et les Normes du temps.
Je vêts une peau de crocodile
Qui veut être porte-lumière
Doit avoir la peau dure
De l'œil gauche de celui-là
Sort un champignon
Chapeau noir tout triste
Dans des mains gantées de blanc
Une crêpe noire au bras
De mon œil droit des noms
Rompent les digues des fétiches
Toutes rouges de kola :

Sur une fosse commune
Voyez la noix chauve de palme
Qui ouvre des bras de palmes
Ses bras de palmes à la vie
Des chairs de fleurs éclatent
Éclatent sur ma nuque

Où commence le paysage
Quand
Et où donc se termine le rêve
Est-ce la réalité qui rêve
Ou le rêve qui se réalise.

Extraits de *Les Signes du silence*, L'Harmattan.

Fatou Ndiaye Sow

SÉNÉGAL

Fatou Ndiaye Sow est une enseignante retraitée qui déborde d'activités culturelles ; elle a écrit pour la jeunesse et anime de nombreux ateliers d'écriture au Sénégal et en Europe. Sa poésie est d'une grande fraîcheur. Elle chante l'amour, la fraternité, la condition féminine : elle est catholique, c'est-à-dire universelle. Elle milite pour que l'espoir ne meure pas même si elle ne cache pas les souffrances subies par son peuple.

Fatou Ndiaye Sow est née le 13 décembre 1937 à Tivaouane. Elle vit au Sénégal.

CE SOIR

J'entends des sons célestes
Et une douleur infinie
Pénètre mon âme.
Est-ce le souffle divin
Cette imperceptible caresse
Qui rend tout si calme
Si beau, si beau
Ce soir ?
L'horizon est vêtu
De pourpre et d'or
Et se mire dans la mer
Pour parfaire ses plis.
Spectacle grandiose
À nul autre pareil,
Offert chaque soir
Par l'ARTISTE éternel.

SI L'ESPOIR NE MEURT...

Le rêve bousculait la patience de mon regard
Souhaits multiples adressés à Dieu le Père
De maintenir toujours le cycle des saisons
Pour des semailles de survie
En pousses vertes de bonheur
Où nulle fièvre ne bouscule
La gloire des moissons des Soleils
Et j'arroserai de sueurs ardentes
Horizons et mirages
De mon Sahel brûlé.
Et je danserai au Tam-Tam des semailles ;
Et je danserai.

GORÉE

Je ne puis visiter tes cachots
Où se terre l'image
De la dégradation humaine
Ni voir tes chaînes
Qui vibrent encore du courage résigné
De ces guerriers
Aux mains calleuses
Qui ont pétri le roc de leur destin
Ni sentir l'odeur putride
De leur rancune accumulée sur tes murs
Ni mesurer le regret
Qui rongeait leur cœur
Tuméfié de projets avortés
Que n'aurais-je dû poursuivre
Les galères qui emportaient les esclaves
Amputés aux rêves brisés
Sur les galets ! À Gorée !

C'était un soir, il y a si longtemps
Un soir de lune
Brusquement Gorée s'éloignait
Je le sentais de la cale
Où nous étions entassés
Et j'ai vogué…
J'ai vogué vers des horizons
De ténèbres et de souffrance
J'ai mordu la poussière
De routes inconnues
Mon sang, sève d'innocence
S'est mêlé à l'eau boueuse des rizières
Ma sueur a humecté le sol

Et baigné la nuit
Et mon cœur calciné de résignation
A forcé mes yeux des siècles durant
À retenir au fond d'eux-mêmes
La pluie du désespoir
Et le chant éclata de ma poitrine.
J'ai chanté ma complainte de déraciné
Avec mes frères infortunés
Et l'avenir où des lambeaux de rêves
Voltigeaient aux vents de mes regrets
M'écrasait la nuque d'une fatalité absurde.

Mais j'ai relevé la tête
Pour crier ma vérité aux hommes
Aux hommes blancs
Aux hommes rouges
Aux hommes jaunes
N'y a-t-il pas des hommes bleus ?
Bleu comme l'espoir

Bleu couleur de ciel
Des hommes de cœur et de justice
De la justice juste
Sans race et sans continent ?

Je suis en tous points
Semblable à mon frère
Le soleil de mon Dieu
Est un soleil pour tous
Les vertus de mon Dieu
Sont en toute créature
Pourquoi voulez-vous
M'enlever ma semence ?
Laissez-moi sortir de terre
Bourgeonner et fleurir
Que mes fruits éclatés
Nourrissent la faim du monde
Laissez-moi m'ouvrir
Au souffle des quatre vents
Car ma robe noire
Est une robe de fête.

J'étais né au pays
Où je devais naître
J'étais un nénuphar
Dans les eaux de ma terre
Mais comme un sommeil lourd
Brisé par un coup de tonnerre
Je suis réveillé en sueur

Le cœur en lambeaux
Car pour ma fête
J'avais ma robe noire.
Abraham Lincoln rassembla
Mon être bâtard et épars
Et depuis, j'ai jeté mes béquilles

Pour dégourdir mes jambes

J'ai jeté mon bandeau
Pour voir la face du Monde
Mon cœur s'est rouvert
Pour aimer toute la terre

Mais il y a si longtemps
Que mon âme, au centre des étoiles
A laissé sur la terre
Son vieux rêve de Paix
Et par l'écho de nos hôtes
Du royaume d'Adam
La paix sur terre
N'est toujours que rêve
L'esclavage aboli
L'homme inventa
Un autre esclavage
Celui de l'argent, des armes et du pouvoir
Et son cœur que Dieu arrose
Pour aimer tous les hommes
Bat à coups de fusil
De bombes et de missiles.

Extraits de *Fleurs du Sahel.*

Sada Weïndé Ndiaye

SÉNÉGAL

Sada Weïndé Ndiaye est un inspecteur de l'enseignement à la retraite. Romancier et dramaturge, Sada écrit aussi bien en wolof qu'en français, comme son compatriote Cheik Aliou Ndao. Sa poésie est apaisée, sans vaine métaphore, le style, dépouillé, est lumineux. Sada préfère nous parler de ses rêves, de ses interrogations, du temps qui s'enfuit, les villes et paysages de son peuple dont il partage la souffrance.

Membre actif de l'Association des écrivains du Sénégal, Sada Weïndé Ndiaye est né en 1939 à Thiès. Il vit à Nguekhokh sur la Petite Côte au Sénégal.

LE TEMPS

À Sidikli Traoré, pour mémoire.

C'est le matin
Je suis assis sur la terrasse
Du jour.
Sirop de gingembre
Le temps s'écoule
Lent
Et coule
Dans les tuyères
De mes prunelles concaves.
La guirlande des besognes tourne
Et tourne et tourne
Tourne.

Gigantesque noria rouillée
À la margelle d'un puits
Sans fond
        Elle tourne.

NDAR JE TE SALUE

*N*dar
Je te salue
Je te salue d'un salut profond
Qui chantera assez la hauteur de ta fraternité ?

Téranga Téranga Téranga Téranga !

Je te salue de la main gauche
Mon bras droit étreignant une fleur de ton jardin
Douce comme un soupir du soleil dans un ciel d'hiver
Je te salue de la main gauche
    À la porte d'entrée
    À la porte de sortie
Je te salue de la main gauche
    À la porte des ponts
    À la porte du Pont
— deux fois sept méharis en caravanes jumelles —
Oh ! la confidence des alizés dans l'harmonica
De vos pattes tricentenaires.
Passent les filles de lumière à la cheville fine
Filles fières comme cocotiers de Tindjiguène
Lèvres de sapotilles éclatées
Ah ! ma bouche n'a point perdu la mémoire
Et je vous nomme Princesses-Noires-du-Septentrion.

Ndar
Qui avait parlé de ta vieillesse ?

Trois cents ans de somnolence
Trois cents ans de crucifixion

Trois cents ans de peurs viscérales
Tous ces princes poignardés derrière l'épée
Ces paladins réduits au vagabondage
Et l'ombre fantomale des murailles du palais
Portant l'épée dans la paix des campagnes.

Mais Ndar
        Pousse splendide
                Tu renais
De la pourriture des ténèbres
Belle comme le sourire éclos sur les paupières.
À l'heure où avec le soir revient le voyageur.
Qui avait parlé de ta vieillesse ?
La-Vieille-au-sourire-d'Adolescence.

Deux pas à Ndar
Le troisième dans la fièvre des partances :
        Guet-Ndar !
Tous ces muscles enflammés
Ces pirogues en érection
Pirogues tendues sur la crête des sagaies
Way ! Qui dira non à la conquête du large ?

Ohooo ! Souououu ! Ohooo ! Souououu !

C'est au troisième temps qu'éclate la victoire
Et qu'à bout de bras s'élève au matin
Le salut fraternel de la plage fardée de brouillard.

Ndar
Je te salue
Je te salue d'un salut profond
Je te salue de la main gauche

Je te salue dans l'alchimie du soir
Quand le soleil saupoudre d'or
Tes bâtisses debout dans ton écrin liquide.
Qui avait parlé de ta vieillesse ?
Quelle fraîcheur dans les fleurs de ton jardin
Quelle fraîcheur dans le jardin du Sénégal !

Extraits de *Miroir d'une ivresse avortée.*

Okoumba Nkoghe

GABON

Ce jeune Gabonais, à le lire rapidement, pourrait être considéré comme un simple épigone des pères de la Négritude, tellement la fascination des aînés est présente dans sa poésie. Mais on sent un désir d'affirmation de soi, dans un élan de révolte et d'espoir qui passe par un retour aux ancêtres immémoriaux.

Professeur à l'université Omar-Bongo de Libreville, Okoumba Nkoghe est né le 6 août 1954 à Alélé au Gabon.

SOUVENIRS ÉBRANCHÉS

Lipopo aux plis à la veste remaniés,
Te souviens-tu encore de ce village
Où le vent travaillait comme sur la mer ?
Sûr qu'il y avait un marché
Sur la place entre les cases lourdes
D'un bagage de fumées hilares.

Ils arrivaient les jours fériés
Et disposaient autour de toi
Comme autant de frontières
Des boîtes de sardines à l'huile
Des morceaux de savon de Marseille
Des carrés de pagne
Des culottes usagées
Puis des caisses de poisson salé.

Au travers de cet assemblage
Lipopo tu découvrais un sourire
Attiré vers ces débris d'objets
Qui font vieux un visage même jeune.

Et tu pleurais tes larmes d'envie
Vers le vieillard ton père
Qui pleurait ses larmes de misère
Vers la terre,
En vain, en vain…
Puis quand ils emballaient
Toutes leurs richesses,
Eux partis marchands haoussa
Tu inventoriais la cour,
Ramassant par-ci par-là
Des débris de poisson salé
Au hasard dans la poussière.

[…]

Sûr qu'aujourd'hui
Tu as tout le soleil pour toi !
Mais collé à cette glu de lumière
Tu crois, naïvement, marcher
Mais déjà englouti dans l'éternité
Tu crois, niaisement, vivre
Mais tu t'emplis d'une joie
Qui n'a ni poids ni durée

Tu pousses en avant un traîneau
Là où nul effort
Contre l'inertie de l'étendue
Ne prévaut.
Tu te réjouis de la fraîcheur
D'une aube
Comme de celle d'un crépuscule

Quand désormais elle n'est qu'inutile sursis.

Tu chantes, ô naïf, vers l'avancement
De ta fin !
Car la Bourrasque sur toi
Bientôt passera,
Comme battements de paupières.
Et, t'injuriant de leurs voix de vaches,
À cause des tendres injustices,
Ceux qui n'ont nul bien
Sauront que déjà pour eux
Justice est faite.

Extraits de *Le soleil élargit la misère*, Arcam, 1980.

Yambo Ouologem

MALI

Yambo Ouologem est entré avec fracas dans la littérature africaine, par la publication d'un roman iconoclaste, *Le Devoir de violence,* qui obtint le prix Renaudot. Ce roman de la démystification, écrit dans un style flamboyant, présentait une image de l'Afrique aux antipodes de l'imagerie négritudienne. Ce roman fut très mal accueilli par les critiques africaine et occidentale, brisant ainsi la carrière d'un talentueux écrivain qui était promis à une brillante carrière. Sa poésie relève de cette même causticité, de ce même refus de l'idéalisation de l'Afrique ; elle fait découvrir également une âme sensible et profondément blessée.

Né le 28 août 1948, à Bandiagra, en pays dogon, au Mali, Yambo Ouologem aurait sombré dans la folie, dans l'indifférence générale. Tragique destin que celui de cet inoubliable romancier et poète.

LE CŒUR FOU

*T*ais-toi
Je te demande pardon
Mais la solitude
La solitude de la déréliction
Sais-tu ce qu'est une vie de solitude

À la vitesse folle des battements de mon cœur
Seul à cueillir des crinières d'irréelles pesanteurs
À dénouer des torsades de roses en bouton

Qu'exhale un pipeau d'azur tourmenté d'inconnu
Oh oui
Oui bien sûr
Je sais ce que tu penses

De ta hanche d'étreinte faite de brises
Tu animes le velours de mes calices de frayeurs
Qui parlent qui parlent qui causent
Et disent que je me fais des idées

À genoux devant ton corps où caille la nuit
Le gris sale de mon ombre pécheresse dessine une croix
Et je pleure
Oh oui
Haletantes nudités
Je vous ai vues moi dans la ténèbre où bouillonnaient
Les forêts dématées de vos désirs
Je ne suis pas fou
Tu l'as embrassé

Tais-toi ou je crie
Je te demande pardon
Ma folie s'abandonne
Dans le soupir des roses

J'ai soulevé
Oubliant les commandements sacrés
J'ai soulevé
Histoire de t'intimider
Mes deux mains pesantes conquises de parjure
Quand soudain… non… dans l'ossuaire des frissons gémis
J'ai collé à ta paupière glauque

Le pétale brisé d'inutiles bruits qui priaient
Tais-toi offrande de mes folies
Repose en paix mon amour

COMMUNICATION

*N*i connu ni cru
Ni compris ni cherché
Oui
C'est elle
Elle
Elle ne m'a jamais écrit
Elle ne m'a jamais bu
Jamais voulu
Jamais su ému
Elle
C'est elle
Oui
Qui m'a dit et alors
Qui m'a dit et après qu'importe allons signe
Elle
Elle à qui les mots
Elle à qui les gestes les je te jure
Et la vérité du regard
Ne sont qu'alibis
Ne sont que brouillamini
Ne sont que de trop
Elle
Qui était là butée
Qui était là sourde
Qui était là ailleurs
C'est elle
Oui
Que j'ai connue en mon désespoir solitaire

Que j'ai cherchée en ma noire mélancolie
Que j'ai crue en mâchant le silence des peurs
Et bue au calice du désir de communiquer
Et lue au désert de la force d'être deux
Et au besoin de se vouloir faire
Elle
Oui
C'est bien elle
Terre dite amie de ma mère terre
C'est bien elle
Qui ce matin dans le journal
M'a traité de tous les noms
M'a lapidé de ses crachats polis

MÉNAGE

*M*on sang
Est un jardin brûlé
Galère sonnante
Où je cherche un homme
Vengeance échevelée de guêpes fouinant mes poings
Et le temps pauvre en archipel de solitude

Un homme je cherche un homme
Arrogante et altière ortie de mes instincts
Je cherche un homme dans les cafés
Je le sortirai des bals et cabarets
Il me faut cet homme
Je le veux vivant
Je le veux de chair
Je le veux de sang
Grand arrogant altier

Mon sang

Velu noir de voiliers perdus dans la tempête de
Mes membres
Cherchent un homme
Celui que toute femme a voulu
Que tout homme a cherché
Je veux un homme et pas une femme

Je veux un homme qui sache que je sais tout
Je veux son halètement qui tremble devant mes atouts
Car j'ai de la poigne et du nerf et du cran
Tel un chant fou dans la montagne
Je cherche l'homme qui l'a fait jouir
Chien de ses lundis de cinq à six
Carillon éhonté de ses mardis
De ses jeudis de trois à huit
De ses vendredis saints
De ses samedis de trois à dix
Je veux l'homme qui est son amant
Car elle a quitté ses enfants
Et je suis son mari

Extraits de *Poésie 1,* Éd. Saint-Germain-des-Prés.

Amadou Lamine Sall

SÉNÉGAL

Amadou Lamine Sall est un authentique poète. Senghor dit de lui qu'il est « le plus doué parmi la deuxième génération des poètes sénégalais de langue française ». Sa poésie flamboyante, lyrique toujours chante la femme, l'amour. Le poète croit profondément au caractère rédempteur de la poésie et de l'amour et refuse de couler sa poésie dans une quelconque idéologie. À lire Amadou Lamine Sall, on est parfois frappé par la résonance chrétienne — christique — de ce musulman pratiquant. Conscient des problèmes de son époque et notamment de son continent, Amadou Lamine Sall est un poète engagé au sens où Alain Robbe-Grillet dit qu'il « n'existe qu'une seule forme d'engagement pour le créateur, c'est la littérature ».

Fondateur de la Maison africaine de la poésie internationale, responsable du projet « Mémorial Gorée », membre de l'Association des écrivains du Sénégal dont il fut président, Amadou Lamine Sall est né le 26 mars 1951 à Kaolack au Sénégal.

MANTE DES AURORES

Je t'ai cherchée partout et nulle part
Entre la fleur et la tige
Entre le jour et la nuit
Parmi les rires du sommeil
Parmi les caresses de l'absence
Partout et nulle part

Ici on parle de toi comme d'une chatte de gouttière
Ombre furtive des aubes grises
Mais tes huiles persistent à parfumer
Mon corps qui périt de solitude
Où es-tu fille de nuit
Déjà le poème s'essouffle et les mots s'esquivent
La plume danse des arabesques saoule de son vin noir
Les voyelles sont distraites
Et les consonnes rétives errent en procession
Sur le vide de la plage qui bâille
Tu seras seule à comprendre ce soir pourquoi
J'écris ce poème de sexe et d'olive de sang et d'amour
Ce poème putain à l'orgasme renaissant
Je voudrais te parler dans le ventre de la nuit
À l'heure où des miettes d'étoiles dansent sur ta bouche
De miel et de fièvre
Et que tes dents de dentelles blanches dans le soir
Recréent la danse canaille de la lune
Vautrée sur des nuages qui n'en peuvent
Plus de faire l'amour
Où es-tu fille de la nuit
Je sais que tu reviendras
Parce que je suis le fauve de ta tanière
Le reptile qui te serpente et qui te ramène à la lumière
Du jour

Déjà je mords tes paumes
Et chante dans la fraîcheur de tes cheveux

Tout à l'heure quand je te retrouverai
Tu me diras l'heure

Et plus tard tu rediras l'heure
Nous irons acheter des journaux de droite et de gauche
Gauche-droite droite-gauche

Je les lirai à l'est à l'ouest
Tu commenteras du nord au sud
Puis nous disperserons à tous les vents
Aux quatre coins de l'analphabétisme et de la faim
Nous irons ensuite écouter les politiciens
Il y en a de toutes les tailles et de toutes les couleurs
Des menteurs sérieux graves
Des prophètes à la bonne heure
Car il paraît que le COMMUNISME est à bannir pour la paix du monde
Le CAPITALISME à combattre pour la paix du monde
Le SOCIALISME à redéfinir pour la paix du monde
Et que pas une nation n'a pris pour idéologie
L'AMOUR
Nous irons vivre ailleurs
Car Dieu doit habiter ailleurs

Voilà que la dernière heure s'agenouille
Devant l'extrême onction de la nuit
Et s'élève déjà le serment de l'imam à tête de Coran

Mais nous nous ferons des enfants de toutes les races
Je t'aiderai à bercer les uns et à faire manger les autres

Je sais qu'ils seront beaux nos enfants
Et qu'ils n'entreront pas dans la vie par la grande porte de
L'argent et de l'insolence
Ni par celle de la vanité et de la lâcheté
Ils ne seront ni les aînés de la bassesse
Ni les benjamins de l'assassinat

Oui j'ai dit non à ceux qui m'attribuaient la vierge de Pal
Je sais qu'elle n'est pas de sexe d'herbe verte
Comme ils le croient
Car elle a le regard adultère des colombes
Que l'orage a surpris

Et puis l'amour… c'est toi que je nomme espérance

Dans l'harmattan qui tord et vrille le monde
Dans l'aveu célébré des crimes et des amitiés couleur
De mensonges
J'irai avec toi par toutes les routes offertes aux pas
Semer à la berge des souffrances les premiers plants de la LIBERTÉ
Nous bâtirons des cités sans maisons et sans rues
Sans prisons et sans haine
Où viendront dormir les hommes sans nom sans titres
De naissance des hommes sans autre baptême que la paix et l'amour
Manthie j'aurais tant aimé te mentir
Te dire qu'aucun petit garçon n'a faim quelque part sur la terre
Qu'aucune mère ne pleure son enfant déchiqueté par les bombes
D'un pilote tranquille
Qu'aucune veuve ne s'enlise dans la douleur devant le cadavre
Impossible de son amour
Qu'aucun mendiant n'attend en vain l'aumône empêtré dans
Ses guenilles dans un coin de rue éternelle
Te mentir te dire
Que les cimetières ont fermé leurs portes
Qu'aucune sœur n'enterre dans l'ombre son enfant sacrilège
Te mentir te dire
Qu'aucun homme ne porte en lui l'émotion terrible de l'exil
Te mentir Manthie te mentir
Ni Apartheid
Ni Soweto
Ni Jones-Town
Ni Armées en brigades rouges
Ni Septembre noir
Ni le Liban comme un immense gâteau sanguinolent
Ni le peuple errant d'une Palestine sans terre
Ni Israël d'histoire persécutée persécutrice
Te mentir
Pour que tu ne connaisses jamais la haine

Pour que tu ne connaisses jamais leurs mains de tueurs
Pour que tu ne surprennes jamais le délire des fauves
Pour que tu ne côtoies jamais l'orgueil et la folie sortie de
Leurs grottes glacées
Te mentir Manthie
Pour t'aimer d'innocence

Fasse Dieu que tu reviennes fille de la nuit
Et qu'auprès de tes cils à l'ombre blanche de ton cœur
Je voie demain la chandelle de mon peuple
Et du monde
Brûler à l'Autel des grandes destinées
Sous l'Arche en fleur triple de l'AMOUR
de la PAIX
de la LIBERTÉ

Extraits de *Mante des aurores,* N.E.A.

Locataire du néant
fou d'une liberté sans terre
le monde est infidèle à mes rêves
et l'amour est partout marchandé
dans l'angoisse amidonnée du monde
la paix s'achète
le pain s'achète
la haine s'achète
le silence
le sommeil
le riz le mil et la soupe
et je n'ai ni sou ni hivernage
Mais qui m'ôtera la folie de croire
à la saison pourtant longtemps finie des fruits
entre mes passions et mes doigts

j'aurais tant aimé danser
le dernier printemps de ton corps
et à reins ouverts
accoster avec rage-tendresse
la moelleuse île de tes fourrées
Je suis ton verbe F E M M E
et tu es ma désinence
et tu me syllabes partout jusque dans mes sombres concordances

Locataire du néant
voilà pourtant que mes offrandes sont tendres
comme des baisers moulus sur des paupières aimées
Mais le monde s'oublie dans le sang
et les femmes sont amputées du rêve d'aimer
les hommes du rêve de vieillir
J'appartiendrais à la mémoire du monde
si le chant seul achève l'âme
et je sais les prières des mères comme régates d'alizés
sur les longs siroccos de nos jours...
mais les vautours ont toujours le roucoulement copié des colombes
et j'ai si peur
Les princes s'oublient dans la vanité des tambours
parmi les louanges et les femmes à saveur de fraise
et le peuple dévore la pierre
et les villages nus hurlent aux portes fermées des villes
parmi la horde sauvage des errances
les espoirs cancéreux
les amitiés à boussole
et la quête est à habiter jusqu'à la ruine acceptée des pas...

Locataire du néant
que le jour et le soleil me laissent tranquille
que l'amour oublie mon nom
je ne veux plus que le jour se lève
car la lumière est cruelle pour la misère

et je n'ai rien à donner rien à offrir
je n'ai que ma souffrance surpeuplée
ma pitié surpeuplée
alors éteignez-moi le jour et ses lueurs
et rendez-moi la nuit pour toutes les nuits
Laissez-la-moi pour ses pudeurs
et si je ne donne plus la main à la fange
et que ne déchire plus ma peau dans la rue le regard vaincu
ouvrez-moi une fenêtre une seule
mais ouvrez-la toute petite
si de nouveau le pain et l'eau s'achètent
si de nouveau l'amour seul est blessé
alors couvrez-moi d'ombre
et mettez-moi à l'horaire des songes
c'est dans mes rêves que je me nourris
mes rêves sont des bols de soupe des poulets garnis
mes rêves sont pleins de poissons grillés
laissez-moi tapi au fond de mes grottes
car le jour se lève sur des jeunesses amères
et dévoile les passants sans chemins
et fouille l'exil gardé
demain peut-être rendez-le-moi le jour
mais rendez-le-moi seulement si l'enfant réapprend à jouer

la maman à bercer le soldat à s'attendrir
je sais la nuit fidèle
le jour siffle les haillons
met la honte dans la rue
le jour donne tout au jour

Locataire du néant
je nomme la misère du monde

Locataire du néant
le monde est bien infidèle à mes rêves
et me foudroie l'angoisse aux ruptures des fraternités

J'ai le crépuscule troué
et la tête échevelée de tornades et de soleils arides
le cœur clouté de mortes-saisons
et dans mes bras halète toute la douleur du monde
Je psalmodie d'étranges prières
alors que des chameaux gravissent mes tempes
sur la haute cime des mirages dans la nuit pilée des sables
et surgissent les cités saisies d'épilepsie
immenses dans ma mémoire de banlieue
Et des soldats d'étranges soldats
Fument le bonheur dans des fémurs d'enfants…

Pourtant il faudra faire taire la nuit
et rallumer la tenace chandelle de la liberté
mais le miracle ne se réveillera plus si tôt
car l'égoïsme a fait foule je sais
et des araignées géantes tissent en nous des portes fermées
et la promesse des ancêtres s'est égarée dans l'impatience des rêves

Locataire du néant
j'ai fini par habiter les ciels sombres du monde
et le sang interminable des jours
mais parce que je t'ai vécue S O U F F R A N C E
je sais bien que l'amour existe
et parce que l'amour existe je ne veux plus pleurer
parce que je t'ai courtisée tard je ne pourrais plus haïr
parce que j'ai vécu toutes tes saisons je pardonnerais toujours…
Déjà j'entends la pluie sur mes rêves de juin
Je finirais bien par redonner vie à l'idéal brisé
Au nom du Mur debout de l'Amour debout dans nos silences
Dans mes mains de nouveau la flamme rare
foudroie la nuit touffue des angoisses
de par le monde on m'a promis des regards frais
mais déjà sous les miens la roche mousse
elle refleurira pourtant la roche des cœurs

et nous ferons tous ensemble le lever du SOLEIL
partout le couchant aura la couleur crème
de nos rêves d'enfants
et nous serons enfin
les locataires véridiques de l'espoir

Extraits de *Locataire du néant,* N.E.A.

Babacar Sall

SÉNÉGAL

La poésie de ce professeur de sociologie qui vit en France se veut avant tout universelle. Babacar Sall n'est soucieux que de l'homme et de l'homme seul. Il rêve d'un monde apaisé et fraternel où tous les « visages d'hommes » se fondront en un seul pour bâtir cette civilisation de l'universel si chère à Senghor. Mais le poète est conscient qu'on ne parvient à l'universel qu'à partir d'un promontoire : il a choisi son pays, son continent. Sa poésie est une poésie de l'amour et de la générosité, traversée de meurtrissures, de blessures et de souffrance. Dépouillée et sobre, elle milite pour un nouvel humanisme. Babacar Sall est né le 10 mars 1954 à Dakar, au Sénégal.

LE MAL DU PAYS

*L*e bruit des marteaux-piqueurs
Picore le conduit auditif
De ton corps ouvert
Et donne à l'allongement de l'outil
Le chant automatique
Des armes à répétition
Une fissure sismique
Quelque part
Laisse la griffe béante
Et distribue à travers
Sa séquelle puante
Une sueur froide de panique

Quand l'âge aura raison de toi
Tes muscles flasques lâchant des rides
Et ta main gauche le pécule
Et dans le cœur le mal du pays
Au nom de tous les tiens
Les pièces sonnantes roulant
Que récupère de façon subtile
Maniant la manille
La main mutine des maquignons

Quand l'âge aura raison de toi
Tu grandiras
Tu grandiras mutin
Mais entre-temps
Ta femme est morte
Morte de trop t'attendre

Et plus tard
Quand l'âge aura raison de toi
Tu travailleras tu travailleras
Mais ils ne voudront plus de toi
Et tu n'auras plus de toit

LETTRE DE RETOUR

Je finirai bien par te revenir
Pour que cette page qui sommeille en moi
Se remplisse de ramilles encensées
Et j'arracherai au silence
L'insolence de son mutisme
Et je conjuguerai au présent
Tous les temps heureux du rêve

Pour que chacune de nos idées
Soit un univers à bâtir

LE PAGNE VERT DE LA TERRE

*D*emain je ramasserai
Les tessons de lune brisée
Les perles de rosée ruisselante
Que les abeilles sucent amer
Jusqu'au suc de l'amertume

*M*ais que reviennent
Ma plante verte
Mon épi de mil
Jalousement taillé
Entre quatre vents
Mon grenier débordant
Sur la balance fériée du temps

J'attends que le jour se dévoile
Dans sa transparence indiscrète
Les secrets des corps
Que je puisse lire
Dessus dessous
Sur les pagnes trempés
La géométrie pure et parfaite
Des filles mûres qui attendent
L'hivernage pour fleurir

J'entends du fond de mon refuge
Écoutant les divinités majeures
Que belles seront les semailles
Et florissantes les moissons
Et la platitude du Sahel
Sera le pagne vert de la Terre

Extraits de *Le Poème blessé,* L'Harmattan.

C'est toujours par le vent
Que m'arrive sa voix
Elle me dit dans ma langue
Que l'oiseau est une feuille d'arbre volante
Que le singe est humain
Et l'homme un animal

Qu'ici chaque homme habite un dieu
Chaque dieu est un homme
Et chaque étoile brille pour une âme
Est-il donc prudent de broyer le soleil
Comme un fruit sec
Au fond d'un mortier
Quand les éperdus de la nuit
Attendent la première lueur du jour
Pour gravir le sentier lumineux

*L*a poussière de cet astre en mes yeux
Ciment le fleuve paisible de mon abreuvoir
C'est toujours à l'embouchure
Que l'eau parle à l'eau

*L*a vie a besoin de substance
Parce qu'elle est matière première
J'attends l'irruption de l'Homme fluide
Pour cueillir dans son œil marécageux
Le sel de ses larmes de cristal

*E*n dérive vers les côtes telluriques
Ma mémoire s'est brisée contre un rocher
Comme un miroir que l'éclair a foudroyé
Parmi ces tessons épars sur le plan d'eau
Lui la rosée de mille visages d'aube

*L*e vent rapporte toujours à la mer
Les rumeurs inquiètes de la terre
Et tu savais que l'ouragan
Dans sa danse chaotique
Finirait bien par détruire ta demeure
Comme il détruit tout ce qui lui résiste
Mais totem au cœur de lion

Tu t'es donné du temps
Et le temps t'a libéré

Quand les sirènes de la nuit
Déversent l'heure assassine
Dans la clameur dense des faubourgs
Tu entends l'aboiement rouge des chiens de garde
Le crépitement des fusils à répétition
Percutant le mur humain des barricades
L'odeur âcre des gaz lacrymogènes
Et le cri étouffé de la gent
Qui va à la mort en dansant
Et tout ce vacarme fait mûrir ta tête
Comme une bombe à retardement

Ces rides sont les sentes de la vie
Que tu portes sur ton corps
Comme des cicatrices du temps
Demain elles s'ouvriront larges
Comme des avenues célestes
Où viendront paître les débris vivants
De la mémoire des hommes

Mais rien ne sera plus comme avant
Dans ces hauteurs du firmament
Où les soucis s'amoncellent en nuages

Comme des oiseaux pollueurs de conscience
N'oublie jamais toi qui chemines seul
Sur ce faisceau lumineux des ténèbres
Que la lumière qui jaillit de ton front
N'est pas de toi mais de ton ombre
Et que tu faneras le temps d'un hivernage
Comme la chute d'un éclair

*P*arfois par un jeu de visages multiples
Les hommes changent le destin des astres
En démons bizarres sans lieux de vie
Qui flottent dans l'air comme des âmes égarées
Et des chasseurs en mal de vivre
Tirent sur ces proies faciles tombées du ciel
Que des chiens vont cueillir au sol
Comme des fruits trop mûrs

*N*e m'appelle plus par mon nom
Car je sais que la parole nocturne
Peut être infecte comme une ordure
Et je tiens à sauver les lueurs sonores
Qui balisent les cordes de ma voix
Dans le silence obscur de la nuit

*J*e préfère cette quiétude vénéneuse
Bourdonnant en moi

Comme un vaisseau éclaté
Qui sombre sans souci
Dans les méandres de l'oubli

La survie est dans le mouvement
Laisse ton corps s'exprimer
Par le geste des mots muets
Avec une simple poésie du regard
Respectant la nature des choses
Comme un baiser pudiquement posé
Sur la joue gauche de l'être
Qui fait battre ton cœur

Extraits de *Visages d'homme,* L'Harmattan.

Ibrahima Sall

SÉNÉGAL

Nouvelliste, romancier, dramaturge, Ibrahima Sall est aussi un poète. Sa poésie est aussi militante que celle de son aîné David Diop pour qui il a une grande admiration. L'énergie musclée des vers, la musicalité rythmique de la phrase, rappellent en effet David Diop dont Ibrahima Sall est l'héritier incandescent et original, car l'héritier est aussi un inventeur.

Ibrahima Sall est né le 18 février 1949 à Louga au Sénégal.

DAVID MANDESSI

Mandessi
J'ai regretté les rendez-vous de la muse passive
Les larmes perdues sur les cadavres des désirs
Les rires sales des grosses putains parfumées
Et fardées de l'âge de ma mère

Mandessi
J'ai maudit les ivresses explosion de colère veule
Les étreintes à la sauvette
Au froissement des promesses de mille francs

Mandessi
J'ai donné mon âme aux philosophes
Mon cœur à une coquette naïve
Mon corps au soleil des métiers
Mes yeux aux versatilités du monde

Ma haine jalouse aux riches

Mandessi
J'ai laissé l'amertume aux maîtres
Le doute aux disciples
La tristesse à la mère
Le mépris au père
La rancune du paradis perdu à Dieu

Ô David
Est-il permis de prier en Enfer
Et de se suicider au Paradis

David
La dot de la nature à la gent sombre
Tend à jamais à s'anéantir entre leurs mains
Noires le jour blanches la nuit
Tissant leurs rets de morts
Sur le sommeil des fleuves endigués.

HARLEM, PEUPLE SANS PEAU

DUKE ! Au secours !
Les guitares de Harlem
Hérissent mon corps de lourds soubresauts
Les ghettos de Harlem
Emplissent mon cœur d'une sourde rancœur
La misère de Harlem
Déchire mon âme en fibres expiatoires
Les femmes de Harlem
Peuplent mes nuits de rêves licencieux
La foi de Harlem
La nuit tout entière me tient éveillé
Foisonnement de guitares athées

Salves des batteries en fusion
Râles des saxophones en délire
Exubérance atavique des spirituals

ARMSTRONG
Crève donc depuis la tombe
Des bulles stériles qui encensent ma solitude
S'il est à jamais écrit dans le livre des destinées
Qu'on chante à Harlem
Qu'on danse à Harlem
Qu'on rit à Harlem
Qu'on pleure à Harlem
Qu'on souffre
Et qu'on meurt
À Harlem

LA GÉNÉRATION SPONTANÉE

*H*ier encore
Ils cherchaient la petite bête
Parmi nos joies proscrites d'enfants vite grandis
Piétinant les éclats de colère vendue
Aux enchères dans le maquis de politique véreuse
Ils cherchaient noise à nos pères coupables devant Dieu
D'avoir mis au monde des enfants vite grandis
À nos mères flagellées derrière les barreaux
Pour avoir donné le sein aux enfants vite grandis
Hier encore

Hier encore
L'ardente contestation avait à coup sûr
Mission périlleuse de prophète illuminé
La contestation était assurément
Essence poétique aspergée sur les cultures spontanées

Hier encore

Hier encore
Ils nous couchaient en joue
Et décimaient nos petites joies écervelées
Joies sérieuses d'enfant vite grandi
Plus madrés que leurs pères pusillanimes
Sur les tréteaux de la comédie humaine
Aujourd'hui encore

Demain encore
Ils flatteront dans leur giron visqueux
L'enfant prodigue que réclama leur vouloir fourvoyé
Demain encore
Le bel enfant tout sucre et tout miel au sourire en aparté
L'enfant étrange qui noiera dans un bain de sang leurs rêves
Parce qu'ayant vite
Très vite
Trop vite
Beaucoup trop vite grandi.

SATAN

*I*ls ont tué, violé, volé castré
        Comme moi tué
Ceux qui connaissaient la mort
        Comme moi violé
Celles qui avaient un sexe
        Volé comme moi
Ceux qui faisaient fortune
        Castré comme moi
Les pensées rebelles à toute vanité
        Sont tués
Ceux qui s'offrent en victimes indociles

Qu'importent les boucliers d'excuses-prétextes
Brandis à la face fatale de leur divine croyance
Sont violées
Celles qui imbues de leur suffisance servile
Se sont découvert un semblant de paradis artificiel
Sont volés
Ceux qui cherchent et courtisent fortune
Sera castré
Qui dressera un sexe bouffi d'orgueil
Dessus la glaise vivante de la condition humaine
Ni sexe ni corps ni tête
Homme parmi eux les hommes
Homme-tueur comme eux leur semblable
Homme-violeur comme eux mes semblables
Homme-voleur comme eux pareil
Homme-castreur comme mes pareils
Je suis MOI aussi vrai qu'ils sont EUX
Raciste et despote pervers et dénaturé
Ils n'auront pas
Haine pour haine
Homme contre homme
Et que Dieu tue le Surhomme
Satan

Extraits de *La Génération spontanée,* N.E.A., 1975.

Thierno Seydou Sall

SÉNÉGAL

Ce jeune poète écrit principalement en wolof, une des langues nationales du Sénégal. Il dénonce sans relâche la corruption, la gabegie et les institutions financières internationales dont la politique étrangle l'Afrique plus qu'elle ne l'aide. C'est avec *L'Envol des pélicans* qu'on découvre un autre poète. Voilà la présentation qu'en fait Cheikh Hamidou Kane : « *L'Envol des pélicans* [...] traite sur un ton jubilatoire et comme légèrement ivre, du retour dans le cœur du poète, et donc dans l'univers — à moins que ce ne soit la consécration inverse — de la paix et de la foi défaisant la guerre et la déréliction, de l'amour et de la concorde anéantissant la haine, l'égoïsme et l'arrogance, le retour du sens de l'unité de l'humaine condition par-delà le chatoiement divers et ondoyant de l'arc-en-ciel des couleurs de l'homme. »

Ce soir,
Le lac de pluie
Fête
Le retour des oiseaux
Dans des nids roses,
Dans le voisinage du
Lac Rose, au seuil
De la voie lactée,
Sous une tente d'étoiles,
Dans la bouche des anges...

Ce soir,
Il pleut dans mon âme,
Les jardins fleurissent et
Envahissent mes rencontres nocturnes
Avec les anges dans les cieux
De mon chapelet,

J'irai me noyer
Dans l'embouchure de l'océan
Et du fleuve de la Somone
Pour célébrer la rencontre céleste
Des eaux douces et des eaux lourdes,
Pour apprendre la lourdeur et
La légèreté de l'existence humaine…

L'amour quitte l'indécence,
Vit dans les cieux,
À proximité des anges
Et s'enorgueillit
De faire partie du
Royaume des Célestes.

L'amour revit, refleurit
Dans les berceaux de l'enfance
Chante la naïveté et la
Beauté de la vie,
Souffre dans les braises de
L'indifférence de notre monde.

L'amour érige des mosquées
Des églises, des temples
Dans le cœur du temps et
Dédramatise la guerre religieuse,
Illumine le visage du Monde.

Les jardins, les parcs
Les enfants du Monde
Seront inondés, ensoleillés
Par l'amour, le seul pont
Inébranlable de l'Humanité.

Par-delà les vils jeux
L'amour est une magie
Qui s'impose à nous
Malgré notre volonté,
Nos barricades,
Nos forteresses,
Nos chaînes,
Nos principes,
Nos supercheries moralisantes.

L'amour est un bel oiseau
Prenant son envol
Dans le cœur de deux êtres
Pour ensuite s'établir
Dans le royaume des cieux.

Extraits de *L'Envol des pélicans*.

Véronique Tadjo

CÔTE D'IVOIRE

Romancière, peintre, Véronique Tadjo est avant tout une poétesse. Sa poésie a visiblement une fonction purificatrice : elle écrit contre l'oubli, par devoir de mémoire ; elle écrit aussi pour construire des remparts contre cet « extérieur » agressif qui risque d'ébranler son propre édifice psychologique. Avec des thèmes récurrents : la solitude, l'angoisse, l'amour, l'identité, la mémoire, les voyages, les exils intérieurs et le silence avec un sens aigu de l'ellipse. La poésie de Véronique Tadjo inlassablement « cherche les armes du courage et la force de l'obsession », avec, en arrière-fond, cette lancinante question : « Comment apprendre à se quitter sans se perdre ? »

Véronique Tadjo est née le 21 juillet 1955 à Paris. Elle a vécu en France, en Côte d'Ivoire, aux États-Unis, au Mexique, au Nigeria, au Kenya, en Angleterre. Elle vit actuellement en Afrique du Sud.

*T*u es tel que
Je t'avais songé
Homme-Nénuphar
Sur le lac de ma découverte
Ô vainqueur foudroyant
Les léthargies anciennes
Tu es esprit du masque

Célébrant les initiés
Tu es la terre rouge
Fertile de chants amers.

*Q*ue pouvait-il
Attendre
Du sourd cheminement
Vers l'horizon
Sans frontière
Ce gouffre hallucinant
Cette angoisse sans fossé ?
Que pouvait-il faire
De l'oppression des mots
Du sang à rompre haleine ?
Lambeaux d'une vie
De pas à pas
Et c'est encore un homme
Qui meurt au bord de nous.

*I*l est des cris puissants
Où perce la misère
Et des femmes voilées
Où se taisent les refrains
Il est aussi
Des poings fermés
Où battent
Les violences
Comme un homme enchaîné
À sa propre souffrance.

Tu es
Le grain du sable
Dans la machine
À faire le temps
Tu es
Tam-tam puissant
Balayant la savane
Et nous n'aurons point besoin
De foudre
Pour tisser
Des soleils.

Toi l'homme buffle
Toi l'homme songe
Aux attaches de fer
Ta peau me semble fleurie
De bougainvillées
Ta bouche un soleil ardent
Au souffle d'harmattan
Toi l'homme panthère
Au milieu
Des hyènes hurlantes
Tu es l'ami de ma raison
La force de ma guérison
Chemin précieux
Qui me lie au temps rocailleux
Je retombe sur mes pieds
Quand ton ombre n'est pas loin.

*I*l faut que tu reviennes
De cette longue chevauchée
De cet exil sans fin
Au plus profond de toi
Viens boire à chaque bouche
La clameur de ton peuple
Tu as trop d'espoirs
À féconder
Trop de chaînes à éclater

*C*ombien de temps
Devrai-je attendre
Dans l'ombre
Des jours moroses
Et des nuits singulières
Combien faudra-t-il compter
Et crois-tu qu'il existe
Encore un bois sacré ?

Extraits de *Latérite*, Ceda-Eca-Hatier-Lea.

*O*ublie le souvenir
Qui te retient
Et t'empêche d'avancer
Le souvenir toujours
Pour te dire
Que les choses
Ne sont plus les mêmes

Que tes rêves
N'ont pas survécu
Aux saisons sèches

*P*artir/revenir
Ces allées venues
De la vie
Nous laissent fatigués
Lassés que rien ne brise
L'exigence du temps

*L*a solitude
N'a pas de frontière
Et elle est plus vieille que toi
Si tu l'oublies parfois
Elle te rattrape
À mi-chemin

*C*e que je cherche
Ce sont les armes
Du courage
Et la force
De l'obsession

L'intarissable source
De refus

*N*ous irons chercher l'espoir
Et nous le sortirons
De son enclave profonde

Refusant
L'indifférence
Et l'abandon

*N*ous irons chercher
L'espoir

*I*l n'y a qu'une seule histoire d'amour que
Nous habillons et déshabillons avec nos mots
Et nos espoirs, une seule vraie saison de cœur
Où l'univers peut éclore, un seul moment de
Grâce pour renaître et reconstruire le monde
Envers et contre tout.

Extraits de *À mi-chemin*, L'Harmattan.

Nouréini Tidjani-Serpos

BÉNIN

Nouréini Tidjani-Serpos, surtout connu comme critique littéraire, est aussi un romancier et un poète. Longtemps professeur à l'université de Bénin (Nigeria), il est actuellement représentant de son pays à l'Unesco. Réflexion sur le langage, la poésie de Tidjani-Serpos se veut une poésie de la lutte, chaude et fraternelle, au-delà des différences de races et de cultures.

Nouréini Tidjani-Serpos est né le 15 janvier 1946 à Porto-Novo.

PROMENADE INTÉRIMAIRE

Peur de la solitude
Peur de ce jour inhumain
Peur tout court.
Mon rire se fêle toujours à la limite du souvenir.
Dans le sourire commercial
Se profile le sous-monde aux anciennes larmes
Taries par la prise de conscience.
J'ai parfois les viscères en transes : un vin non classé
Est peut-être passé là.

La bonne conscience de la foule est un monde
Dans un monde. Clos. Muré.
La résurgence de mes paroles sifflote
Sur la pérennité du silence.
Je suis hilare et triste ; d'une tristesse explosive.

Mais voilà le piège linguistique.
Pour quatre-vingt-dix pour cent d'entre nous
J'utilise le tympan insonore des mots
Ces mots dont le Monde s'est servi
Ces mots qui ont asservi la mappemonde
Alors j'ai parfois peur collectivement des mots
Au sein du tiers monde.
Avec les mots que les autres m'ont prêtés
Muni du désert culturel des mots
Armé alors de l'insignifiance du silence.

Je me sentis inutile dans la misère d'un soir
Le soir où là-bas le bol de riz
Ne sera atteint que dans le mirage du rêve

Inutile dans l'aube qui ressemble à la nuit
Puisque la pâte de mil ne sera pas.

Peur salutaire pourtant
Peur nécessaire.
Des mots théoriques aux maux pratiques
Momentanément non revécues
Il faut empêcher l'illusion logomachique
D'envelopper les cernes de réel.
Doucement le moment critique est survenu :
La critique du soir par l'aube
Le bilan des ans avant la venue du jour.

Le lointain des champs de bataille
S'est estompé dans la proximité de mes camarades
Autochtones ou immigrés
L'interpénétration des luttes
A vaincu la peur de la solitude.

La plume à la main
Les mains dans la tête

Et la migraine aux reins

JE N'AI PLUS PEUR :

À la croisée des chemins
Il faut dire non
À l'humanisme qui cèle notre exploitation
À la croisée de ma solitude
J'ai arraché les plombs de la détermination
Et j'ai tué le meurtre.
Moralement le double est mort.
Je n'ai plus peur de ma nudité sans ombre.

Extraits de *Agba'nia,* P.-J. Oswald, 1973.

Marie-Léontine Tsibinda

CONGO

La poésie de Marie-Léontine Tsibinda est pleine de fraîcheur et d'entrain. Elle chante l'innocence, la nature et la joie de vivre. Si nous éprouvons du plaisir à la lire, c'est que sa poésie, loin d'être naïve, est un îlot de calme, un baobab ombragé sous lequel on a envie de se reposer. Elle sait parler de l'Afrique avec légèreté, gaieté parfois, sans occulter cependant l'essentiel : la liberté, la paix, l'amour.

Marie-Léontine Tsibinda est née au Congo, dans le Mayombé. Elle a participé pendant plusieurs années à la grande aventure du Rocado Zulu Théâtre du regretté Sony Labou Tansi. Elle dirige la maison MédiAfrique Communication de Brazzaville.

ENFANT DE SOLEIL

À Catherine Kuevidjan.

J'ai bu le soleil
Comme un rayon de miel
Il m'a effleuré au réveil
Comme une plume d'oiseau
Je me suis réveillé
Fuyant le monde des songes
Je me mire dans tes langes

J'ai bu ce rayon de miel
J'ai souri à ce rayon du ciel

Le soleil doucement a pris ma main
Pour y déposer des mies de pain
    Et sa lumière s'est faite mienne

CAFÉ ON ME DIT

Café on me dit
Des pays du soleil
Je viens

Rouge dans ma joie
Noir dans mon malheur
Je défie le vent
À chaque saison

Mes sœurs sont si belles
Vêtues de blanc
Elles se balancent
Et éclatent au soleil

Autour d'elles frétillent
Des visiteurs prisonniers
De leur beauté

Et l'Oncle caféier
Sous la brise du soir
Rit sous cape devant
Ces ardents prétendants
Qui s'agitent
S'enivrent
S'enivrent

VISAGES DE NUIT

Dans mon village
Tous les visages
Sont de nuit

Ils ruissellent des feuillages
Dans le bruissement du soir

Un petit maraudeur
Contemple rêveur
Ces visages de nuit
Qui dorment dans leur feuillage

Visages de nuit
Qui êtes-vous
Avez-vous l'acidité d'un zeste
De citron
La méchanceté d'un papayer

Fondants dans un palais
Vous êtes dans le soir
Qui fuit les étoiles
D'un safoutier qui dort

ÉCHO DU SOIR

Raconte le vent
Souffle le train
Murmure l'eau
Bleuit l'azur
Court la mouette

Rouge soleil au ciel
Disque d'or dans l'eau
Grise brumeuse pensée

Coule fébrile le soir
Résonne le klaxon d'un
Foula-foula
Boré !
Oyé ! mon bonga
Tchibunda kaani
Mabulu kéba !

S'ouvre l'azur
Rêve l'enfant
Se déchire la tranquillité
Du soir quand passe le tchaku

S'allume le feu des légendes
Tandis que le crépuscule s'habille
Du froufrou laiteux des étoiles

Sur les feuilles des taros
Des boules de cristal frémissent
Dans l'aube satinée

Diamant clair sur la feuille
Quel destin te façonne
Larme de mamiwatta
Cherchant son amoureux
Larme-silure qui s'en va
Plonger dans la mer

Extraits de *L'Oiseau sans arme,* Bajag-Meri.

MALAÏKA

*T*oi
Parure d'éclat
Voile d'espoir
Manteau de minuit
Perle de vie

Malaïka

L'aube de la peur
Couleur de sang
Se froisse s'étire et frissonne
Somnole et résonne dans ton sein
Au cœur gris de tes désirs inassouvis
Et s'étale fatale
Boue murale rouge de sang
Sur les sables désemparés
Qu'égrène ailes contre elles
De géantes bouches sans fond

Cent séances de galop
Et dans le kongo en cavale
Se mire au rythme sans silence
Ton peuple
Ombre affamée
À qui hurle le vent blessant des fêtes
Faites de cent-temps-sans-grâce

Et sur les murs de nos cœurs
Dévalent des torrents de larmes
Échos-silences-de-peur-nourris
Aux gouttes de rosées ourlées
Sur les lèvres gercées
Des bas quartiers.

Extrait de *Demain un autre jour,* Silex.

Bibliographie sélective des auteurs cités

Jean-Marie Adiaffi (voir page 347)

D'éclairs et de foudres, Ceda, 1980.

La Carte d'identité, Ceda-Hatier, 1980.

Oumar Ba (voir page 121)

Paroles plaisantes au cœur et à l'oreille, La Pensée universelle, Paris, 1977.

Pierre Makomba Bamboté (voir page 124)

Les Deux Oiseaux de l'Oubangui, Éd. Saint-Germain-des-Prés.

Poèmes et proverbes, Le Cerf.

Tanella Suzanne Boni (voir page 352)

Grains de sable, Le Bruit des Autres, 1993.

Il n'y a pas de parole heureuse, Le Bruit des Autres, 1997.

Jean-François Brierre (voir page 43)

Découverte, poème, Présence africaine, Paris, 1966.

Charles Carrère (voir page 278)

Lettres de Gorée, Silex, Paris, 1982.

D'écume et de granit, Institut euro-africain de Lecca, Italie, 1989.

Nouvelle Anthologie de la poésie nègre et malgache en collaboration avec Lamine Sall.

Aimé Césaire (voir page 59)

Cahier d'un retour au pays natal, Présence africaine, 1956 (première édition, 1939).

Les Armes miraculeuses, Gallimard, 1946.

Bernard Binlin Dadié (voir page 144)

La Ronde des jours, Seghers, Paris, 1956.

Hommes de tous les continents, Seghers, Paris, 1958.

Afrique debout !, Seghers, Paris, 1950.

Paul Dakeyo (voir page 360)

Soweto, soleils fusillés, Éditions Droit et Liberté, 1997.

Chant d'accusation, suivi de *Espace carcéral,* Éd. Saint-Germain-des-Prés, 1976.

J'appartiens au grand jour, Éd. Saint-Germain-des-Prés.

Fernando d'Almeida (voir page 395)

L'Arrière-Pays mental, Écrits de la Forge, Québec, 1991.

L'Espace de la parole, Silex, Paris, 1982.

Léon Gontran Damas (voir page 76)

Névralgies, Présence africaine, Paris.

Pigments, Présence africaine.

Graffiti, Seghers, Paris.

Hamidou Dia (voir page 372)
Koumbi Saleh ou les pâturages du ciel, N.E.A., Dakar, 1993.
Les Remparts de la mémoire, Présence africaine, Paris, 1999.

Lamine Diakhité (voir page 282)
Primordiale du sixième jour, Présence africaine, Paris, 1963.
Nigérianes, N.E.A., Dakar, 1974.

Gaoussou Diawara (voir page 160)
Afrique, ma boussole suivi de *La Terre et le pain,* auto-édité, 1980.

René Depestre (voir page 164)
Minerai noir, Présence africaine, Paris, 1956.
Végétations de clarté, Seghers, Paris, 1951.

Annette Mbaye d'Erneville (voir page 155)
Kaddu, Imprimerie A. Diop, 1963.

Birago Diop (voir page 128)
Leurres et lueurs, Présence africaine, Paris, 1956.

David Diop (voir page 137)
Coups de pilon, Présence africaine, 1956.

Mamadou Traoré Diop (voir page 381)
Mon dieu est noir, N.E.A., Dakar, 1975.

Roger Dorsinville (voir page 172)
Le Grand Devoir, Taller Grafico, Madrid, 1962.
Pour célébrer la terre, Presse Livre, Port-au-Prince, 1955.

Noël Ébony (voir page 390)
D.é.j.à. v.u., Ouskokata, Paris.

Malick Fall (voir page 286)
Reliefs, Présence africaine, Paris, 1964.

Keita Fodéba (voir page 197)
Aube africaine et autres poèmes africains, Présence africaine, 1994.

Kiné Kirama Fall (voir page 401)
Chants de la rivière fraîche, N.E.A., Dakar, 1976.
Les Élans de grâce, CLE, Yaoundé, 1979.

Édouard Glissant (voir page 179)
Les Indes, Un champ d'îles, La Terre inquiète, Le Seuil.

Nayé Théophile Inawisi (voir page 418)
Anthologie de la poésie togolaise, Akpagnon.

Albert Issa (voir page 420)
Ballade poétique, La Pensée universelle, Paris, 1986.

Paulin Joachim (voir page 188)
Anti-Grâce, Présence africaine, Paris, 1967.
Oraison pour une Re-naissance, Silex, Paris, 1984.

Mukala Kadima-Nzuji (voir page 422)
Redire les mots anciens, Éd. Saint-Germain-des-Prés, Paris, 1977.
Entrailles. Éd. Saint-Germain-des-Prés, Paris.

Amadou Élimane Kane (voir page 427)
La Parole du baobab, Nouvelles du Sud, Paris.

Mbaye Gana Kébé (voir page 289)
Ébénique, N.E.A., Dakar.
Rondes, N.E.A., Dakar.

Lucien Lemoine (voir page 292)
Le Veilleur du jour, N.E.A., Dakar, 1980.
Onze et un poèmes d'amour, Seghers, Paris, 1966.

Wéréwéré Liking (voir page 432)
On ne raisonne pas le venin, Éd. Saint-Germain-des-Prés, Paris, 1977.

Clémentine Madiya (Faïk-Nzuji) (voir page 435)
Kasala et autres poèmes, Mandore.
Lianes, Éd. du Mont Noir.

Daniel Maximin (voir page 438)
L'Invention des Désirades, Présence africaine, Paris, 2000.

Monchoachi (voir page 450)
Nostrom, Éditions Caribéennes, Paris, 1989.

Mame Seck Mbacké (voir page 445)
Complainte des profondeurs, Consulado ad honorem de Sénégal, Caracas, 1987.

E. Locha Matéso
Poésie d'Afrique noire, Hatier, Paris, 1987.

Édouard Maunick (voir page 207)
Poèmes, Présence africaine, Paris, 2001.

Jean Métellus (voir page 298)
Voyance, Hatier, Paris, 1984.

Vumbi Yoka Mudimbé (voir page 301)
Les Fuseaux parfois, Éd. Saint-Germain-des-Prés.

Cheik Aliou Ndao (voir page 304)
Mogariennes, Présence africaine, Paris, 1970.

Maxime N'Débéka (voir page 452)
Les Signes du silence, L'Harmattan, Paris, 1994.
Paroles insonores, L'Harmattan, Paris, 1994.

Sada Weïndé Ndiaye (voir page 465)
Miroir d'une ivresse avortée, Dakar.

Amélia Nene (voir page 311)
Perles perdues, Présence africaine, Paris, 1998.

Charles Nokan (voir page 314)
Abraha Pokou ou une grande figure africaine, P.-J. Oswald, 1963.

Pius Ngandu Nkashama (voir page 308)
La Malédiction, Silex.

Théophile Obenga (voir page 321)
Stèles pour l'avenir, Présence africaine, Paris, 1978.

Okoumba Nkoghe (voir page 469)
Le Soleil élargit la misère, Arcam, Paris, 1980.

Fatou Ndiaye Sow (voir page 460)
Fleurs du Sahel, Dakar.

Yambo Ouologem (voir page 472)
Poésie 1, Éd. Saint-Germain-des-Prés, Paris.

René Philombe (voir page 329)
Espaces essentiels, Silex, Paris.

Jean-Joseph Rabearivelo (voir page 239)
Traduit de la nuit, cité dans l'*Anthologie de la nouvelle poésie nègre et malgache,* Paris, 1948.

Jacques Rabemananjara (voir page 110)
Antsa, Présence africaine, Paris, 1956.

Amadou Lamine Sall (voir page 477)
Mante des aurores, N.E.A., Dakar, 1979.
Comme un iceberg en flammes, N.E.A., Dakar, 1982.
Locataire du néant, N.E.A., Dakar, 1988.

Babacar Sall (voir page 486)
Visages d'hommes, L'Harmattan, Paris, 1994.
Le Poème blessé, L'Harmattan, Paris, 1996.

Ibrahima Sall (voir page 494)
La Génération spontanée, N.E.A., 1975.

Thierno Seydou Sall (voir page 499)
L'Envol des pélicans, Tukki Butik, Dakar.

Léopold Sédar Senghor (voir page 87)
Anthologie de la nouvelle poésie nègre et malgache précédé de *Orphée noir,* P.U.F., 1948.

Élie Stéphenson (voir page 317)
Terres mêlées, Akpagnon, 1984.

William Syad (voir page 332)
Khamsine, Présence africaine, Paris, 1959.
Harmoniques, N.E.A., Dakar-Abidjan, 1976.

Véronique Tadjo (voir page 502)
Latérite, Ceda-Eca-Hatier-Lea, Paris, 1984.
À mi-chemin, L'Harmattan, Paris, 2000.

Jean-Baptiste Tati Loutard (voir page 224)
Les Normes du temps, Hatier, Paris, 1989.
La Tradition du songe, Présence africaine, Paris, 1985.

Nouréini Tidjani-Serpos (voir page 508)
Agba'nia, P.-J. Oswald, Paris, 1973.

Guy Tirolien (voir page 230)
Balles d'or, Présence africaine, Paris, 1961.

Frédéric Pacéré Titinga (voir page 335)
Poèmes pour l'Angola, Silex, Paris.

Marie-LéontineTsibinda (voir page 511)
L'Oiseau sans arme, Bajag-Meri, 1999.
Demain un autre jour, Silex, Paris, 1987.

Tchicaya U'Tam'si (voir page 244)
Le Ventre et *Le Pain ou la cendre,* Présence africaine, Paris, 1978.
Épitomé, P.-J. Oswald, Honfleur, 1962.
À triche-cœur, Hauteville, Paris, 1958.

Amadou Moustapha Wade (voir page 261)
Poèmes, Présence africaine, Paris, 1966.

Elolongué Epanya Yondo (voir page 266)
Kamerun ! Kamerun !, Présence africaine, Paris, 1960.

Bernard Zadi Zaourou (voir page 339)
Fer de lance, P.-J. Oswald, Paris, 1975.

Table

CET OUVRAGE A ÉTÉ ACHEVÉ D'IMPRIMER
SUR SYSTÈME VARIQUIK PAR SAGIM•CANALE
À COURTRY EN AOÛT 2002, POUR LE COMPTE
DES ÉDITIONS DE LA TABLE RONDE.

Dépôt légal : septembre 2002.
N° d'édition : 3567.
N° d'impression : 5982.

Imprimé en France.